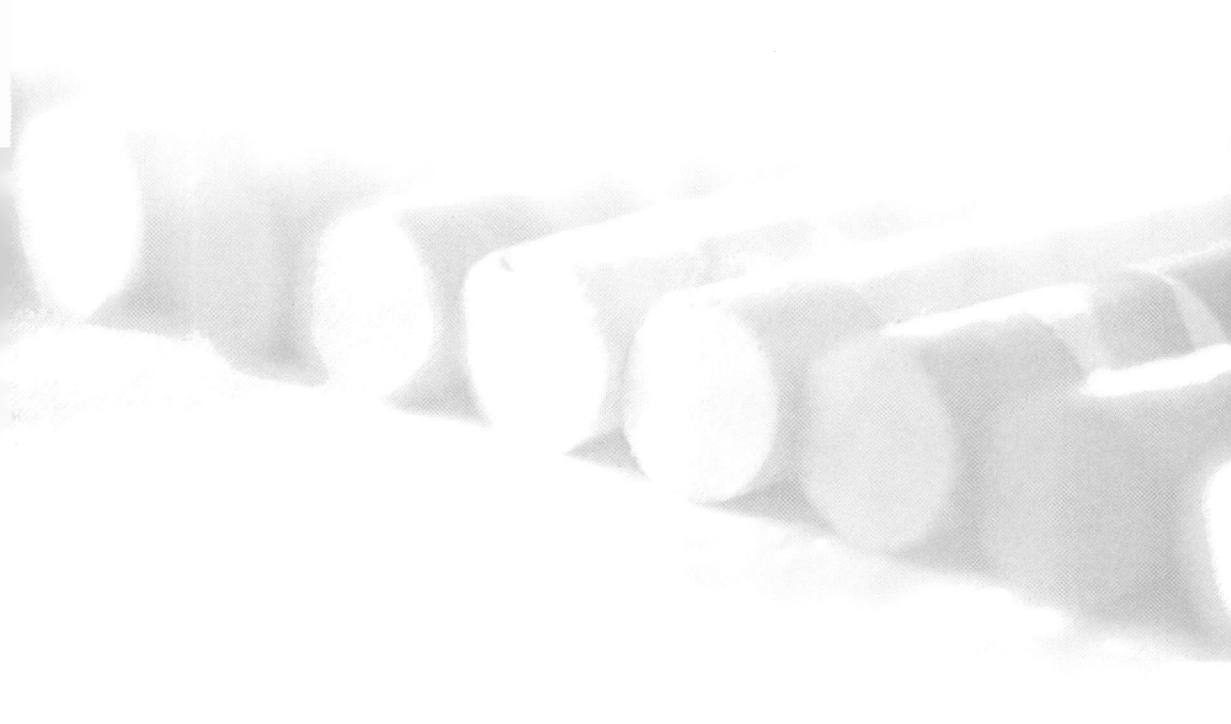

新时期儿童文学中的
生态伦理意识研究

Research on the Eco-ethics
Consciousness in
Children's Literature of the New Era

田媛 著

中国社会科学出版社

图书在版编目（CIP）数据

新时期儿童文学中的生态伦理意识研究／田媛著 . —北京：中国社会科学出版社，2018.9
ISBN 978 – 7 – 5203 – 3020 – 6

Ⅰ.①新… Ⅱ.①田… Ⅲ.①儿童文学—文学研究—中国—当代 Ⅳ.①I207.8

中国版本图书馆 CIP 数据核字（2018）第 193311 号

出 版 人	赵剑英
责任编辑	宋燕鹏
特约编辑	陈夕涛
责任校对	李　莉
责任印制	李寡寡

出　　版	中国社会科学出版社
社　　址	北京鼓楼西大街甲 158 号
邮　　编	100720
网　　址	http://www.csspw.cn
发 行 部	010 – 84083685
门 市 部	010 – 84029450
经　　销	新华书店及其他书店

印　　刷	北京明恒达印务有限公司
装　　订	廊坊市广阳区广增装订厂
版　　次	2018 年 9 月第 1 版
印　　次	2018 年 9 月第 1 次印刷

开　　本	710×1000　1/16
印　　张	15
插　　页	2
字　　数	220 千字
定　　价	68.00 元

凡购买中国社会科学出版社图书，如有质量问题请与本社营销中心联系调换
电话：010 – 84083683
版权所有　侵权必究

序　言

吕周聚

在千百万年以前，当人类刚出现在地球上时，与其他动物共同分享地球这一美丽的家园。在庞杂的动物大家庭里，人类是一个比较弱小的族类，见到老虎、狮子等猛兽都瑟瑟发抖，恐惧不已。但随着时间的流逝，人类这一物种得到了迅猛的发展，他从使用简单的工具谋生到发明创造工具，从口头交流到发明文字，人类掌握了文化知识，使自己迅速从所有的动物中超脱出来，成为"宇宙之精华，万物之灵长"，结果老虎、狮子等猛兽早已不是人类的对手，差不多被人类消灭光了，成了濒危动物。今天我们只能在动物园或马戏团里见到它们的身影，它们成了人类的宠物、玩物。人类成了地球上的老大，可以通过科学技术来控制、改造自然，认为地球上的一切都是为人类服务的，于是，"人类中心主义"诞生了。

掌握了科学技术的人类的确已经成为这个地球的老大，其他的动物都已经无法撼动人类对地球的统治地位，人类可以在地球上随心所欲，像打遍天下无敌手的武林高手一样，只能孤独求败。然而，事实果真如此吗？非也。其他的动物固然无法对人类构成威胁，但人类却有一个最大的敌人，那就是人类自身，或者说是人类贪得无厌的欲望。在人类中心主义者看来，社会发展的最终目的是提高人们的物质生活水平，满足人的各种欲望需求，这样世间万物就成为刍狗。今天，日益发达的科学技术成为一把双刃剑，它一方面满足人类的各种欲望需求，另一方面又给人类社会带来各种危害——且不说可以把整个地球毁灭 N 次的核武器，即便是我们日常生活中的工业化也给我们带来了各种可怕的后果：森林减少，土地沙漠化，空气污染，河流污染，癌症频发……原来我们生存在一个危机四伏的环境之中。

人类是一种自私贪婪的动物，同时也是一种聪明的动物，当面临生存危机时，人类会调整自己的生存策略，于是就有了今天的生态学理论。按照这种理论，大自然中的万物都是生而平等的，大自然是一个有机的整体，每一种生命都是这个有机链条中的一环，它们互为依存，一荣俱荣，一损俱损。这种理论是对人类中心论的否定，这对于已经习惯了人类中心思维的人来说，可能很难理解并接受它，更很难将其落到实处。于是，许多有危机意识的作家便开始用文学的形式来呈现传达这种生态学理论，而新时期儿童文学便是一种重要的文学形式。

在日益严重的生存危机面前，每个人都有责任为消除危机力所能及地做点什么。田媛选择"新时期儿童文学中的生态伦理意识"作为自己的博士论文题目，这除了其自身未泯的童心之外，另一个重要的因素便在于其自觉的危机意识和责任意识。人与自然之间存在着一种复杂的生态伦理关系，如何通过这种伦理来调节人与自然之间的关系，使人与自然和谐相处，这是生态伦理要处理的一个重要问题。在田媛看来，生态伦理意识是"运用伦理道德的力量来重新确定人与自然的关系，使人类放弃算计、盘剥和掠夺自然的传统价值观，转而追求与自然同生共荣、协同进步的可持续发展价值观，关注人与自然环境的相互依存、相互促进、共存共荣"。人们应该放弃传统的人类中心论，接受新的生态伦理观念。新时期以来的儿童文学作家有意识地在作品中描写人与自然之间互相依存的关系，田媛敏锐地把握住了儿童文学作品中所呈现出来的生态伦理意识，并围绕这一问题来展开论述，从"非人类中心主义"立场出发来重构人与自然的关系，重新确定自然在人类生活中的重要地位，并对远离自然的现代城市生活观念及形态进行批判。要求已经接受了"人类中心主义"思想的成年人放弃其已经享有的好处，无疑是非常困难的，但对儿童来说就不同了。未受人类社会污染的儿童与自然之间具有一种本质上的同构，他们与自然亲密无间，对他们来说，大自然是一个亲密的伙伴，他们可以与之对话，可以在一起嬉戏玩耍，他们会为一只蚂蚁的命运担惊受怕，会为一株小草的命运痛哭流涕。在他们的大脑中，没有高高在上的人类中心主义思想，他们与大自然中的一切都是平等的，与世间万物可以和睦相处，而这种意识恰恰与现代生态伦理思想相一致。在儿童文学中传达生态伦理思想，更容易被儿童所接受。从长远的观点来看，当儿童长大成人时，他们便会将这种生态伦理思想付诸社会实践，并一代代地传递下去。这样，在不久的将来就有望改变多年来盛行的"人类中心主义"思想观念，建构出具有生态伦理的生态社会。从这一角度来说，研究探讨儿童文学中的生态伦理意识，不仅具有重要的理论价值，而且具有重要的现实意义与实践价值。

生态的核心是生命，而伦理的核心则是如何看待生命，如何处理不同生命之间的关系。传统的"人类中心论"认为人的生命价值最宝贵，将人的生命凌驾于世间所有生命之上；而生态理论则认为世间万物都是平等的，都有生存的权力。田媛着力探讨儿童文学中的生命价值和生命在自然规律中所呈现出的生存状态，思考新时期儿童文学关于自然中的竞争、共生、再生等天人关系，概括出新时期儿童文学中的生态伦理思想。

生态伦理思想要求人类放弃从大自然中获得的各种优惠条件，人类不能无限制地从大自然中索取，而要采取合适的方式来回报大自然，要控制自己贪得无厌的欲望，养成节俭、环保的生活观念和生活方式。在田媛看来，被异化的消费观使自然和人类都陷入了不可逆转的危机之中，只有转变生活方式，遵循儿童的成长规律，通过环保实践等形式来实现人类对自然的道德义务，才能达到人与自然的和谐发展，这无疑为儿童的成长乃至人类的生活指出了一条可持续发展的道路。

世间万物既然是平等的，那么人类就应该以平等、博爱的思想来与万物和谐相处，而这种博爱思想在儿童身上有着很好的体现。田媛认为儿童文学应该从人文关怀精神出发，培养儿童的博爱情感，在这种情感关照下来建立人与自然的深层联系，她通过分析得出结论：在整个生态系统内彼此尊重与相互关怀是实现人与自然和谐相处的基础，能够遏制人类在现代化进程中的冷酷和麻木心理，这不仅是伦理责任的体现，也是人文精神的最高体现。这既是人类构建生态伦理社会的目标与要求，也是构建和谐生态环境的必经之路。

新时期儿童文学是一个有待深化的研究领域，而生态伦理则是近年来提出的一个富有新意的理论问题，"新时期儿童文学中的生态伦理意识"将这两者联系在一起，就提出了一个具有重要研究价值的命题。田媛在阅读大量作品的基础上，对新时期儿童文学中的生态伦理意识进行系统分析，既概括出了新时期儿童文学生态伦理意识的特点，又指出了如何建构生态伦理社会的方法与策略，为人类的未来勾画出一幅美好的图画。作者在论文写作过程中下了很大的功夫，阅读了大量的相关材料，能够灵活地运用相关理论来分析问题，论文条理清晰，论述有力，分析深刻，不乏新意，为拓展新时期儿童文学研究做出了一定贡献。我希望田媛能够在已有的基础上再接再厉，持续地关注思考这一问题，在这一研究领域取得更丰盛的成果。

目　　录

中文摘要 …………………………………………………………（1）

导论 ………………………………………………………………（1）
 第一节　概念厘定及论题的产生 ………………………………（1）
 第二节　论题的研究现状、意义及方法 ………………………（8）

第一章　非人类中心主义的伦理关系构建 ……………………（13）
 第一节　人与自然关系的重构 …………………………………（14）
 第二节　儿童与自然的性灵相通 ………………………………（29）
 第三节　守望诗意的"家园" ……………………………………（46）
 小结 ………………………………………………………………（62）

第二章　生命价值的追问与生命存在的体验 …………………（65）
 第一节　对生命的重新解读 ……………………………………（67）
 第二节　原生态生存状态的真实呈现 …………………………（81）
 第三节　生命美的体验 …………………………………………（99）
 小结 ………………………………………………………………（109）

第三章　生活理念的调整与环保意识的增强 …………………（111）
 第一节　消费观念的转变 ………………………………………（113）
 第二节　"儿童生活"的回归 ……………………………………（130）

  第三节 环保意识的生成 …………………………（152）
  小结 ……………………………………………………（170）

第四章 博爱精神的张扬与凸显 ………………………（173）
  第一节 仁慈与关爱的精神导向 ……………………（175）
  第二节 怜悯与同情的道德关怀 ……………………（187）
  第三节 忏悔与救赎的人格完善 ……………………（195）
  小结 ……………………………………………………（209）

结语 为了我们共同的未来 ……………………………（212）

参考文献 ……………………………………………………（220）

致谢 …………………………………………………………（227）

中文摘要

　　随着经济的持续、快速发展，环境污染、精神危机等问题已经成为社会各界普遍关注的问题。要想实现人类的可持续发展，就必须把人类活动限制在生态系统的承受能力之内，这不仅需要在制度上、政策上进行改变，还需要借助法律力量进行约束，更重要的是需要人类运用道德的约束力和内在的生态理念来调节自己的行为。新时期以来的 30 多年里，儿童文学在如何利用情感和道德准则协调人与自然、儿童与自然的关系，如何传递简约环保的生存理念等方面做出了有益的尝试，对建立儿童生态伦理意识、完善儿童生态人格产生了积极的影响。本书从生态伦理的角度，以"儿童本位"的儿童观为基础，从新时期儿童文学中的生态伦理意识的确立、表现以及发挥的作用等方面出发，结合具体文本对这一时期我国儿童文学的发展状况进行一次专题性归纳，就儿童文学如何更好地担当起所肩负的崇高使命进行思索和探究。

　　导论部分是对新时期儿童文学中的生态伦理意识概念定位，论述该论题的研究现状、意义和方法。"儿童本位"的儿童观是以尊重儿童的自然天性和成长为基础的，生态伦理意识的融入符合社会进步和儿童的生存现状，是由儿童文学所担负的使命所决定的，对新时期儿童文学中的生态伦理创作的梳理，以及对儿童文学的发展具有重要的理论和现实意义。

　　第一章通过对人与自然的关系定位，对非人类中心主义的道德关系构建进行探讨，对人与自然关系展开深入思考。作家们重塑自然在成人和儿童心目中的形象与地位，书写儿童与自然的亲密关系，以城市为切入点，批判远离自然的城市生活对人带来的恶劣影响，为儿童构建了一个人与自然共存的诗意栖息地。

第二章对生命价值和生命在自然规律中所呈现出的生存状态展开探讨，传达出新时期儿童文学关于自然中的竞争、共生、再生等天人关系的生态思考。不同的生命在自然中都有生存的权力，作家们将真实的自然呈现在儿童面前，这其中有丛林法则的残酷，也有动物野性美的展现，试图唤起儿童对自然以及生存在其中的万物生灵的向往与热爱。

第三章通过对简约、环保生活理念的倡导，对儿童"自然感性"生活的回归，表达了儿童文学作家对生态环境和儿童成长的关注。经济和科技的发展带来了对物欲的盲目追求，被异化的消费观使自然和人类都陷入了不可逆转的危机中，只有转变生活方式，遵循儿童的成长规律，通过环保实践等形式来实现人类对自然的道德义务，达到人与自然的和谐发展。

第四章通过对仁慈、关怀等博爱精神的倡导，进一步挖掘在这种情感关照下人与自然的深层联系。在整个生态系统内彼此尊重与相互关怀是实现人与自然和谐相处的基础，能够遏制人类在现代化进程中的冷酷和麻木心理，这不仅是伦理责任的体现，也是人文精神的最高体现。经过对自己精神和行为的忏悔和弥补，促进了生态情感、生态人格的提升与完善，奠定了生态伦理在儿童文学中的情感基础。

结语部分肯定了新时期儿童文学在运用生态伦理思维来关注自然、关注儿童的书写创作，特别是在参与儿童的生态伦理意识生成过程中发挥的作用。随着社会现代化水平的不断提高、科学技术的快速发展、生态问题的备受瞩目，儿童文学中的生态伦理书写任重而道远，同时也是大有可为的，必将指引儿童文学走向更长远的未来。

新时期儿童文学中的生态伦理书写表达了儿童文学对于人与自然关系走向的思考和对人类生存的终极关怀，对培养儿童以积极的态度走近自然、亲近生命、认识自我、建立整体性的生态伦理意识具有不可忽视的作用。

关键词：儿童本位、生态伦理、非人类中心主义、尊重生命、共存

导　　论

第一节　概念厘定及论题的产生

一　概念厘定

儿童文学从"五四"时期开始经历了艰难和曲折的发展过程，儿童观、儿童文学所承载的功能随着时代的发展而不断变化。儿童观是成人面对儿童时对儿童的生命形态和性质生成的看法，这种看法直接影响着对儿童的看待方式与教育方式。随着20世纪80年代后社会主义现代化进程加快和经济水平的不断提高，儿童的生存质量、成长状态和社会地位逐渐受到成人的重视，成人和社会对于儿童的看法也发生了变化，从非"儿童本位"儿童观到"儿童本位"儿童观的确立，从否定儿童的独特性到发现儿童、承认儿童的存在价值，这些变化促成了儿童文学的跨越式发展，成为儿童文学发展的前提和步入新时代的标志。

"儿童本位"的儿童观是周作人在"五四"时期提出的，但"五四"时期特定的历史条件和时代背景的局限使儿童文学在离真正地认识儿童、尊重儿童等方面还有很长的距离。进入新时期，随着经济水平的提高、思想进步程度的加大，都为对儿童的重新认识做好了准备。"儿童本位"观又重新进入儿童理论家和作家们的视野，并被广泛地关注和重视，王泉根、方卫平、孙建江、班马等儿童理论家纷纷对"儿童本位"的儿童观进行了探讨与肯定，朱自强随后在《儿童文学的本质》一书中又对"儿童本位"这个概念进行了完整和系统的阐释：

不是把儿童看成为完成品，然后按照成人自己的人生预设去教训儿童（如历史上的教训主义的儿童观），也不是仅从成人的精神需要出发去利用儿童（如历史上童心主义的儿童观），而是从儿童自身的原初生命欲求出发去解放和发展儿童，并且在这解放和发展儿童的过程中，将自身融入其间，以保持和丰富人性中的可贵品质。①

以儿童为本位的儿童观真正尊重儿童的存在价值，承认儿童身上具备与成人不同的感觉、心理和感情，认为成人应该平等地看待儿童，既不能把他们看成一张白纸，也不能把他们看成缩小的成人。可以说，"儿童本位"的儿童观不再将儿童文学作为教育儿童的工具，使儿童文学的发展突破了以教育为主的思想禁锢，让儿童作为"儿童"而存在，立于儿童的生命空间，符合儿童的成长规律，帮助儿童健康成长。新时期的改革开放与社会主义现代化建设大潮促使了儿童文学向儿童性的回归，这种回归让儿童文学在对"五四"时期的"儿童本位"观的继承中再一次实现了新的突破，成为儿童文学进入现代化的标志。

可以说，以儿童为本位的儿童观的明确让儿童文学的发展获得了新生，也为儿童文学与生态伦理意识的结合找到了共同点。儿童文学起源于人类对儿童的爱与期盼，凝聚着人类文明的结晶，对儿童而言，能被他们理解和接受的作品才属于儿童文学，优秀的儿童文学必须适应儿童纯真、稚朴、富于想象力和创造力的天性，契合儿童泛灵意识等心理特点，满足儿童多层次的审美需要。而生态伦理意识则是运用伦理道德的力量来重新确定人与自然的关系，使人类放弃算计、盘剥和掠夺自然的传统价值观，转而追求与自然同生共荣、协同进步的可持续发展价值观，关注人与自然环境的相互依存、相互促进、共存共荣。儿童与成人相比与自然的联系更加密切，对自然有着原始的亲近，在自然中他们的身体得到成长，精神得到完善，他们看待自然的态度决定了未来人与自然关系的走向。而"儿童文学作为服务未来一代的特殊文学，自然而然将生态文明与'人与自然和谐发展'视为自己的美学追求"②，只有站在儿童

---

① 朱自强：《儿童文学的本质》，少年儿童出版社1997年版，第16—17页。
② 王泉根：《2009中国儿童文学关键词》，花城出版社2010年版，第3页。

的立场，关注儿童与自然的联系，高度发扬儿童的主体性，才能适应儿童健康成长的需要。从这些方面来看，儿童文学与生态伦理意识在追求的目标上有着本质的相似和天然的统一，因此以儿童为本位的儿童文学与生态伦理意识才能够紧密地结合，发挥更大的作用。

以"儿童本位"为指导思想的新时期儿童文学关注社会动态、关注儿童的精神状态，反对人类中心主义思想对于儿童和自然的控制，强调儿童与自然的共存，提倡运用道德和情感的力量完善生态人格，重新确立人在自然界面前已迷失的价值尺度。所以对于儿童来说，只有具备懂得生命珍贵、自然美好和万物和谐的内心，才能在将来有资格、有能力看护好人类的地球家园。对于儿童文学来说，能够源于生态现实又不拘泥于现实，能够承担着对生态以及人性等重大题材的关注，同时又包含着文学特质和一般规律，散发着文学本身应该具有的艺术魅力的作品才能称得上是具有生态伦理意识的作品。新时期儿童文学中的生态伦理意识可以说是对儿童特质的维护与回归，是以儿童的自然天性为出发点，承认儿童天性中爱玩、爱闹、与自然天然相通的特点，通过为儿童营造更加良好的童年生态环境，让他们回到自然中去，回到自然赋予的鲜活的状态中去，帮助儿童建立有利于人与自然协调发展的自然观，培养他们热爱和尊重每一种生命的价值取向。

所以，通过对于新时期儿童观的定位、新时期儿童文学中的生态伦理意识概念的阐述，本书研究对象的范围和概念也逐渐明晰，主要是选取了 20 世纪 80 年代以来，那些能够从儿童的自然天性和生命特征出发，以构建和完善儿童的生态人格为前提，关注现代化进程中儿童生态变化和自然生态变化，表现儿童整体性的自然观、价值观，正确呈现人与自然的关系的作品。这些作品表达了作者对儿童、对自然的终极关怀，对人类命运的思考，是专门为儿童创作的适合儿童阅读欣赏的文学。

二 论题的产生

近代以来，随着科学技术和经济的迅猛发展，人类对自然的认知和利用程度也不断深入，人类征服和改造自然的能力也在不断提高，自然却逐渐沦为人类的工具和征服的对象。现代社会的发展以工业化、城市化、世俗化为基本特征，工具理性主义和人类中心主义愈加膨胀，随着现代化浪潮的普及，自然被还原为机械装置和满足人类需要的资源库，人们充分利用现代科学技术制造出的各种现代工具来征服和控制自然。现代世界忽视了自然的整体性和人类生命的整体性，把对利益的追逐作为唯一的出发点，人与自然的关系也变成了改造与被改造的关系，整个现代文明建立在了人类统治自然的基础上。然而，这样的基础并不是牢固的，随着人类与自然的长期对峙，人类不得不开始承受自然的一次次报复。我们可以看到：森林面积不断减少，大气污染严重，水污染严重，动植物灭绝速度在加快，北极冰川融化速度也在加快，生态危机导致经济发展与能源、资源、环境、生态的矛盾越来越尖锐，一次次的雾霾天气给人类带来了紧迫的危机感，敲响了保护生态环境的警钟。自然生态危机同时带给人类的，还有对人类精神世界潜移默化的影响，现代文明为了提高效率，无限制地把人性进行简化、单一化，尤其是把人性归结于工具理性和物质欲望，使人产生异化、无根的感觉。如果说能源危机与生态危机预示着人类生命外在支撑系统的崩溃之危险，那么信念崩颓、欲望泛滥、唯利是图等表征出的精神危机则预示人类生命内在支撑系统的自我瓦解。在这种现实境遇下，儿童的成长受到了前所未有的威胁，他们疏离自然，感受不到自然的气息，感官在退化，生存空间在压缩，科技和理性主义正在扭曲他们的价值观、消费观。

恩格斯早在 19 世纪下半叶就指出：

> 我们不要过分陶醉于我们对自然界的胜利。对于每一次这样的胜利，自然界都报复了我们。每一次胜利，在第一步都确实取得了我们预期的结果，但是在第二步和第三步却有了完全不同的、出乎预料的影响，常常把第一个结果又取消了。[1]

于是，随着全球性的环境危机的进一步加剧，特别是世界上无论哪

---

[1] [德] 弗里德里希·冯·恩格斯：《自然辩证法》，《马克思恩格斯选集（第3卷）》，中共中央马克思恩格斯列宁斯大林著作编译局编，人民出版社1972年版，第517页。

一个国家和地区,都遭到大自然的无情"报复"时,人们开始怀疑,人类中心主义是否能够为环境保护提供足够的道德保障。人类在未来要选择怎样的道路生存:是继续人类中心主义般的傲慢、自大,还是应该选择谦逊地、简朴地、内在丰富地生存于地球上与所有生命共同生存、协调发展,这些都已经成为急需解决和面对的问题。从生态危机的角度来审视现代文明,我们可以知道:现代文明最致命的欠缺就在于对大自然整体性的忽视,以及对人的生命整体性的忽视。这就需要人们重新审视正在进行的发展模式,审视人与自然的关系,改变传统的观念和行为方式,建立起尊重自然,保护生命共同体的生态伦理意识,采用除法律之外的伦理的力量并发挥禁止和激励的功能,寻找一条既能保证社会发展,又能维护生态良性循环的全新发展道路。作为当代生态危机和环境革命的产物,生态伦理是自然界发展演变到人类历史阶段伴随着工业科学技术发展的不完善而爆发的人类理性观念的一场思想革命。从1962年美国生物学家蕾切尔·卡逊出版的科普图书《寂静的春天》开始,就敲响了人类将因破坏环境而受到大自然惩罚的警钟。大地伦理学、生态整体主义、生物中心主义等生态伦理理论得到迅猛发展,1972年联合国在斯德哥尔摩签署的《人类环境宣言》、1987年联合国世界与环境发展委员会发表的报告《我们共同的未来》、1992年联合国环境与发展大会通过的《里约环境和发展宣言》中也都将人与自然的关系的讨论提高到一个前所未有的高度,倡导人们在自然中的适度发展、增强保护生态环境的自觉性,激发保护生态环境的道德责任感,因为"只有当人认为所有生命,包括对人的生命和一切生物的生命都是神圣的时候,他才是伦理的"①。进入当代中国的西方生态伦理思潮,在中国日益恶化的生态环境大背景下,迅速与中国传统思想密切结合,蓬勃兴起。

环境的危机直接导致了人类生存的危机、精神的危机和社会生态系统的危机,而当生态问题日益成为人类面临的最严峻的问题时,文学、艺术等上层领域必然要给予关注和反应。文学作为人类把握客观世界的

---

① [法]阿尔贝特·史怀泽:《敬畏生命》,陈泽环译,上海社会科学院出版社1996年版,第9页。

特殊方式，一开始便被赋予反映和表现自然的内容。中国的文学思想中自古就有"天人合一"传统，对人与自然关系的思考一直贯穿始终，进入当代，作家们对现代化进程中日益显现的生态危机进行了深刻的观察，他们直接切入到中国当下的现实问题，以强烈的忧患意识，记录下可怕的生态危机，不断发出正义的呼喊。随着生态文学在国内迅速发展，王蒙等一些知名作家在20世纪90年代初组织并发起了以宣传生态环境保护为宗旨的环境文学研究会，并于1992年创办了中国第一家环境文学刊物《绿叶》。接着，国内的生态文学刊物就迅速增多。而作品创作从徐刚的《伐木者，醒来！》到贾平凹的《怀念狼》再到风靡一时的姜戎的《狼图腾》等，作家以生态意识为引导，揭示了生态危机，反思生态失衡的原因，同时积极倡导生态的人文关怀，自觉地颠覆极端功利主义、人类中心主义等主流意识形态，我国的生态文学是伴随日趋严重的生态危机而产生并取得迅猛发展的，它的繁荣证明了人在危机中自我拯救的力量开始苏醒。从20世纪90年代中期开始至今，随着西方生态伦理思想自身的不断完善，以及生态伦理思想被系统地介绍到中国来，一些生态文学作家的生态视角也更加开阔，他们在揭示生态危机的基础上，开始思考整个生态文明的进程，并上升到伦理学的高度，他们的创作不再停留在关注和叙述自然环境的污染、人对自然的破坏的层面，而是深入文化层面探询人类中心主义、科技发达下的工具理性、无限膨胀的消费欲望对生态环境的掠夺，并从生态整体利益的角度审视人与自然的关系，带有浓重的忧患意识与强烈的社会责任感。三十多年来，越来越多的作家开始聚集在生态文学的大旗下，以关注生态环境、建设诗意栖息家园为己任进行创作，这些作品"是人类减轻和防止生态灾难的迫切要求在文学领域里的必然表现，也是作家和学者对地球以及所有地球生命之命运的深深忧虑在创作和研究领域里的必然反映。文学家和文学研究者强烈的自然责任感和社会使命感，促使了生态文学及其研究的繁荣"[①]。

  愈演愈烈的生态灾难危及整个自然和人类存在，儿童文学作为整个文学的一个有机组成部分，它的发展变化与整个文学的发展环境密切相

[①] 王诺：《欧美生态文学》，北京大学出版社2003年版，第2页。

连，但是作为文学中最鲜活、最有生命力的儿童文学，如何直面如此严重并且还在不断恶化的生态现实已经成为迫在眉睫的问题。随着"儿童本位"观的确立，儿童文学作家们逐渐将儿童本身的情感表达和成长特征作为书写重点，他们不仅看到了世界性的生态危机，而且看到了在极为关注生态危机中儿童的生存环境和精神状态变化，看到儿童与自然疏离后对自然的情感在功利主义和理性主义、科学精神影响下发生的扭曲和异化，面对这样的生存环境，儿童文学作家们必须用一种发展性的眼光来审视儿童文学的创作走向，本着对儿童、对人类、对社会负责的态度，儿童文学向少年儿童积极传递生态环保意识、人类自审意识、绿色文化意识。新时期儿童文学的书写视野得到了充分的拓展，其关注对象由人的生活、人的社会延伸到了大自然广阔而丰富多彩的世界，延伸到了多个物种、生灵的生存家园。大自然探险文学、少年环境文学、生命状态文学、动物题材文学等儿童文学界不断打出的旗号中，大多与生态环保、地球家园相联系，刘先平、黑鹤、吴然、沈石溪、乔传藻、饶远等一大批活跃在当代的儿童文学作家在绿色散文、童话等创作方面奉献了大量优秀作品。《生命状态文学丛书》《少年环境文学丛书》《中国最新动物小说丛书》等此类主题的儿童文学作品被各大出版集团大量出版、印刷，为生态伦理意识在儿童文学的生成与发展创造了条件。

> 以往儿童文学对生态环境的关注主要是出于对儿童精神世界最接近自然生命源头与最欣赏动、植物世界的感性引导，但自改革开放以来，儿童文学对生态环境的关注显然已经与整个环境文学一样完全是基于强烈的生存意识、自审意识及对自然和生命建立敬畏的理性认识。①

随着生态伦理论研究的深入，儿童文学作家们在作品中对于生态伦理思想的展现也不断成熟与完善，他们逐渐开始以审美的方式呈现自然的完美运转规律和生命之间神秘的联系，用整体的生态伦理意识引导儿

---

① 王泉根：《高扬少年环境文学的绿色文化旗帜》，《光明日报》2001年5月31日。

童心目中朴素的、自发的情感走向，引导儿童突破狭隘的人类中心主义自然观，将整个生态系统的利益作为终极尺度，以特有的文化价值深入地研究和思考人类与自然的关系。罗尔斯顿说：

> 一个人，只有当他获得了关于自然的观念时，他的教育才算完成；一种伦理学，只有当它对动物、植物、大地和生态系统给予了某种恰当的尊重时，它才是完整的。[①]

生态伦理使人与自然的关系被赋予了真正的道德意义和道德价值，作为人类生命最初的存在形式，重新建立儿童与自然的和谐关系，在生态伦理思想的指导下构建起的儿童良好的个性和素质，必将有利于他们的每一步成长以及人与自然的协调发展和人类社会的不断进步。儿童对于自然的亲近是天生的，要保持这种珍贵的情感并不断完善，就必然选择生态伦理思想作为"一种人生观、世界观，是新时期所必需的一种人生态度"[②]。可以说，儿童文学"儿童本位"的儿童观的确立为生态伦理思想进入儿童文学创造了条件，而生态伦理观也是儿童文学发展中的必然选择，生态伦理在儿童文学中的发展，也让我们看到了人类走出现代性困境的希望。

第二节 论题的研究现状、意义及方法

一 研究现状

在20世纪末的中国，随着生态伦理思想的普及，人们更多地把目光投向一种开阔、高远、恒久、普遍的人文关怀，关注儿童文学中人与自然关系的书写和对儿童生态伦理意识的引导，也导致社会对儿童文学和生态伦理意识的关注不断升温。2008年7月在我国台湾地区举办了第九届亚洲儿童文学大会，来自国内外的儿童文学作家、编辑、学者对地球

[①] [美]霍尔姆斯·罗尔斯顿：《哲学走向荒野》，刘耳、叶平译，吉林人民出版社2000年版，第261页。

[②] 曾繁仁：《生态美学导论》，商务印书馆2010年版，第367页。

与生态等议题进行探讨，在会议的 6 个副主题中，从生态伦理角度出发对儿童文学发展进行探讨的就占了 4 个，可见儿童文学与生态伦理的联系已经达到了前所未有的密切程度，已经引起了与会学者们的高度重视。而在 2011 年，由人民文学出版社、天天出版社与昆明儿童文学研究会联合举办的"儿童文学领域的生态文学创作暨湘女作品研讨会"在昆明召开，会议向全国儿童文学作家发出了《生态文学倡议书》，并挂牌成立了儿童文学领域生态文学基地。作家、儿童文学评论家对儿童文学所承载的生态使命表现出了极大的热情，已经有一批学者投入到儿童文学的生态伦理意识呈现、表现形式、趋势及走向的研究中来，为儿童文学的发展开拓了新的理论空间。新时期儿童文学的生态伦理研究，大致可分为以下三个方面：

一是关注作品中所呈现出的儿童生态伦理意识走向。通过对新时期儿童文学中的环保、生命等主题的书写脉络分析，总结生态伦理意识在儿童文学中的生成和表现，感受儿童文学在时代背景下自我解放、回归自然、感悟生命等方面的创作变化，以及对儿童成长产生的作用以及意义。朱自强的《童年的身体生态哲学初探》、焦荣华的《论儿童与大自然之间的"我—你"关系》、陈世明的《当代动物小说的描摹视角与儿童生态发展》、许军娥的《儿童生态环境与构建儿童阅读系统工程的思考》等都在这些走向中做出了思考和总结。

二是结合作品分析生态伦理在儿童文学中的具体表现方式。儿童文学中的生态伦理意识主要通过对生态环保的关注、对环境破坏的控诉、对生命形象的重塑、对自然情怀的引导等方面来传达的，儿童文学评论家结合深层的生态伦理意识分析作品呈现的人与自然的关系，批判带有人类中心主义思想的自然观书写。有李曼的《儿童诗歌里的自然意象分析》、唐英的《从动物小说的兴起看我国儿童文学的发展》、赵霞发表在《文艺报》的《当代童话创作中的生态意识》、楼肇明的《谈童话艺术兼评英娃的生态童话系列》，还有何卫青的《中国儿童幻想小说的生态意象》、陈世明的《当代动物小说的描摹视角与儿童生态发展》、肖显志的《呼唤·渗透·启迪——儿童文学走向生态文学的尝试与实践》等研究。

三是对单个作家作品或者某一类型的文本进行分析。随着生态批评理论研究的深入，儿童文学中的生态批评也逐渐细化，一些高校硕士、博士论文对当代儿童文学创作中的生态伦理意识进行了初步的阐述，对作家小说中的生态意识进行专门研究的论文纷纷涌现，有对某一部作品的文本细读，也有对某个作家某个时期的作品评述，更有作家结合地域性、民族性特征对一个类型的作家群进行研究，特别是对云南、西藏、东北等偏远地域的作家群、少数民族作家群的关注。吴尚华的《人与自然的道德对话——刘先平"大自然文学"生态意涵初探》、上海师范大学孙悦的博士论文《动物小说——人类的绿色凝思》、福建师范大学张玉玲的硕士论文《敬畏生命——沈石溪动物小说研究》、郝婧坤、孟宏峰的《森林之爱——论金波诗文中的生态含蕴》、刘汝兰的《纯真生命与世界的鲜活对话——论满族女诗人王立春的儿童诗创作与探索》、赵玉贵的《儿童文学的生态工程——评长篇儿童小说〈蛙鸣〉》、马芳芳的《儿童·民族·自然——佟希仁儿童文学创作的民族生态文化解读》等研究均取得了突破性的进展。

对于儿童文学中的生态伦理意识的研究才刚刚开始，通过对上述研究情况的考察我们可以看出，新时期以来随着生态批评和生态视角的开拓与深入，儿童文学生态伦理意识研究在近二十年的时间内取得了许多长足的进步，研究者的理论素养不断加深，研究视野逐渐开阔，研究方法日益多元，研究领域也大大拓展，研究成果也日趋增多，推动了儿童文学的现代化、世界化发展。但我们也要看到，随着生态伦理理论的不断创新，目前的评论和研究界仍然需要跟上时代的步伐，跟上国际生态伦理理论发展的步伐，对新时期儿童文学中的生态伦理意识进行整体性、系统性的梳理和研究，不断总结和反思，从特定的文化、心理层面进行深入研究。因此，本书以生态伦理理论作为支点，结合新时期儿童文学的文本创作，全面、系统地把握儿童文学生态伦理意识的内核、价值，更为完整地诠释新时期儿童文学生态伦理的特征，展示儿童文学所具有的深厚的人文关怀精神以及独特的艺术魅力。

二 研究意义及方法

儿童文学对少年儿童灵魂的塑造、性格的培养、智能的发展所起的作用是无法抹杀的，但在传统的儿童文学创作中，童心、母爱、游戏精神、性别意识、人格养育等题材一直是表现的重点，即使关注人与自然的关系，也是从人类中心主义的层面来书写。进入21世纪，随着科学技术的进步和工业化进程的加速，环境危机已经成为关系人类生死存亡的大问题。当前我国18岁以下约有3.67亿人，约占全国总人口的1/3，他们生态伦理意识的状况如何，关系到未来人与自然关系的走向，关系到生态文明建设的成败，甚至关系到国家的前途和民族的命运。树立良好的生态观，是未成年人形成完整的科学的价值观、人生观和世界观的重要基础，在儿童文学中加强生态伦理意识的引导，可以更好地处理与自然之间的关系，运用伦理道德的力量抑制人类日益膨胀的欲望，重新确立人在自然界面前已迷失的价值尺度。有道德地善待自然，这是构建人与自然和谐、倡导科学发展观的重要前提和基础。儿童文学作家肩负着庄严的生态职责，他们要用手中的笔自觉表现那具有崭新生态伦理意识的人与自然的道德对话。

从生态整体的角度来观察和研究新时期儿童文学作品，揭示作品中所蕴含的生态思想、揭示生态危机的思想文化根源、探索儿童文学的生态审美和生态的艺术表现形式，第一，对新时期儿童文学创作显露的新现象及时做出阐释求证，为新时期生态伦理意识的建构打开了新视野、开拓了新领域、提供了新课题，为儿童文学的发展研究提供了更广阔的思路，是对儿童文学发展规律的总结，也是对文学责任的明确，促使儿童文学的创作在深度和广度上不断拓展，对构建中国生态文学的整体框架具有积极的意义。第二，通过对作品中生态伦理意识的分析，使儿童重新认识所处的生存状态，认识当前生态危机的日益严重性，思考造成危机的真正根源，给生活在这个时代的儿童以精神的提升。将儿童文学研究置于生态批判的视野中进一步研究自然与人以及自然与文学的关系，不仅证明了"儿童本位"的儿童观是儿童文学发展的正确选择，同时也让儿童文学的发展更具有时代意义。第三，在我国生态环境总体上持续恶化、生态危机日趋严峻、生态灾难越来越严重的时代，利用世界对生态危机的共识、利用生态伦理知识的共融性，将本土作家的创作与全球化的文学话题与焦点结合起来，将儿童文学的本质与生态伦理学的理论结合起来,为儿童文学的创作打开一扇新的窗户,为中国儿童与世界儿童之间构建起一个没有障碍的审美通道,实现儿童文学的国际对话。

"新时期以来儿童文学中的生态伦理意识研究"这一选题以生态整体主义作为理论基础,参照利奥波德和罗尔斯顿、王诺等学者的生态整体主义的概念进行分析和论述。生态整体主义概念根据王诺在《欧美生态批评》中的概括,主要是指:

> 把生态系统的整体利益作为最高价值而不是把人类的利益作为最高价值,把是否有利于维持和保护生态系统的完整、和谐、稳定和持续存在作为衡量一切事物的根本尺度,作为评判人类生活方式、科技进步、经济增长和社会发展的终极标准。[①]

简单来说,就是有利于生态系统和谐稳定的才是适合的和美的,干扰破坏了生态整体和谐稳定的就是要抛弃的和丑的。本书将以这个观点为参照研究新时期儿童文学创作中的生态伦理意识的走向,运用生态学、叙事学和心理学理论全面、系统地考察这一特殊的社会转型期对儿童文学的影响,以及儿童文学所呈现出来的新的研究方向。

---

① 王诺:《欧美生态批评》,学林出版社 2008 年版,第 24 页。

第 一 章

非人类中心主义的伦理关系构建

　　自然是万物的起源之地，供万物生长、繁荣。人作为自然存在中的一个生命、作为地球生命共同体的一个部分，与自然的关系源远流长，人与自然的关系自古就是一个体现人性与传达人类生存前途及精神境况的世界性问题。随着社会经济的不断发展、科技进步和理性主义所带来的影响，自然环境遭到了破坏，人与自然的关系日趋恶化，人类本身也面临着生存和精神的双重危机。城市化的加剧，人与自然的疏离，曾经的山清水秀都成了人们记忆中的美好景象，对于儿童来说，自然与他们有着天然的联系，在他们心中有着特殊的位置，当儿童被越来越多的学习任务挤占了玩乐的时间的时候，当失去了身体和心灵自由的儿童们逐渐被异化的时候，"我们需要从一种全新的角度来看待我们自己以及我们在自然界中的位置，我们的整个道德方向需要经历一个深层的、具有深远影响的转变，其中包括彻底修正我们对待地球及其生物共同体的态度"[1]。人们逐渐意识到，无论是从物质的角度，还是从心灵的角度来说，远离自然也就是远离了儿童的生命本身，人类必须重新评估自然的价值和位置，建立能与自然和谐相处的生态伦理意识，让儿童恢复与自然的亲密的关系，才能促使他们以积极的态度爱护自然、维护生态平衡，保持自然的良性循环，为人类的生存创造一个美丽、健康的环境。

　　进入新时期之后，在人类对自己与自然关系反思的同时，儿童文学也正在进入一个全新的发展阶段，经历了"文化大革命"对人性的践踏

---

[1] [美]保罗·沃伦·泰勒：《尊重自然：一种环境伦理学理论》，雷毅等译，首都师范大学出版社2010年版，第85页。

和对生命的漠视，促使他们在以儿童为本位的书写方向上重新定位。作家们在创作时主动从人与自然的整体利益出发、从儿童的本性出发，书写倡导人与自然和谐相处、贴近儿童生活、关注自然与儿童的关系的作品，这不仅是时代的号召，也是儿童成长的发展需求。曹文轩、刘先平、沈石溪、肖显志、牧铃、黑鹤等作家在作品中为儿童呈现出了人与自然相处的美好，表现了儿童在自然中的启蒙，描绘出一个远离城市喧嚣、贴近生命本真、自然风景优美、人与自然和睦相处的栖居梦想。他们怀着对自然和儿童的历史责任，批判人类中心主义思想，批判远离自然的城市生活，从儿童与自然的天然的联系出发，不断完善儿童的价值观、自然观、道德观，通过让儿童贴近自然、热爱自然来达到人与自然的共荣共存的目的。

第一节　人与自然关系的重构

人类从自然中来，又生活于自然之中，自人类诞生那一天起，便与自然的生存、发展紧密地联系在一起，伴随着自身物质生活方式和理性思维能力的不断变化和发展，人类对自然的认识与理解也不断发生着变化，"回归自然"与"征服自然"成为人类与自然的长期接触和相互作用中此消彼长的两种态度。

目前的生态理论普遍认为，人类和自然的关系是随着工业文明的出现而发生根本性改变的，在18世纪之前，人类认识自然和改造自然的能力有限，还无法认识很多自然现象，面对自然容易产生恐惧的心理，人与自然的关系更多地表现为受制于自然。进入18世纪后，随着人类生产技术、水平的逐渐提高、生产技术的革新、贸易的发展以及思想文化运动的兴起，人对自然规律的认识逐渐加深，很多自然现象也得到了合理的、科学的解释，使得人对自然的恐惧逐渐减弱，人与自然的关系发生了逆转，自然逐渐沦落成为人类改造的对象，人类从敬畏自然变为征服自然，一直发展到今天，人与自然的关系已经彻底沦为主客体的关系，人类不想去适应自然，而是粗暴地想让自然来适应自己，妄想成为自然的"主人"，由此带来的后果则是大规模的水土流失、土质下降、沙漠化等一系列的生态失衡。

随着人类社会的发展，人口越来越多，人的科学技术水准也越来越高，人的欲望也越来越强大，人对其外部世界的改造也越来越普遍、深刻。于是渐渐地造成了这样的局面：社会越进步，距离自然就越远；人改造自然的水平越高，社会发达的程度就越高，人类历史的进程似乎就是在这样一条直线上不停地向前迈进的。①

利安·怀特在论及人与自然关系时说："人与土地的关系发生了深层次变化。以前人是自然的一部分；如今却成为自然的开发者。"② 人与自然关系的对立，究其原因，主要是因为忽略了自然万物的有机统一性，主张人类中心论，对自然进行疏远和掠夺。人对自然的态度决定着人与自然的关系、人与自然之间的道德关系，"支配这些关系的伦理原则决定了我们对地球自然环境和生活于其中的所有动植物的责任和义务"③。随着生态环境的不断恶化，人们更加深切体会到，自然是人类生存的根本，是人类最重视的东西，如果没有自然，人类最终将走向灭亡。这就要求人类将自己看成是自然的有机组成，自觉回归自然、亲近自然，把人与自然的关系确立为一种道德关系，把道德关怀从社会延伸到非人的自然存在物或自然环境。当人类回到与自然亲密和谐的状态的时候才能深深体会到自然的博爱与宽容、神圣与和谐，才能醒悟到人类傲视自然、狂妄自大甚至肆意破坏自然的做法是多么愚顽卑劣。所以人类应该自觉摒弃人类中心论和自然工具论等错误理念，充分享受自然美、和谐美、生态美，以一种敬畏自然、敬畏生命的态度来自觉承担对自然的道德责任。

在儿童文学的发展过程中，人与自然的关系也呈现出阶段性的变化，从"五四"时期"发现儿童"后，到抗日战争和"文化大革命"时期对

---

① 鲁枢元：《生态文艺学》，陕西人民教育出版社2000年版，第105页。
② 张艳梅、蒋学杰、吴景明：《生态批评》，人民出版社2007年版，第97—98页。
③ ［美］保罗·沃伦·泰勒：《尊重自然：一种环境伦理学理论》，雷毅等译，首都师范大学出版社2010年版，第1页。

儿童天性的抹杀，儿童与自然之间的关系也在不断地变化，而且儿童文学的功能主要是教育，这样的论断一直在今天仍或多或少地影响着儿童文学的发展，儿童与自然一样沦落为被成人控制的对象。进入新时期，随着对儿童文学的书写对象和审美特征的重新定位，随着生态伦理思想的普及和人们生态意识的逐渐提高，作家们在创作时有意识地对人与自然、儿童与自然的价值关系、道德关系、审美关系都进行深入的思考。无论是有生命或无生命的，无论人或自然，在作者笔下更多地呈现为相互联系、共同发展的整体，作者有意识地将儿童的道德视野扩大，将自然纳入其中，通过对以往人与自然相处模式的改变来纠正长期以来存在的以人类为中心的思想偏差，通过理性与感性的融合，让敬畏自然、关注自然、爱护自然的观念成为主导，让儿童在与自然的相处中找到自己的位置，发现生命的乐趣。

一 "崇敬"背后的地位变化

自然是人类的生命之源，但人却往往认为自己拥有其他生命形式所不具备的优越性，科学对自然的解密导致了传统的宗教与神学的没落，在仅仅几百年的时间里，人们从身到心、从物质到精神都获得了解放，可获得了解放的人们却将先前对自然的敬重抛到脑后，把自己置于高于自然的位置，自然的地位下降到了最低点。生态伦理学认为，包括人类在内的所有的生物物种都是自然的产物，人与其他物种的差异只是大自然在漫长的进化过程中产生的分工差异，并不比其他物种在价值和权利上更优越多少，自然能够被人改变，人却无法脱离自然生活，人与自然之间血脉相连，它们共同组成富有生机的地球生态系统。"在造物主面前，无大小之分，万物与它同源，它无处不在。"[1] 重新定位人与自然的关系，就是要使人们真正意识到人类只有在对他者的敬畏和对自我的谦卑时才能更好地约束自己的行为，意识到人类与自然相比的弱小，才能明白自己与其他生命体一样是生活在同一个自然环境中，才能真正地以

---

[1] [美]拉尔夫·瓦尔多·爱默生：《论自然》，吴瑞楠译，中国对外翻译出版公司2010年版，第43页。

谦逊的态度对待自然及其中的一切生命,才能确保自然共同体的完整与和谐。

> 我们的生命和福利取决于偶然和意外、外界事物的影响和变化过程,而这些东西我们既无法预测又无法控使其朝着对我们有利的方面发展。不管我们人类是多么信赖我们可以成功地征服自然和操纵自然使其为我们自己的目的服务,然后,如果我们意识不到自己的知识和能力有限的话,那我们就是在欺骗自己。①

因此,人类首先让自然重新回到高于人类的位置中,怀着崇敬的态度在自然中生存、与自然相处,面对自然多一分谦逊和敬畏,珍视人类赖以生存的环境,从自然万物及其纷繁的现象中获得启迪,激发创造智慧与能力,重新寻回自然的魅力。新时期以来,儿童文学中的自然重新回归神秘与高大,通过对于日出、大漠等自然景观的书写,通过面对浩瀚自然景观的赞叹与折服,面对生命的神秘的惊叹,试图在儿童心中重新界定人在自然中的位置,唤起儿童心灵的震撼和敬畏的情感,表现他们对自然的赞美、仰慕之情,从而达到改善人与自然关系的目的,帮助儿童培养和树立新的自然观,形成基本的生态伦理意识。正如鲁枢元先生说的,"此时的人类对包括天地在内的自然,既持有疑惧、警卫的膜拜之心,又怀着亲近、依赖的体贴之情",人与自然在文学创作中"那美妙的音韵旋律已经成为后世不可逾越的极限"②。

美国生态伦理学家罗尔斯顿在《哲学走向荒野》中曾认为自然具有"固有的价值,不需要以人类作为参照"③。也就是说,自然是一个有自己变化规律的系统,人只是整个自然秩序中一个小小的环节,是自然有机统一体中的一个部分,自然可以按照自己的内在规律和机制实现生存和

---

① [美]保罗·沃伦·泰勒:《尊重自然:一种环境伦理学理论》,雷毅等译,首都师范大学出版社 2010 年版,第 66 页。
② 鲁枢元:《生态文艺学》,陕西人民教育出版社 2000 年版,第 293 页。
③ [美]霍尔姆斯·罗尔斯顿:《哲学走向荒野》,刘耳、叶平译,吉林人民出版社 2000 年版,第 189 页。

演化，而人类却无法离开自然而存活。也就是说，人是属于自然的，而自然却未必属于人，离开了自然的供给，人类连生存也无法保证。新时期的儿童文学作家们从这一点出发，通过书写人对自然的生存依赖，让儿童体会到自然的固有价值，体会自然对于人类的重要意义。在很多作家的笔下我们都能感受到儿童从自然中获取食物的喜悦，同样也感受到因为自然无法提供食物时，饥饿给儿童带来刻骨铭心的体验。湘女的作品经常用清新淡然的笔调为孩子们带来对于自然的别样感悟，在《南瓜小子》《竹娃娃》《乡村花语》等作品中，南瓜、竹笋、马蹄香香花等植物一方面是童年游戏的伙伴，另一方面也是儿童喜爱的食物来源，"别小看那样小小的叶，太阳晒枯了，大水淹没了，只要山风一吹，很快又变成绿绿的一片小马蹄……那叶儿能做饭饼，根儿呢，磨成粉，滚水一冲，就是一碗亮晶晶的马蹄粉羹，能拉出长长的糖丝……"（湘女《马蹄香香花》）没有自然的供给，人们只能陷入饥饿之中："真的到了五荒六月，粮食的窘迫就显而易见了。山里大米本来就少，这时基本上见不到了。包谷面熬得稀粥，清的能找见人影。饥饿像一只多爪的虫子，在肚里慢慢地爬，引发出一种很尖锐的、似痛非痛的感觉。"（湘女《南瓜小子》）饥饿带给儿童的感受，更让他们增加了对自然的敬畏，所以当儿童来到城市，并不认可那些价格昂贵、带着奇怪味道的汉堡，他们只有在吃着带有自然味道的马蹄香香花饼才能踏实。通过作者细致的描绘和传神的书写，让我们身临其境体会到了儿童对自然的认识，也感受到食物匮乏所带来的身体痛苦，也只有在感受状态的同时人类才会客观的评估自己，才会对自然选择臣服来换取生存的机会，才会对自然怀有一颗虔诚感恩的心。

> 我只想指出自然相对于人类的真实位置，从而以自然为参照物来确定人类的方位，这也是所有正确教导的做法，因为，人类生活想要达到的目标即是建立人与自然的联系。[①]

[①] ［美］拉尔夫·瓦尔多·爱默生：《论自然》，吴瑞楠译，中国对外翻译出版公司 2010 年版，第 31 页。

自然在人类生存之前就已经存在,并提供给人类食物、水源,让人类得以生存和取暖,人类生存和发展所需的一切物质资源只能从自然生态系统中获得。罗尔斯顿曾说:

> 大自然是一个进化的生态系统,人类只是一个后来的加入者;地球生态系统的主要价值在人类出现以前就已各就其位。大自然是一个客观的价值承载者……在自然的演化过程中,人类的出现也许是一个最有价值的事件,但如果以为是我们的出现才使得其他事物变得有价值,那就未免对生态学太无知且狭隘了。[1]

对这种价值观的肯定,颠覆了人本主义的自然价值观,唤起人们对大自然的敬畏之情,督促人们自觉承担起对大自然的道德义务。

在现代化的发展过程中,人类视自然为可开发的资源、可征服的对象,认为自己再高的山也能跨越,再宽的河也能横渡,但是这样的认识却带来了对自然的藐视,带来了对自然的不屑一顾,只有重新发现自然的壮美,感受自然的广阔,才能重新思考自然的位置。在吴然、刘先平、徐刚、方敏、湘女、郭雪波、李青松等儿童文学作家笔下,自然却呈现出雄壮伟岸、色彩丰富的特征,他们秉持着新的人与自然观,足迹遍及高山、江河、沙漠、荒野,围绕自然画卷创作了一系列以自然风光、自然探险为内容的作品,书写了内心对自然的崇敬之情,表达出他们心中对于自然的惊叹、欣赏与臣服。面对自然的造化无穷,人类更加感到个人和生命的渺小,从而更加膜拜与迷恋自然。在刘先平的作品中,我们可以感受到他对自然生命的赞扬、对自然风景的赞美、对浩瀚自然的崇拜之情,这些作品都以作者亲身感受的形式,真实再现了大自然的各种壮美风情。在描写日出时,他笔下壮美的日出景象给每个人内心深处带来震撼:"一轮红日从巍峨的雪山升起,霓裳变换成满天的红晕,金红、水红、胭脂红、大红、绛红……红的光影外,更是一个色彩无比丰富的

---

[1] [美]霍尔姆斯·罗尔斯顿:《环境伦理学》,杨通进译,中国社会科学出版社2000年版,第4、5页。

世界。浩荡的姜根迪如冰川,也是彩色的,虹霞般闪耀。冰川上林立突兀的冰塔,色彩迷离,不可名状。连对色彩最为敏感,分的最细的刺绣大师也会望洋兴叹……无法抑制冲动,跪下朝拜,瞻仰神圣。那时,只有这个动作才能回应全身血脉的激荡。"对于日出的膜拜,也正是人类对于自然力量的感知与膜拜,面对这样美丽、气势恢宏的场面,人类无法再将自己看成高高在上的主宰者,只能表达自己对自然的敬意,正如鲁枢元说的:"一个摒弃了自然美的时代,也正在摒弃自己的生存之根"[①]。董宏猷在《十四岁的森林》里,将森林的进化史融入故事情节之中,人类面对自然漫长、厚重的进化过程,就像一个在成人面前炫耀自己的小孩,只能让人觉得幼稚可笑。"倘若植物界也有诗人,那么一定会写出比荷马史诗更加辉煌壮丽的史诗;倘若植物界也有历史学家,那么一定会记载比第二次世界大战盟军在诺曼底登陆更加震撼人心的登陆。"(董宏猷《十四岁的森林》)少年们带着对森林的征服欲望而来,从险峻的山崖背米到经历漆树过敏的折磨,一点点磨去了他们曾经的自以为是和盲目自大,在森林中的每一次经历,都让他们加深一次对森林的敬畏和仰慕。在地球上的原生态景象逐渐消失的今天,对于魅力无边的原生态自然景象的书写显得弥足珍贵,带给儿童不同的审美感受。作家们将自己的情思融入自然风景之中,通过描绘他们看到和感悟到的雄伟壮丽的自然景象来表达内心对自然的虔诚之情,并对儿童产生深刻影响,帮助儿童树立正确的生态伦理意识。

在作家们的笔下,自然王国是拥有世界上庞大种族的生命之国,繁衍着各种形态、各种习性的子民,即使在人类文明和科学技术如此发达的今天,许多动物身上所表现出的生存技能、生存智慧仍然让人类琢磨不透、难以企及。这些动物在作家们的笔下不再是低人一等的愚蠢存在,不再是可以随意被人类践踏的对象,不再是任人宰杀的餐桌上的美食,它们聪明、善良,崇高而富有温情,呈现出独立、不为人所知的很多特征,充分体现造物主的智慧和自然的灵性,让人惊叹自然造物的美妙。在刘先平的笔下,我们也可以看到,野猪会在自己病的时候去吃毒蛇治

---

① 鲁枢元:《生态文艺学》,陕西人民教育出版社2000年版,第90页。

病，黑麂拉肚子会去找冬青叶吃，梅花鹿产崽时会吃光附近的益母草，黑麂会细心地辨别猎人设下的圈套，雌黑麂会用自己的生命去替代雄性黑麂被猎杀，毒蛇会诈死逃生。许许多多的动物智慧让人惊叹，它们的生存意志让人敬佩，它们的牺牲精神让人动容，一点都不逊于人类，甚至在人类之上。大自然的神秘、辽阔、恢宏，越发让人类显得无知和渺小，自然之力的伟大冲击着读者的心灵，使作品充满了生态和谐的深刻含义。就像金波在《追踪小绿人》中借孩子们之口说的："这个世界多么奇妙。还有更多奇妙的事情，等待着我们去发现去探索"（金波《追踪小绿人》），对于动物行为的赞扬同样在保冬妮的《屎壳郎先生波比拉》中出现了，古埃及人将屎壳郎奉为尊贵的生灵，这种小生命的死亡与新生给了人类重要的启示："也许正因为这种神奇的死亡方式启发了古埃及人，他们才创造了旷世奇观的大金字塔——长老的坟墓"（保冬妮《屎壳郎先生波比拉》）。人类的奇观都是在动物的启发之下造就的，我们必须怀有一颗谦卑的心，承认自己的无知与浅薄，才能够重新审视人与自然的相处模式，表达了作者对于动物生命的尊重之情，也表达了对自然造物的崇敬之情。黑鹤笔下的原始森林大火中，人的力量毫无用武之地，而且人在原始森林中的逃生能力远不及动物们，柳霞最后走出森林大火，靠的还是熊和驯鹿的指引（黑鹤《驯鹿之国》）。自然中的惊异之处带给我们智慧，所以我们更应该为此而感激自然。牧铃的《艰难的归程》中，流浪狗阿蓬的敏捷、机灵和勇敢让人刮目相看，相比人类的愚蠢和自以为是，在狗与人的较量中，反而狗却常常占到上风，人只能自欺欺人的告诉自己："哪有什么狼啊，准是个捣蛋鬼跟咱们开玩笑！……从老耿头看到的瘦狼，到这个狼爪印，不过是一个精心策划的玩笑罢了！"（牧铃《艰难的归程》）曾经盛极一时的宠物园走向没落正是因为人的自我意识的膨胀，是自然对人的惩罚，也是惩罚人对阿蓬所代表的动物生命的漠视、低视行为。作者用人类的愚蠢映衬了动物的聪明和机智，突出了阿蓬的正直、勇敢。正如作品中一位研究动物行为学的专家说的那样："未知世界像一片海洋，人类的已知却只是一只小小的汤匙。谁也别想用这汤匙去舀干大海。"（牧铃《艰难的归程》）但在作品的最后，阿蓬拼死护卫羊群、回归牧场的书写仍然以人的利益和价值观作为出发点的。但整体来说，作家们能够赋予动物们勇敢、坚强、聪明、忠诚的情感，动物们也不再是低人一等的人类的附庸，并且作者们将这些生命存在的智慧和品性抬高到与人相同或在人之上的程度，引发了读者对自然地位和自然生命的重新认识与思考，达到了礼赞自然的目的。

> 我们听不懂飞鸟的歌唱。狐狸和鹿逃避我们，熊和老虎噬咬人类。许多植物我们不能物尽其用，像玉米、苹果、土豆、葡萄藤等等。乡村的风景无论何时看到，都给人庄严的壮丽之感。①

自然世界是博大的，人类的探索只触及了其中的一角，自然给予了人类感性和理性的认识，人类在与自然界接触的过程中，还有许多要学习。

> 我认为人类的真实所知非常肤浅。听听墙上的老鼠、看看篱笆上的蜥蜴、脚下的蘑菇、木料上的苔藓。无论是出于同情，抑或道义，我对它们生活的世界有多少了解呢？这些生物跟高加索人一样古老，甚至年代更久远。它们在人类之外保持着自己的生活，没有留下任何互相交流的词语或者符号的迹象。②

面对如此神秘的自然存在，我们只有改变以往看待自然的方式，思考的方式，选择臣服和崇敬的心态，承认自己的弱势和渺小，才能真正认识到自己在自然中的位置，彻底地改变人与自然关系的对立，与其他生命一起构成最富生命力的和谐乐章。

自然是人类的朋友和生存的伙伴，在自然中"人的尊严与天的尊严、对人的尊重与对天的尊重、人道与天道，是一致的。无数事实证明，伤天总是害人，敬天即是爱人"③。人类只有明确自己的生存地位，以一颗

---

① ［美］拉尔夫·瓦尔多·爱默生：《论自然》，吴瑞楠译，中国对外翻译出版公司2010年版，第35页。
② 同上书，第63页。
③ 何西来、杜书瀛：《新时期文学与道德》，山东教育出版社1999年版，第106页。

虔诚、谦卑的心去积累知识、亲身实践,才能听到来自自然的声音,而大地也将感受到我们的存在,我们才能与自然形成相互的接纳。儿童文学作家们虽然对自然素材的选取和艺术表现的方式各有不同,但他们尊重自然的态度在作品中贯彻始终,他们深刻反思人类社会发展过程中的经验和教训,他们不仅仅从自然审美的角度表达人与自然的和谐相处,还力图为儿童树立正确的人与自然的伦理观念,把人与自然的关系提高到了一个哲学的高度。在人与自然的关系中培养一种自然崇敬的心理并不意味着向原始的倒退,而是要树立一种对自然的内生性情感,促使人类的发展走向更加理性、健康的道路。

二 "共生"基础上的协调发展

自然是地球上一切生物与无生命的环境组成的相互作用、依赖的整体,人类作为重要的组成部分是"整个生态环链中不可或缺的一环,人人都具有生态环链性,个体一旦离开生态环链,就会失去它作为生命的基本条件"[1]。由于长时间以来人类中心主义的思想占据统治地位,特别是进入工业化时代的人类变得孤傲和目光短浅,让人们在观念上忽视了人与自然的共生性和相通性,造成当前两者的敌对和分裂状态,让人类自身陷入了孤立的境地,不再拥有自然生态系统的关照,不再拥有大地母亲的呵护。整体遭受了破坏,个体自然也无法独立的生存,所以应该从整体上审视人类与自然的关系走向。利奥波德认为从协调人与人之间的关系扩展为协调人与自然的关系将成为伦理学演化的一个必然趋势,罗尔斯顿也提出了将系统的整体利益放在至高无上的地位,从整体上考察系统与要素以及各要素之间关系的生态系统的整体利益的思想。在我国,儒家自古就有将人与自然视为整体的文学传统,认为人与自然一荣俱荣,一损俱损,尊重自然就是尊重人自己,爱惜其他事物的生命也就是爱惜人自身的生命。这些哲学思想反对人类以征服自然的方式来证明自我,反对人类自诩为世界中心、万物之首的理念,而是认为整体内部每个组成部分、每个种物、每个个体间与整体的和谐关系是整体健康的

---

[1] 曾繁仁:《生态美学导论》,商务印书馆2010年版,第307页。

保证。经过整体的思想和共生原则对人与自然的关系进行思考和价值判断，人们终于认识到人类作为自然界的一部分，不能仅仅只对他人和社会负责，还要在尊重自然的基础上，对整个生命共同体负责，对人类赖以生存的自然环境负责。只有走出"人类中心主义"的认识误区，明确人类与自然界之间的这种道德关系、平衡关系，才能促进人与自然的共存共荣，达到"天地神人"的和谐。因此，人类必须改变自我毁灭式的生存方式，实现人与自然的平等共生、相互依赖，与大自然融为一体，才能获得共同的生长繁荣。进入新时期，一批优秀的儿童文学作家坚持人与自然共存共荣的理念，强调人与自然的"生态平等"，不断在作品中改变那种曾经通过征服甚至毁灭自然以满足人类贪欲的功利主义价值观，作者们在关注儿童健康成长的同时，也为儿童阐释着关于人与自然共存共荣的生态理念。在这些作家笔下塑造的理想世界中，充满了树木、鲜花、小鸟、泉水等一切美好的自然景象，周围的人们相互友爱，始终保持淳朴自然的生活状态。作家们相信建立在相互尊重、相互依赖的基础上的价值观，才是能让人类实现可持续发展的价值观。

在生态系统中，万物各有其位，各有自己的生命历程，又彼此依赖、相互渗透，人与自然的关系相辅相成、共存共荣，这在新时期儿童文学作品中体现在天地人各有其位、人与自然和睦相处的和谐关系的书写上。特别是在湘女、乔传藻、吴然等一些边地作家的笔下，少数民族生活在远离城市喧嚣的边区，虽然物质生活并不富裕，但他们生活在相对封闭的自然环境中，对于人与自然共同发展的观点有更深切的感悟。作家们书写人与自然、儿童与自然的相处，营造出具有和谐美感的诗化图景。在乔传藻的代表作《醉麂》中我们看到人类与自然是没有界限、没有围墙的，一只淘气的小麂子可以在杜鹃花盛开的季节，跑出山林，随意进入到人类的世界，小麂子在离人越来越近的路上轻松玩耍，最后因为贪吃杜鹃花醉倒了被救回村里的小学校里，小麂子与儿童相处并没有距离感，反而互相增添了快乐，"小黄麂高高兴兴地走出了松板小屋。它来到了草地上。卡色村的小学生们，都规规矩矩地坐在教室里上课。小黄麂知道，学校的小朋友最听榕树桠上大铜钟的话，钟响了。他们才会跑出教室，逗着小黄麂在草地上抵架、摔跤、赛跑。只等大铜钟再一敲响，小学生们这才扔下小黄麂跑进教室。小黄麂被小学生的友情陶醉了,它舍不得离开这些跟它特别好的朋友,有什么办法呢?小黄麂有时也独自去远远的草地上贪婪地吃着野花,也去远远的溪水边照镜子,可只要它一听见大榕树上的铜钟敲响,就会腾起前蹄,飞快地赶回学校。那情景,多像是一个生怕上课迟到的小学生。"(乔传藻《醉麂》)小黄麂从山林来到儿童的身边,与儿童相处自得,它不仅是吃杜鹃花吃醉了,还在与儿童的嬉戏中,与儿童建立的情感中陶醉了,作者营造了儿童与小鹿之间的快乐生活。青山绿水的环境净化了人的灵魂,这是自然中生命与生命的对话,作者充满温情的描写使自然与作品中的人物、动物诗意地融为一体,写出了人与大自然之间和睦相处的温馨。如果说《醉麂》中是动物生命与人类生命的互动带来的美的话,那么在湘女的《喊月亮》中,夜晚站在山顶对月亮喊叫的儿童,以及月亮徐徐升起带给儿童的快乐更体现了非生命物质与儿童相处的快乐。儿童喊月亮的过程,拉近了儿童与月亮的距离,"人始终在朝前走,山路也绵长不断。那月亮就始终远远地搁在那个山丫口,很亲切地注视着你,等待着你"(湘女《喊月亮》)。儿童在月光下嬉戏,月亮在他们的心目中是一起游戏的伙伴,也是心灵的抚慰者,夜色中奔跑的儿童与始终在天上的月亮浑然一体。"回家的路依然银亮无比,那月亮灿烂地悬在头顶,含情脉脉地伴着我们走,你快它也快,你慢它也慢,痴痴地一直想随到家,还忘不了从窗口洒落片片月光的花瓣,伴你沉入梦乡。"(湘女《喊月亮》)儿童们喊月亮其实也是在对人与自然和谐相处的境界的期盼,在她的《大峡谷的孩子们》中,少数民族的歌声表达了来自内心深处渴望与自然融合的愿望,讲述着人与自然相处的快乐,"那不同的声部托着魔幻般的旋律在怒江大峡谷回荡,清泉、山风、江涛、急流、歌声……所有的声响都融汇在一起,大峡谷如一架巨大的管风琴,轰响起无数发音管,热情奔放,激情洋溢,充满虔诚,充满深情"(湘女《大峡谷的孩子们》)。这是人与自然的和声,也是人在自然中才能发出的歌声,"那是来自天堂的神奇之音,是人类的共鸣。听着那奇异的歌声,我心里涌起一阵感动:生命、生灵、大自然的一切,都令人热泪盈眶,肃然起敬"(湘女《大峡谷的孩子们》)。在对自然的歌颂中,作者追求的是心灵与大自然的交融,寻找的是建立人与自然亲近的和谐关系，在乡村生活中所感受到的喜悦与幸福充溢在字里行间，这样的生活状态更加悠闲自在，令人神往，展现出一幅生态和谐的美景。

在很多作家的笔下，人对于自然、生命的感受突破了传统的以人类为中心的书写模式，自然不再被视为表现人的工具，自然也不是按照人类的一厢情愿而存在，而是在展现自然本貌的基础上以自然为先，让自然景象与人类的生存融为一体。在金曾豪的《橹声如歌》中，一只野外的小狐狸被人所救，作者为我们讲述了一个人、一只狗和一只小狐狸在一起相处的故事，作品没有大起大落的曲折故事，也没有落入救助和报恩的俗套中，而是重点描绘人与动物的从容相处，他们在一起时，更像是一家人，在这个家里，打渔、放鸭各有所长，分工明确，小狐狸丹丹聪明、忠诚，有灵性，"喜欢听橹声。杏得儿，杏得儿……这种木头与水亲吻出来的声音温婉而悠长，听着耳廓麻酥酥的，听着心里滋润呢。橹声一响，丹丹常常会把下巴搁在叠起的前爪上，眯起眼听老半天。听起来，橹声有时是单调的，有时是复杂的，但总归是宁静平和的情调，制造着一种可以信赖的安全感。有了这种安全感，丹丹常常会迷迷离离地睡去"（金曾豪《橹声如歌》）。这样的安全感是在一个安宁平和的大自然的怀抱里，在人与动物之间互相信任、互相依赖的情感基础上产生的，人与自然生命恬然的相处，使人的心灵远离了城市的喧嚣，在现代社会的浮躁中安宁下来，这才是人类所应该拥有的生活，面对这样温馨美丽的生存环境，还有谁会忍心去破坏呢。这是生态伦理所创造的人与自然和谐相处的诗意的桃花源，作家们为我们展现了一幅人与自然和谐相处、生态道德秩序井然的世界，他们试图通过人与自然的和谐、宁静来改变长期以来存在的以人类自我为中心的思想偏差，潜移默化地培养少年儿童的地球家园意识与热爱生命、热爱生活的意识。

深层生态学的"生态中心平等"强调的是人类作为生态系统中平等的一员，没有特殊身份，也没有特殊权利。从生物学上来看，我们人类的生存依赖于地球自然生态系统健全、稳定的秩序，通过作家对于这个美好的氛围的营造，加深了儿童对于生态整体的和谐美的感受和对于人与自然平等共生的期待。在黑鹤的《住在窗子里的麻雀》中，麻雀是弱者,人类相对是强者,但"我"却没有以自身的优势来侵犯它们,反怕自己惊扰到麻雀而谨慎地行动。这些小小的细节浸透着黑鹤对动物体谅、尊重、等而视之的高尚情感,凸显了对人与自然和谐关系的向往。也正是因为拥有如此美好的情感,人才能看到别人没有看到的精彩,体会到别人没有体会到的情趣,如果人类都能以对待朋友的态度和方式来对待身边的动物与自然界里的生灵,那么"平等共生"将不再是现代人的一个遥不可及的梦想。同样在黑鹤的《饲狼》中,草原深处孤独的老人收留了两只狼崽,狼崽与老人相依为命,生活在一起,从老人饲养狼崽到狼崽长大了守护老人,一直以邪恶、凶狠的形象出现的狼,也展现出它们忠诚、有灵性的一面。在这里,狼崽不仅仅作为一个动物的形象存在,更已经演化为老人的孩子,陪伴在老人身边。在老人死后,一只狼崽在草原上的彻夜长啸,与另一只被捉在动物园中的狼崽的心灵感应,不仅还原了草原深处狼和人感情交织的画面,而且作者用朴素和淡然的笔调为我们讲述了一个充满原生态气息的故事,打动着每一个读者的内心。在草原深处这个与世隔绝的"桃源"世界里,人与狼之间改变了以往交恶的关系,而是成为互依互存的生命共同体。作品中人与动物的和谐相处,自然生灵之间平等的关爱和守护,不仅温暖着冷漠社会中孤寂的心灵,还让人们感悟到生命的可贵和彼此尊重带来的和谐与美好,这是作者所寄予的一种理想的生命境界。正如黑鹤在访谈中所说的:"在森林里,人类从来不是孤独的。就在你的身边有很多并行的生灵,所有的生命都在共同分享这个世界。"[1] 在《不再一个人奔跑》中,作者没有因为罗杰是一只狗而心生歧视,他平等地对待罗杰,把它当作家里的一员。有了罗杰的陪伴,"我,一个身体曾经极度脆弱的孩子"(黑鹤《不再一个人奔跑》),从此不再一个人孤独奔跑;而当罗杰常常从睡梦中醒来的时候看到有"我"的陪伴,就能继续安然地入睡,一个人与一只狗在相互的依靠中获得了来自心灵深处的信任与共鸣。当罗杰为了寻找"我"而变得惊慌失措的时候,而"我"也在为了能守护罗杰的梦而感到温暖的时候,人和狗之间的情感来自他们相互的关怀,而不是由于人类的强

---

[1] 周凡恺:《倾听草原的天籁之音》,《天津日报》2008年1月2日。

大而对动物产生的驯服或收养的优越感。黑鹤在结尾处写道:"我们一起回家"(黑鹤《不再一个人奔跑》),此时,"家"的概念已经被扩大化,被提升到另外一个高度,它指的是一个生活着所有生灵的"大家",在这个家里,每一个人都在享受被爱、被理解和被尊重,只有在这样的家里,万物才能真正地"平等共生"。

　　从崇拜畏惧到感恩亲和,从认知改造到保护、守护,从理解尊重到热爱眷恋,从自然环境到精神家园,在文学书写中,人类对自然的情感经历了从混沌一体到二元对立,从仰视、平视到俯视内视的几度巨变。在混沌、合一的思维世界里,人只有将自己放在一个适合的位置,只有怀着对自然的深深敬畏之情才能真正领悟"天人合一"的真谛,才能实现二者共生共荣的愿望。在满涛的《孤海》中,"我"的梦里总是出现那个从海里来的通身黝黑的男孩,为我带来一条条五颜六色的大鱼,我们手挽手一起尽情歌唱,充满了优美、快乐,这虽然以梦的形式呈现,但在梦的背后表达了儿童对自己能与所有的生命携手共舞的期望,"昔日空旷苍凉的海滩终于充满了勃勃生机。让我们挽起手来,创建我们共有的家园……这歌声在海滩的上空久久回荡着"。在这个歌声里,人与所有的生命平等相处,大自然中的每一个个体都和谐一致。我们同样也在吴然笔下的《小鸟和守林人》中看到人类的情感和鸟类的灵性融为一体的表述,当爱护环境和生命的守林老人最后向每一棵树、每一只小鸟道了晚安而长久地睡去后,成千上万只小鸟衔来花瓣将小屋盖住,小鸟在用自己的方式对热爱自然的人类进行回报。方敏在《大绝唱》中如泣如诉地讲述着人类在追求与其他生命共存道路上的曲折,作品分为两个部分,在前半部分中作者讲述的人与自然的生存美景让人神往和期待。原始的九曲河舒适安宁,河狸们在这儿无忧无虑地繁衍生息,玩耍嬉戏。而当历经长途跋涉,不知疲倦地寻找家园的长腿一家来到这个美丽的天堂时,善良的人与河狸融洽友爱地生活在一起,九曲河因为有了人类的善意和温情而越发美丽。女孩尖嗓子和男孩大眼睛,与雌狸香团子一家真挚的情谊,简直让人陶醉、痴迷。"当女孩尖嗓子唱起尖尖的脆脆的甜甜的歌的时候,特别是全沙田村的孩子一起唱起不那么尖那么脆那么甜,但却更加洪亮更加有气势的歌的时候,不仅是雌狸香团子一家,包括所有九曲河两岸的河狸家族，都会听的痴迷听的感动。似乎那从天而降的人类给九曲河带来的只有友情，似乎那美丽动听的歌声许诺的是永久的和平和安宁。"当女孩尖嗓子在河边唱歌时，她与荒山野岭、潺潺流水、河狸们一起构成了一幅宁静的天人合一的图画，善良的人与河狸融洽友爱地生活在一起，九曲河因为有了人类的善意和温情而变得越发美丽。女孩尖嗓子与河狸香团子的友情，让人陶醉。而当这种美景被破坏、人与动物的信赖与共存都不复存在时，重新响起的歌声正是对人心中所留存的美好的召唤。这些作品中呈现出的自然生态系统的美与和谐，唤起了人们内心对这种美与和谐的共鸣，警醒他们沉睡的、被压抑的审美意识和普遍情感，挖掘出埋藏在功利和污浊背后的人类美好天性。

人在自然中的安逸和与自然关系的和谐，是人类追求的最终的境界，像刘先平说的："我们最好的休息方式，就是到山上转一圈。那里有我们的青春、激情、欢乐。与人血脉相通的大自然能医治百病，无论是生理的或心理的。在野外，我们享受着恬静与融融的和谐。"（刘先平《七彩猴面》）只有明确了人与万物、人与自然的关系，才能开拓出诗意的栖居的道路。在新时期的儿童文学作品中，越来越多的作品在描绘着人与自然、人与动物的相依相偎的风景，无论是小说还是诗歌，其目的都在于使人们在面对自然时多一份谦逊、崇敬和敬畏之情，只有实现了对自然的敬畏和对自我境遇的关注，才能更好地约束自己的行为，才能真正地以谦逊的态度对待自然及其中的一切生命，从这之中，我们深刻感受到了这背后蕴含的安宁与平和。

第二节　儿童与自然的性灵相通

在人生旅程的各个阶段中，与自然界最亲近最融洽的是儿童时代，儿童的成长与自然是天然地联系在一起的，充满着对自然的热盼，自然界中的一切细微变化都能被儿童第一时间感知。在儿童的眼中，自然界的一切个体，有生命力的动物和植物，无生命的自然事物都有性灵，都是神秘、充满生机的，他们总是赋予它们灵魂，能"读懂"自然的一切有声或无声的信息。如爱默生所说："阳光仅能帮助成年人视物，却能深入孩童的眼睛和心灵。"① 儿童心灵中的大自然是最淳朴最神秘最具有诗意的，他们与周围的自然物质环境有一种天生的亲近感，我们常常看到一个儿童因为一朵花的绽放欣喜不已，为一片落叶的枯黄而潸然泪下。

> 童年之所以是人的一生中最重要的发展阶段，这不仅仅是因为人的知识积累中有很大一部分来自童年，而且更因为童年体验是一个人心理发展的不可逾越的中介。它对一个人的个性、气质、思维方式等形成和发展起着决定性的作用。大量的事实表明，个体童年体验常常为他的整个人生定下了基调，规范了他以后的发展方向和程度，在个体发展史上打下不可磨灭的烙印。②

人在尊重自然的过程中，与自然关系的亲和是一种终极的道德态度，也是生态伦理的基本精神，因此利用儿童与自然的原始情感，进一步引导和完善，不仅是儿童成长和发展的需要，也是社会发展的必然要求。

大自然、生死与爱情被称为人类文学艺术的三大母题，对于自然母题的书写一直是儿童文学关注的重点，从沈石溪的动物小说到曹文轩的成长小说，从陈丹燕的少女小说到郑渊洁的童话创作，从诗歌到散文，从小说到童话，"儿童本位"的儿童观的确立进一步指导作家重视儿童特有的泛灵意识和亲近自然的天性，将一幅幅儿童与自然诗意相处的生态图画展现在读者面前，让儿童关注自然、融入自然，感受到生存的愉悦，呼喊儿童心中与自然原始的共鸣，在作品中描绘儿童与自然的互动、儿童性灵与自然的融合，传递了对于人与自然和谐的美好希冀。我们看到人与动物、植物的彼此相遇与认同如此顺畅和自然，如同童年生活中一种真实的存在，在儿童那里，动物、植物都是自己的兄弟姐妹，会像他们一样对自然环境的一草一木产生惺惺相惜的亲近感，这样的书写为构建人与人之间、人与社会之间、人与自然之间的和谐共存关系提供了必要的精神基础和情感基础。

---

① [美]拉尔夫·瓦尔多·爱默生：《论自然》，吴瑞楠译，中国对外翻译出版公司2010年版，第4页。
② 王克俭：《文学创作心理学》，中央民族大学出版社1997年版，第118页。

一　原始的吸引

人不仅是社会的动物，也是自然界的动物，这种自然属性让人在潜意识中对于自然有一种归属和依赖，在与原始自然的交往过程中能够感受到强烈的、不可或缺的、不可被人造环境所替代的美和愉悦，特别是在儿童的身上体现得更为明显。儿童无论其肉体还是精神都潜隐着人类种族的遗留物，承载着更多来自原始自然的神秘信息，他们本身所携带的天真、质朴、纯净的气息，与大自然有着灵魂上的契合与天然的和谐。法国启蒙主义思想家卢梭和华兹华斯都认为人类的儿童时代是最接近自然的时期，在儿童身上也能找到人性最本真、最善良的一面。"大自然！我们被她包围和吞噬……我们生活在其中，对她却不熟悉。……她全然生活在孩子之间……"① 儿童不是像成人一样高高在上地或远远地独立在自然之外，而是把自己看成自然的一个部分，自然中的一切都是自己的亲密的伙伴和朋友，在自然里他们的身体和心灵都放松而快乐。随着生态伦理知识的普及和对"儿童本位"的回归，越来越多的作家开始认识到，儿童文学的书写对象并非只能围绕儿童和他们的生活，更不是出于教育的目的和成人的角度来反映具有社会性的儿童生活，"必须回到本位，即周作人所说的是原人之文学，它应该反映、表现儿童的'精神生活'和'童年精神气质'，这种精神生活和气质往往表现为儿童思维与原始思维的某些相似性，即以自然为对象的思维，具有自然本身的素朴的、整体的、模糊的、神秘的特点"②。

现代社会和理性的精神"将自然还原至某些可以任意组合的微小单位，如古希腊哲学家所认定的气、水、火等"③，让自然在人的视野中不断地被物化，成为单纯的能量提供者。而正是在这种单一的功能化关系中，人与世界相互生成的整体生命意识以及世界多维丰富性的展示被缩

---

① [德] 狄特富尔特等：《哲人小语——人与自然》，周美琪译，三联书店1993年版，第17页。
② 李利芳：《论童话的本质及其当代意义》，《兰州大学学报》（社会科学版）2003年第2期。
③ 鲁芳：《神圣自然——英国浪漫主义诗歌的生态伦理思想》，浙江大学出版社2009年版，第24页。

减为功能意义上的存在物。对自然的物化导致了自然神性的丧失和人类中心主义的膨胀,对自然的践踏惹怒了自然,它对人类的行为不动声色地进行着报复,期待着自己神性的复归,期待着人们对自己的尊重。在成人文学中,新时期以来出现了对自然的部分"返魅"现象,试图重新建立自然在人心目中的神圣性、神秘性。不同于成人刻意营造的神秘自然,在儿童文学中存在着一种天然的神秘主义,花朵会说话,小草会跳舞,这是与儿童独特的思维特点相关的,符合儿童心理及性格特征。儿童的思维与原始人类的思维有着惊人的相似之处,由于活动范围和知识经验的限制,自然万物所呈现在儿童眼前的是极具生命特征、能与他们心灵相连的存在,正如荣格所言:

> 我们的原始人类虽不具备我们的现代意识和复杂的思维,但他们具有一种我们大多数现代人已丧失了的智慧,即以直觉的形式与大自然对话的能力,他们明白大自然的言语。这种直觉的智慧,在现代儿童那里,依然保存完好。[1]

皮亚杰把儿童的这种思维解释为是一种属于自我中心意识的思维,"这种思维的基本特征是主客体不分,即把主观的东西客观化,把世界人格化。皮亚杰把儿童意识中这种物我不分、主客不分,客体对主体的依赖关系称作为依附(adhere)"[2]。在皮亚杰看来,在2—7岁的儿童中都存在一种"万物有灵"的泛灵现象,这是儿童内在的主观世界与物质的宇宙世界尚未分化的混沌状态的一种表现,在儿童眼里,山、川、河、湖、树、木、花、草、动物、昆虫等自然万物都已经不是一般意义上的外在自然之物,太阳会讲话、月亮会跟人走、星星会眨眼睛、大山可伸可缩、大树花草可对人讲话点头,它们有生命、有灵感,与人类具有同样的价值与权利。正是由于儿童这种带有"泛灵"意识的原始思维,他们对自然存在着美好的、平等的态度,赋予整个世界以情感和意识,使这

---

[1] 应玲素:《童话:儿童心理成长的精神家园——略论童话与儿童心理成长的关系》,《金华职业技术学院学报》2004年第3期。

[2] 王泉根:《论原始思维与儿童文学创作》,《西南师范大学学报》1990年第1期。

个世界变得更加绚烂多彩，到处充满蓬勃昂扬的生命力，与尊重自然的生态伦理意识在本质上有相同之处。

与成人相比，儿童对大自然有一种与生俱来的亲近感，拥有"泛灵"观念的儿童比一般成年人拥有一种更多的"通感"的能力。从天上的日出月落、风生云起、雨雪雷电，到地上的花草虫鱼、飞禽走兽，天地自然之间没有一样东西能逃过儿童的眼睛、耳朵和心灵，全都在深深地吸引着他们的注意力，无论是自然中的生命物质还是非生命物质，在儿童眼中，它们一样有灵性、有感情，有着一样的人格特征，都是孩子们的好朋友。这些特点在王立春的儿童诗中被表现得淋漓尽致，作品中的每一种动植物都是与小朋友们嬉戏的朋友，在她笔下我们看到那些一到夜晚就跑到山里听故事的石头，看到小路也在等着"我"，还看到能把一菜园的菜都吓得魂飞魄散的老梨树，这些故事活灵活现地把那些平常我们所不注意的小路、石头、大树用一种"泛灵"的意识表现出来，让人啼笑皆非。在她的《草梦》里，小草们"喜欢满山遍野地跑/还/挨家串门/就像我们白天没完没了地玩/在我们午后的山谷里/来过各种各样的草/他们整夜整夜地说草话/还来回地走/别趴上后窗看他们/那只远处来的高个子马莲草/就靠墙站着/他会/戳疼你的眼睛。"（王立春《草梦》）正如著名的诗人金波所言：

> 在她的笔下，展开了一个个亦真亦幻、多姿多彩的世界，儿童的泛灵思维，让世间万物获得了另一种生命。一朵大蓝花，一只小老鼠，在她的笔下，既是梦中的奇遇，更是想象中的喜剧。蝴蝶的飞舞，旋风的呼啸，风车的转动，大自然的森罗万象，与诗人息息相通。她诗中所描绘的事物，不但能用眼睛直观，似乎还能用手触摸得到；嗅觉里的芬芳，听觉里的乐音，一齐涌入我们的情怀。[①]

儿童来到自然中会启动所有的感官全方位地去感触自然，接纳来自自然的一切声、色、味信息，实现与自然的互动。"我把自己想象成一朵

---

① 金波：《骑扁马的扁人》，辽宁少年儿童出版社2002年版，第1页。

花、一棵草,我在随风舞动,我闻到了花香草香,听见了蜜蜂和蝴蝶飞来,我和花草的对话。那完全是进入了一种新的境界。我和大自然的一切完全融合在了一起,好像达到了生命的最和谐的状态。"(金波《追踪小绿人》)这种融合在张炜的《养兔记》中也成为表达的主题,各种"哈里哈气的东西"是跟儿童一样鲜活的生灵,在儿童看来,它们经常"在明处或暗中观看我们——有的长时间不吱一声,然后突然大喊一声,吓我们一跳。……他们之间由于对人的好奇,而忽视了对方的存在:雀鹰忘了捕鸟,豹猫也看不见野鸽子。所有这些野物中,胆子最大的是啄木鸟。它正以捉虫为名转到离人最近的地方,直着眼睛瞧人——当人去看它时,它就笃笃敲几下树干,装模作样的忙活一会儿;人一转脸,它立刻又伸出小脑袋来瞅。这条小路旁边,就连小蜥蜴也藏在草叶下看人,它的不远处往往就是目光阴沉的蟾蜍。螳螂在一个宽叶草下边倒悬,它的三角形小脑袋转动起来灵活极了。鼹鼠从长长的地道中撬开一条缝隙,吸一口新鲜空气,看看行人,打一个长长的哈欠。"(张炜《养兔记》)在儿童的眼中,清风、田野、森林都是有生命的奇异个体,都能与儿童自由地交流,他们认为所有的自然存在物之间可以互相融合,彼此交感,人与自然浑然一体。"我"能听懂动物的讲话,"各种议论掺在风里,只有我一个人能听得懂,这是我的特殊本领。没有人相信我有这样的本领,我也不会告诉别人。"(张炜《养兔记》)在儿童的眼中,生死之间、物种之间是没有界限的,时间是永恒的,宇宙是浑然一体的,自然是多么富有灵性、富有生气的可爱存在,当面对它们的时候,一切纷扰都会被抛之脑后,烟消云散。

有一种神秘主义与尊重自然的态度协调,这种神秘主义主张,人类意志的最高境界是人的自我与自然融为一体。[①]

作者将人物置于自然之中,使儿童在自然的世界里去找寻自由和自

[①] [美]保罗·沃伦·泰勒:《尊重自然:一种环境伦理学理论》,雷毅等译,首都师范大学出版社2010年版,第195页。

我实现的契合点，从而实现自然与人的心灵融合，共同传达生命的韵律，这些作品用儿童独特的心灵世界和儿童独特的审美心理来看待自然，更加深入儿童的内心，容易被儿童所接受。班马的散文《沙滩上，有一行温暖的诗》努力地捕捉了属于儿童的心理和情感，表现出一个儿童喜爱的世界。诗里描绘了善良的小女孩为了提醒小蟹在海水涨潮前回家，三次在沙滩上书写，可她留下的字迹却被潮水一次次吞没。而小蟹也在为小女孩的字迹遭到冲刷而惋惜和伤心，又为小女孩可能遇到海潮袭击而担心。小女孩从自我出发来理解大自然中的小蟹，把小蟹也看作与自己相同的存在，作者把情感和意识赋予世界万物，在它们的身上洋溢着一种蓬勃的生命力，折射出本真的、非理性的诗性智慧。小女孩在与小蟹的交流、游戏、互动中，不断释放出体内潜藏的自然性情，作者写出了儿童对于自然的与生俱来的痴迷天性，传递出人与动物间心有灵犀般相通的情感联系，把人与大自然的和谐相处抒写得耐人寻味。儿童与自然的相处是自然的、快乐的，自然在儿童的眼中是有生命的，他们认为自然中的万物都与自己一样，作家们有效地利用儿童的这一心理特点，创作出既受儿童欢迎又有利于他们成长的优秀的儿童文学作品，让自然的灵魂与儿童的灵魂融合在一起，倾听儿童心灵深处的愿望，在这样的创作过程中，作家也越来越深地走入儿童的生命世界中。"蓝蓝的天就在我们的背后。我们不忙着去找星星，到天黑以后，星星会打着灯笼来迎接我们。"（普飞《走在五彩缤纷的地方》）"雪花落在我的手上／它和我握握手／和我交朋友／可它不守信用／一会儿就消失得无影无踪。"（杜薇《雪花》）天空、雪花、星星充满了灵性，是孩子们快乐的伙伴，面对自然，儿童呈现出了开放的姿态，与它们共同呼吸，共同成长。此时，儿童已经不再是自然之外的静观者，而是已经身处于整个自然的互动关系中。儿童的这种天性是珍贵的，儿童文学更应该保存、保护这种天真无瑕的性情，如果适当地加以引导，能够让他们产生积极主动的生态意识，从而使个性更加健全。

可以说，自然时刻在吸引着儿童的加入与参与，与他们的精神紧密贴合，即使他们长大了，泛灵意识逐渐弱化了，这种吸引力和亲和力仍然是异乎寻常的存在，自然的瞬息万变让他们变得格外敏感，他们面对自然的时候流露出的自然的亲近，让这种亲切感和吸引力成为一种生命本体意义上的对大自然的观照，成为他们生命中重要的组成部分，也成为构建人与自然和谐关系中重要的一个部分。在方敏的《大绝唱》中，河狸香团子身上散发的香气吸引着女孩尖嗓子，她们因为香气走近，成为了心灵相通的好朋友。"那是一种她从未闻见过的香气。不似馋人的饭菜香，也不似爽人的鲜花香。那是一种迷人的浓香，一阵阵地从河边飘过来，搅得她心醉神迷，就像那天夜里喝了家酿的草莓酒一样，头重脚轻，不能自已。"儿童在自然中放开了全部的感官，接收每一丝的信息。香气是河狸香团子发出的，也是来自自然的呼唤，吸引和呼唤着人与动物的接近。吴天的《风言年华——1968 年少年纪实》中，塑造了一个热爱生命热爱自由的小姑娘，她在别人眼里是有小资情调和头脑简单的人，她像是一个精灵，喜欢一切单纯美好的东西，相信别人说的话，一只小谷雀落到电网上，她会日夜担心它的安危，"蒋爱红是在闻腻了硝烟味，看厌了灰黑色，渴望闻一闻花的芳香，摸一摸叶的碧绿，她已经憋得太久太久，窒息一般难受。"（吴天《风言年华——1968 年少年纪实》）对自然的渴望，吸引着她不断靠近那些绽放在铁丝网附近的鲜花，这是花朵与花朵的靠近，是生命之间的相互吸引，"蒋爱红认定这株凤仙花是命运特意赠送给她的礼物，只要把手伸过铁丝网……"（吴天《风言年华——1968 年少年纪实》）这句话像是一个自然的魔咒，诱惑着儿童对自然的靠近，作品批判了"文化大革命"造成的对人心灵的扭曲，书写了这种环境下一个渴望感触自然的姑娘被伤害的经过，一个漂亮的姑娘变为一个丑陋的独臂姑娘，身体受了伤害的她仍然是一个在心里热爱鲜花、热爱生命的人，在对花的热爱中她永远保持着纯粹的心灵。对这些主人公来说，自然不仅是心灵的驿站，更是精神和力量的源泉，社会对儿童心灵的伤害，儿童受创的心灵可在自然中得到疗伤和恢复。作家们把拯救人类灵魂的希望寄寓于儿童，就是源于儿童纯真与对自然敏感的心灵。韩青辰的《在云端》中，"馨儿生来就跟林子、花草、天空亲——她爱那些静静的事物。馨儿一到人多的地方，会无来由的慌。馨儿喜欢强化班，是因为门口的那段坡道，两旁是高大浓密的法国梧桐，人走进去就像一粒种子，小小的，轻轻的，散发着谷物香气。""许多时候，馨儿像行走在悬崖上，她不敢回头。她喜欢看天，因为天空坦诚，天空真切。她恨不能做了天上的那些逍遥的云。"这是一个心理受了创伤的儿童，父母的离异让她把自己包裹起来，只有融入自然，才能找到踏实的感觉。"只是回到林子间，馨儿闻到泥土混合枯枝烂叶的腐臭气，还有那阵阵松桂之香，馨儿会忘记一切，轻飘飘软绵绵，活像真做了天边的云。"馨儿喜欢自然那种纯净的气息，自然的风景随着她心境的变化而不断变化。正是在这种与自然的相亲和相融的气氛中，小姑娘陶醉于自然生命的纯粹，感受着自然的律动，体验着美的存在。在曹文轩的《草房子》里，"细马似乎很喜欢这儿的天地。那么大、那么宽广的大平原。到处是庄稼和草木，到处是飞鸟与野兔什么的。有那么多大大小小的河，有那么多条大大小小的船。他喜欢看鱼鹰捕鱼，喜欢听远处的牛哞哞长叫，喜欢看几个猎人带了几只长腿细身的猎狗在麦地或棉花地里追捕兔子，喜欢听芦苇丛里一种水鸟有一声无一声的很哀怨地鸣叫，喜欢看风车在田野里发狂似的旋转……他就在这片田野上，带着他的羊，或干脆将他们暂时先放下不管，到处走。"平原上的景致吸引着细马，呼唤着他内心对自由的渴望和对自然的亲近。自然的自由度与儿童的最初心灵有着异乎寻常的一致性，儿童的自由、不受拘束的天性与大自然有着原始的统一与融合。在自然中，一切物质、理性的束缚都被解除，儿童的身体和情感都能舒展自如，自我情感可以尽情抒发，个体生命的价值能得到充分实现，人可以通过与自然融为一体而被自然的灵性所感化，使自身也带上了灵性。

王泉根曾说：

> 儿童文学对儿童生命成长的关注还有另一向度。这一向度主要是从自然的、精神的、心理的、原始思维与原生态的角度，观照儿童的（而不是成人的）生命存在状态与生命向力，力图寻求儿童心理深处所潜伏的幽远隐秘的原始生命密码与人类往昔生命历史的血脉联系，着眼于对最富于人类自由天性与最接近人类自然灵性的儿童精神世界和自然世界（如动物世界、植物世界、原始人类世界）的描绘与展示，对人类生命发生与发展的一些本体性与永恒性的命

题作象征的表现和艺术的思考。①

在新时期的儿童文学创作中，无论是具有生命体征和感受的动植物，还是包括宇宙、星空、大地、月亮、太阳、细雨、微风等在内的非生命物质的，都在儿童眼里都呈现出独特、美妙的特点，儿童文学作家通过赋予这些小动物人一样的情感和行为，通过相同情感的感召从而实现心灵的震撼，呼唤儿童心中的感情、道德与心理共鸣。

二 成长的启蒙

自然相对于人类社会具有更漫长、更广博的特点，自然不仅是人类的哺育者，而且是人类的良师益友，他们既有物质上的联系，也有精神上的相互依存，人类在伟大的自然面前只不过是一个学习者和享受者，面对自然，人类只能不断地完善自己、提高自己、汲取自己成长所需要的东西。罗尔斯顿曾指出：

> 我们的人性并非在我们自身内部，而是在于我们与世界的对话中。我们的完整性是通过与作为我们的敌手兼伙伴的环境的互动而获得的。②

大自然对儿童有着巨大的吸引力，不但是可以游戏的伙伴，而且是一位神奇的老师，既可以培养儿童的美感，又可以启发儿童的悟性，既可以向儿童展示最伟大的事物的规律，又可以使儿童的身体得到休整，"自然界中包容着对儿童来说通俗易懂却又纷繁的事件、物体、现象和因果关系、规律性。这些信息是无可替代的，因为它们易于为儿童接受，它们正是儿童所能进入的世界，它们也正是儿童观念、概念、思想、概

---

① 王泉根：《现代中国儿童文学主潮》，重庆出版社2004年版，第341页。
② [美]霍尔姆斯·罗尔斯顿：《哲学走向荒野》，刘耳、叶平译，吉林人民出版社2000年版，第11页。

括和判断的直接来源。换句话说，大自然乃是儿童思想的发源地"①。在《爱弥尔》中，卢梭把爱弥尔放在自然的怀抱中成长，他会光头赤脚地在野外奔跑，感受冷风的凉意，在树林中学习具体的自然知识，表现了爱弥尔在自然中的奔放与快乐，最后发出了"自然使人善良，社会使人邪恶；自然使人自由，社会使人奴役；自然使人幸福，社会使人痛苦"（卢梭《爱弥尔》）的呼唤。可见，儿童在与自然的密切接触中，可以体会到朋友般的相处乐趣，可以得到导师般的教导，可以找到自我，完善自我，获得美的感悟和成长的勇气。

在新时期儿童文学作品中，作家们铺开大自然的美妙画卷，让孩子们从小草钻出石缝、青松傲立于悬崖中体会出生命的顽强；从南飞大雁的整齐雁阵中，体会到遵纪的重要；从蚂蚁觅食的过程中，学到合作的精神；从乌鸦反哺、羊羔跪乳中学会感恩，用自然的力量提升儿童的灵性、抚慰儿童的灵魂，使儿童在其中获得的不仅仅是美的体验、体力的锻炼和知识的积累，更通过大自然的怀抱去感知与培养了丰富的精神世界和美好的心灵。

> 作家试图悠远地引领少年读者去进入一个对自然这一最永恒也最伟大的教育领域去领受人类心灵和美感的启蒙。在这里，他们的笔触伸向一片美感的自然世界，优美、精致呈现、充满生命的暗语、对少年的世界图象感有益的神秘气息、一种博大的关爱、一种灵动的好奇心。作家致力于这种自然生命现象的底蕴中，即是在致力少年人一颗鲜活而自由的心灵，焕发其原生状态。②

这将促使儿童在对自然的探索与发现中，形成自己生动的生态伦理思想，进而完成良好的个性品质的构建。

生态的审美首先是对自然的审美，自然之美指的是自然景观的美，绚烂的阳光、淡雅的月色、浩渺的星空、崇山峻岭的威严、碧海蓝天的

---

① 朱自强：《自然·本性·成长》（导读手册），《再见小树林》，河北教育出版社2010年版。
② 班马：《前艺术思想》，福建少年儿童出版社1996年版，第153页。

宽阔，还有旭日东升，从霞光万丈的清晨到洒满月光的夜晚，从鸟语花香的春天再到白雪皑皑的冬天，这种自然美对儿童有巨大的吸引力，大自然的景色给他们带来了精神的愉悦，让他们情感日益丰富，性格活泼开朗，他们能够通过自己的感受来体验自然，提高鉴赏能力、想象力和创造力，后天素质得到充分的发挥，置身于这些美丽的景色之中，儿童如同与知心的朋友倾心聊天，充分享受着精神上的愉悦。在卢梭"回归自然"的美育思想中，就提倡在大自然中对儿童实施美育，"因为生活的关系，或者说因为人是动物进化的最高阶段，孩子们对于生存环境——大自然母亲，对于动物世界，尤其怀有复杂的亲近、热爱之情；从一定的角度来说，孩子们往往是通过自己的生活环境或动物认识世界的。随着城市的兴起和繁荣，人类对自然疯狂的破坏，越来越多的孩子生活在空气混浊、污染严重的建筑群中，他们难得见到崇山峻岭和莽莽森林，更难以见到生活在山野中的珍禽异兽、花鸟鱼虫。因而，探险自然，寻找失却的自然美，考察珍贵野生动物题材的作品，无疑是适应他们这种审美要求的"[1]。在金波的《追踪小绿人》中，绿园的美景、小绿人生活的家园、听泉山，都带给儿童美的体验，让他们的心灵陶醉，"演奏开始了。这真是一组奇妙的声音组合：一会儿又想起幽静的山林里微风吹过；让人一会儿想起春天小鸟的鸣啼，泉水叮咚，小虫唧唧，雨打芭蕉，小鹿跑跳……各种声音在我们面前展开了一幅绿色的图画，这图画随着音乐的变化而变化，我们像在梦幻中游离了一个童话世界。"（金波《追踪小绿人》）通过自然现象的瑰丽展示，带给儿童关于美的感悟，为小读者呈现出人与自然之间和谐相处所能达到的美感境界。自然带给儿童的，永远是他们在别的地方学不会的，"这蓝瓦精让我们亲近了自然，我们开始知道，在这里的每一寸土地上，有我们看得见的鲜花、小草，还有鸟儿、虫儿，还有我们看不见的，那就是在它们身上蕴藏着的知识、故事和智慧。它们培养着我们的生活趣味，激发着我们求知的欲望。当一个人亲近了大自然，就是亲近了生命，也让自己的生命更鲜活，更快乐。"

---

[1] 黄书泉：《当代文学新的生长点——关于中国大自然小说的思考》，《江淮论坛》2004年第5期。

（金波《追踪小绿人》）正是因为这种审美的体验带给儿童精神上的愉悦，所以作家们提倡让儿童近距离地走进自然，与自然亲密地接触，在自然中观察到流动的山水、浮动的白云、飞舞的小鸟和傍晚的日落，感受图形、色彩和结构的变化。在沈石溪动物小说中，西双版纳原始森林带着神秘的自然气息扑面而来，"对于身处都市的少年儿童来说，这些满带着大自然原汁原味的美景、各种生动的野生动物形象的小说，不仅开阔了他们的眼界，同时对培养他们的环境观、生命观、宇宙观有不可估量的作用"①。作者以敬畏的态度、审美的眼光、饱含感情的笔墨，对美丽的大自然进行了热情的赞美，在他的作品中所描述的不仅仅是纯粹的自然奇观，更是富有生态美学内涵和审美价值的自然，对儿童起着诗意的启蒙作用，带给他们极大的感官愉悦和精神享受。"儿童与自然进行交感的生活，对于儿童的成长重要得不可或缺。"② 在自然中，儿童较少受到限制约束，他们可以自主地认识世界，拓展了视野，陶冶了情操，培养了美感，从而加深了对大自然、生活的热爱之情，感受到另一种美的体验，他们在自然中体验着面对宇宙的畏惧，惊讶于生命的美丽和神秘，身体和心灵追求着生命律动的和谐，作品呈现出儿童在乡村生活中的愉快与身心的放松。儿童与自然是天生相通的，大自然所创造的美，更能充分启发他们的创造性和想象力，他们与成年人相比更能毫无保留、全身心地与大自然相融合。

一部分少数民族作家还为城市儿童呈现出他们所鲜少了解的具有独特魅力的边地风情，为他们打开了一扇了解广阔自然世界的窗户，作品中展现了广袤乡土的山山水水、风土人情，饱含着对故土、自然、淳朴的情愫。肖显志的创作中充满了具有浓郁东北特色的自然景观、风土人情的描绘，在《北方有热雪》这篇典型的东北小说中，作者一开篇便不吝笔墨地对东北隆冬时节的"炮烟雪"进行描写，动用了拟人、比喻、夸张等多种修辞手法，渲染出一片在中原地区作品中看不到的异域

---

① 张玉玲：《敬畏生命——沈石溪动物小说研究》，硕士学位论文，福建师范大学，2008年。

② 朱自强：《自然·本性·成长》（导读手册），《再见小树林》，河北教育出版社2010年版。

风情。还有云南"太阳鸟"儿童文学创作团队，书写了云南高原边境所特有的神奇和广阔，那里充满少数民族气息的生活让他们的作品更加引人入胜，还有辽宁特色的创作团队，都呈现出一幅幅绮丽多姿的原始风情和极富地方特色的儿童生活，这些都吸引儿童进一步深入自然，探索自然的美丽与奥秘。儿童和自然的精神交流是浑然天成的，自然环境是儿童的课堂和成长的必需之地，儿童在与自然的交流中发展智力，获得诗意的启蒙，呼唤他们内心深处的情感，形成健康的、积极向上的人生观、价值观。只有享受了人与自然的和谐才会更懂得人与人友好相处的宝贵。儿童这种怀着尊敬热爱之情陶醉于大自然、感受自然的美，与那种把自然当作工具来表现自我、表现自我心态的自然观是截然相反的，他们是在充分认识和遵循自然规律、感悟自然本身的美。

自然是人类的母亲，通过亲近自然，不仅可以使人得到美的享受，还可以从中受到启发、汲取力量、完善自我，使儿童得到精神上的慰藉，让他们的心灵得到净化与愉悦，给予他们成长的动力与勇气。新时期以来，很多作家把"成长"主题融入大自然清新开阔的背景下，让小主人公在与大自然的交融中感悟人生的真谛，获得成长的勇气。曹文轩的作品关注儿童的成长，表现儿童与自然的沟通契合。在曹文轩的《灵树》中，秀秀和大柳树相互依偎，大柳树像母亲一样为秀秀带来保护、支撑和安慰，树与人之间的关系亲密而又和睦："秀秀看到这棵树，心便微微发颤，并微微有些胆怯。她用乌亮的眼睛望着它，她似乎觉得她与它之间有一种温暖的交流。她升起一种渴望。她觉得它更有一种渴望，并且十分急切。它与她好像对这一见面都期待了许久。并无风吹，那大柳树却把绵绵的柳条撩动起来，在秀秀整个身体上抚弄着。她的面颊上感受到一种前所未有的温柔和舒适。这些柳条将她与大柳树连接在一起了，在循环往复的地方感应着。每当秀秀看到柳条，总会觉得，那很像一个妇人的头发在空中飘动。于是，她便情不自禁地走向它。"（曹文轩《灵树》）秀秀在成长过程中从柳树身上获得的是一种生成的力量，秀秀在现实中失去的心理的依赖，纯洁、宽容的大自然接纳了受伤的她，默默净化着她的灵魂，给予了她灵性和力量。同样是曹文轩的作品，《红瓦黑

第一章 非人类中心主义的伦理关系构建 / 43

瓦》中的柿子树、《甜橙树》中的甜橙树、《灵树》中的大柳树这些自然界中最常见的存在物，它们的所在之地是儿童游戏的场所、避风的港湾、安全的守护之地，滋润着他们年轻的心。曹文轩认为，人类就是在与自然的对比中，审视着自己，修正并超越着自己，以求成为一个大写的"人"。杜小康是曹文轩在《草房子》中除了主人公桑桑外着墨最多的少年，是一个独具特色的人物。他开始时是油麻地最受瞩目的学生，相比桑桑和其他同学，他家庭富有、头脑灵活，但家庭的变故让他家一夜之间从富庶到贫穷，他面对打击虽然也有犹豫和徘徊，但却勇敢地承担起了家庭的重担，曹文轩塑造的杜小康从学校离开，转身走进了自然学校的大门，和父亲一起放鸭的过程也是杜小康收获和成长的过程，"天空、芦荡、大水、狂风、暴雨、鸭子、孤独、忧伤、生病、寒冷、饥饿……这一切既困扰、折磨着杜小康。但也在教养、启示着杜小康，大芦荡给予他的那些美丽而残酷的题目使他比油麻地的孩子们提前懂得了许多。"（曹文轩《草房子》）生活带给杜小康的打击让他更加振作，自然带给杜小康的勇气让他不断成熟，在万顷的芦苇荡里，他学会了忍受孤独，在暴风雨中变得更加坚强。虽然养鸭致富的梦想破灭了，但是他并没有失去生活的勇气，当他从芦苇荡回来的时候，依然是充满自信的杜小康，当他向老师和同学微笑地打着招呼的时候，毫无一丝卑微神气的优雅笑容征服了全校师生，校长桑乔感叹道："日后，油麻地最有出息的孩子也许就是杜小康"。大自然是杜小康的真正课堂，在苍茫的芦苇荡里杜小康学会了自信、自强，保持着做人的优雅和自尊，通过这种自然交往的经历让儿童在精神探索、人格发展等方面都有很大的影响，特别是那些独立、勇敢、临危不惧和互相关爱等精神对他们的成长也大有帮助。同样的书写，还在沈石溪的《我们一起走，迪克》、鹿子的《遥遥黄河源》、老臣的《源头有棵树》《女儿的河流》和《漂过女儿河》、曹文轩的《根鸟》、牧铃《七彩画廊》《丹珂的湖》《初三流行色》等作家作品中出现，在这些作品中，自然富含智慧、饱含温情，作家们把迷惘中的少年置于险峻神秘的大自然中，让少年感受成长的美妙和苦涩，领悟生命的顽强和激情，当他们在成长中遇到挫折、困境、不安时，自然可以给予默默地鼓励、支持和依靠，当他们在社会中遭受了不信任等一系列的精神危机的时候，自然就成为他们心灵的抚慰者，与他们共经风雨，共同感受喜怒哀乐，作者将大自然的书写与儿童成长的主题有机地融合到一起。

在自然环境中，儿童可以获得成长和成熟，他们受伤的心灵也可以得到抚慰，忘记现实的忧愁，获得对人生的全新感悟。在曹文轩的《细米》中，月色、塔影、芦苇与水面的波纹及风的微动营造了神秘之美，月色中的万顷芦苇荡愉悦了细米的心灵，也抚慰了梅纹在现实中受到的伤害。"细米坐在荷塘边，将双脚浸泡在凉丝丝的水中。有小鱼过来吮他的脚趾头，他觉得很舒服，身体向后仰去，然后只用双臂撑在地上，任小鱼们吮去。此刻，他忘记了白天的失落与悲哀，他甚至有要大声歌唱或喊叫童谣的欲望。"（曹文轩《细米》）"这个外表看上去很轻灵的女孩，其实有着很沉重的心思。差不多有一年的时间，她见不到爸爸妈妈了。她不知道他们被送到什么地方。只有此刻，她才是轻松而快乐的，甚至是陶醉、轻飘的。她从心底里感谢细米让她看到了如此令人难以忘怀的景色。"（曹文轩《细米》）面对如此美景，人已经与自然融为一体，在获得了自然美的感受的同时也获得了舒缓压力的机会，自然的和谐与美丽为儿童生态审美理念的培养提供了绿色素材。而当一些心灵有缺陷、身体有残疾的儿童回到自然中的时候，也得到了自然对他们长期自卑和自闭的心灵的疗救，让他们发现自己、释放自己，使情与智得到均匀的发展，成为一个心灵健全的人，再一次强调了人与自然的和谐感受。在曹文轩的《远山，有座雕像》中，达儿哥带着小流篱去河边、山野，他们两个身心都有缺失的儿童，在自然中找到了快乐，找到了自我，达儿哥说"田野上的空气对治你的病有好处"（曹文轩《远山，有座雕像》），于是流篱就张大嘴巴，猛劲地吸着带着泥土气息并和着各种草木香气混合在一起的空气，他们深信山野能够治愈他们的创伤，自然界被赋予了特定的心灵疗救和补偿的意义，他们也在自然中感悟到了人生的意义。在儿童那里，大自然是其用全部的情感与本能与之融合为一的整体，大自然对儿童来说是一种非对象性的精神存在，是他们用全部的本能的情感去接近、体验的另一个自我。如同罗琳斯在 1936 年给菲茨杰拉德的信中写道：

我真的发现那儿的恬静与美丽的确可以使我们远离那喧嚣与躁动的文明世界，可以给自己一份安宁和给孩子一片健康成长的净土。贝尼说：我渴望安宁，那广袤的与世隔绝的丛莽，以它所能赐予的安宁和寂静吸引了贝尼，接触人使他这种性情受到伤害，而接触松林却能使他心灵的创伤愈合。①

这与卢梭所肯定的"回归自然"的主张是相同的：

自然使人善良，社会使人邪恶；自然使人自由，社会使人奴役；自然使人幸福，社会使人痛苦。②

儿童身上的"泛灵"意识让他们不自觉地去亲近自然、向往自然，没有人能够像他们一样会对一草一木感到如此新奇，也没有人能够像儿童那样怀着真实的感情和大自然对话。城市化的加剧减少了儿童接触大自然的机会，同时也减少了儿童从大自然中汲取美的教育的机会，通过诗歌、小说等作品中对于儿童泛灵意识的书写加强，通过作家对于自然美的完整呈现，儿童与自然的关系更加紧密，那些富有生气的自然生态书写，既丰富了儿童的自然知识，深化了儿童的认知水平，更重要的是让儿童体验到一种来自自然的宁静、本真、灵动的美，营造出人与自然亲近、友爱、和谐的氛围。自然以其独特的魅力深深地感染着向往自然的儿童，使儿童在阅读中获得一种独特的审美体验，感受自然生命的神奇与美丽，并从中获得人类与自然之和谐的真谛，也为他们生态伦理意识的生成奠定了基础。

---

① 付文中：《从〈鹿苑长春〉看儿童文学的生态观培育走向》，《现代语文》2006 年第 7 期。
② 闫吉青：《〈茨冈人〉：诗意生存方式的探索》，《郑州轻工业学院学报》（社会科学版）2005 年第 4 期。

第三节 守望诗意的"家园"

改革开放后，随着工业化、城市化进程的加快和市场经济、商品经济的不断发展，城市与乡村的差距逐渐拉大，以城市为核心的发展趋势，让城市距离乡村越来越远、距离自然也越来越远。人类渐渐远离了山川、森林、溪流和原野，成为穴居在钢筋水泥丛林中的动物，感受不到田野里的和煦春风，看不到美丽的日落日出，听不到自由的鸟叫虫鸣，"去自然化"的生活、"自然缺失症"已经成为全球化时代人类共同的现代病。在缺失的自然环境中，精神焦虑逐渐加剧，现代社会中的人们普遍产生了一种失去家园的茫然之感，儿童失去了感受自然快乐的场地，失去了精神生活的源泉，自然天性无处展现，内在需求无法得到满足，他们的心灵一片荒凉，不得不面临人与自然、人与人、人与自我隔绝之后的软弱、孤独和空虚。在人性受到工业化、商业化和市井气息积压而变得扭曲的情况下，在人经历了都市文明工业发达、人口密集、污染严重、物欲横流等诸多缺陷之后，现代人在其内心深处亲近自然、寻归荒野的本能日益显示出来，他们开始将自己一直以来向前看的目光掉转过来，重新寻找乡村田野中自然的神韵，希望以此来获得心灵上的稳妥与精神世界的立足点。罗尔斯顿说："在迷路时我们感到沮丧，这是由于我们需要有一种最低限度的在家的感觉。"[1] 人类在自己发展的过程中丢失了最初的家园，以至于心中充满了迷茫和绝望。海德格尔曾提出"诗意的栖居"的概念，同时也提出了"天地神人四方游戏"之说，这是一种人与自然的和谐存在的观点，主张人生存于自然之中，与万物是平等的和密不可分的，他认为自然是人类的"家园"，在"家园"中人类将获得和谐的生存。"但在工具理性主导的现代社会中，人与包括自然万物的世界——本真的'在家'关系被扭曲，人处于一种'畏'的茫然失其所在的'非在家'状态。"[2] 生态伦理学提出的"家园意识""荒野意识"包含了对理

---

[1] 陈丽丽：《当代中国生态文学中的生态伦理思想解读》，硕士学位论文，湖南师范大学，2010年。

[2] 曾繁仁：《生态美学导论》，商务印书馆2010年版，第326页。

性与感性的双重理解,从理性出发,我们可以看出,自然和荒野是人类的根基,只有保持土地的健康,才能保持人类文化的健康,从感性上来看,自然中寄托着人类精神家园的情感,因为心灵的健康更需要自然的滋润。人们通过对人与自然和谐相处的回忆和向往,不断地寻找着向自然回归的途径,寻找他们精神的落脚地,达到弥合现实与心灵之间沟壑的目的。从这个意义上来说,"家园"不仅包含着对人与自然生态关系改善的期待,而且还蕴含着更为深刻的"诗意的栖居"的概念。

活跃于新时期的大部分儿童文学家都曾经历过与自然的零距离接触的生活,他们有的自小长于乡村,对于自然有着深入骨髓的记忆,如曹文轩、梁泊等作家;有的作家是因为某些特殊的原因与自然密切相处过很长一段时期,如沈石溪、牧铃等作家。曾经的乡村生活经历让他们至今记忆犹新,无法忘怀,当他们面对城市中被异化的儿童、痛心于他们与自然的疏离的时候,作家们希望通过文字的方式改变现在儿童的自然观,为儿童建造起一个潜藏在他们心中多年的梦想,他们试图给儿童描绘出一个纯净的精神地域,成为人与自然和睦相处的"家园"。这个梦想既有对现代工业社会中焦虑情绪的反思、对"钢铁森林"般的都市生活的逃离和厌倦,也有对人与自然和谐相处的期待,让儿童认可和肯定这样的生活情景,并产生无尽的向往,为实现这个梦想做出自己努力和改变。

一 对"钢铁森林"的批判与逃离

在现代文明的发展过程中,工业化和城市化的发展总是与经济的发展相伴而生的。随着城市化的加剧一系列的问题也应运而生,其中表现最为明显的就是人居环境的恶化、人与自然的疏离,人类的生存和发展所受到的前所未有的考验。儿童在与大自然的交流中获得的潜移默化的陶冶与教育对儿童的成长具有不可估量的价值,但城市化的加剧使自然与儿童逐渐分离,儿童被束缚在钢铁做成的笼子里,被摩天大楼阻挡了眺望远山的视线,被电子游戏迷住了接触自然的身体,远离了自然生活的滋润,不能用自己的五官、四肢、肌肤去接触和感受这个多姿多彩、充满神奇的世界,他们变得敏感、胆怯,缺乏想象力和观察力,思维刻板,失去了儿童应有的好奇与感动。这种儿童被称为"自然缺失症"儿童,他们远离自然、自然知识贫乏,大部分时间是在有空调暖气的房间和汽车里度过,电脑、电视是他们最喜欢的"玩具"。三毛在《塑料儿童》中就曾描述过这样的场景,她在台湾邀请几个儿童去海边看海,想让他们领略自然之美,结果孩子们一路都只专注于手中的游戏机,即使到了海边仍然不为大海的壮阔和美丽所打动,只是淡然地说我们要是再不回去就耽误六点半的动画片了。城市中的儿童只能在人工园林中寻找自然的痕迹,只能在动物园中猜想童话里森林之王昔日的威猛,他们认为从电视中就可以了解世界,电视中的河流山川、花开花落就代表了自然的变迁,可是他们却忽略了自己在自然中所获得的感受,而正是那样的感受才是健康生活的路径与方向。生活在钢筋水泥的森林中的儿童,对于自然的那种原始吸引力已经快要消失殆尽了,儿童与自然的脱离造成了他们感官的逐渐退化、对其他生命的漠视,失去了对自然美的欣赏,失去了自然的启迪,即使他们长大成人后,他们的精神也仍然是贫瘠的。现代的城市生活中,儿童肥胖率增加、注意力紊乱和抑郁等现象随处可见,不但影响了儿童身体健康,也影响了他们心灵的健康发展,同样也损害着儿童的道德、审美和智力成长。试想,一个从小就对动植物和自然失去兴趣的儿童,他对生命的爱和热情从何而来?一个从小对生命和自然失去敏感的人,长大之后怎么会关心地球环境和人类命运呢?一个从小就与自然割裂的儿童,长大后又怎么能有社会责任感和对地球人类的使命感呢?

在新时期以来的儿童文学作品中,有很多作家在选择呈现自然与人的和谐关系的时候,另一部分作家选择对缺少自然味道的城市生活状态进行批判。在陆梅的散文《看树》中,树是作为一种自由、茂盛的生命力的代表而出现的,可是城市中的树被"修建"了,像人的生活一样,规规矩矩的,缺少了生命的灵气。"有一天,我走在城市的街头,突然沮丧的发现:原来我频频的和小时候的树相逢,是因为城市里的树太少,或者说,城市里的树不是树。"(陆梅《看树》)"那一排排被移植到城市里的树不是树,秃着难看的顶,稀疏地冒出几根枝条,与其说是一棵树,不如讲是一截枯树桩。待这枯树桩好不容易撑出一片绿意,一夜间,又被园林工人以养护为名不动声色地修理肢解了！还有那些树，因为病虫侵蚀，被一劳永逸地用水泥将树窟窿死死堵住。这个硕大难看的疤，从此突兀地暴露在城市的日光下。更多景观道上的树，干脆不见一片叶子，枝枝桠桠缠满了电线和小灯管，白天你不会注意到它，及至晚上才闪出它雪花般的银亮和霓虹来——可是，这已经不是一棵树自身的美了。"（陆梅《看树》）城市里的树已经泛化为一种装饰物存在，这样的树更符合城市中的畸形生活，符合城市那种被压抑和被规范的生活状态，"我只能这样理解：城市里的树不是树。城市里的树，可以是景观灯的依附，是聊胜于无的安慰或点缀，就不是一棵自然生长的树。"（陆梅《看树》）城市改变了树的形态，也改变了一个生命自由成长的状态，对树的惋惜也是对所有生命在城市中被改变天性、压迫心灵的惋惜。正如那个在黑鹤的《驯鹿之国》中能与森林交谈的鄂温克老人说的："孩子，你已经去过山下的城市了，那里有那么多的好东西呀。但你试着看了城市里的树了吗，它们已经被叹息压弯了腰。"（格日勒其木格·黑鹤《驯鹿之国》）在这名鄂温克老人的心中，把树的自由、动物生命的自由和自己的自由看得尤其重要，她拒绝搬到城市中居住，拒绝自己的心在城市中变得狭隘与呆板，她宁愿待在树林里过着简朴却内心踏实的生活。亦如乔传藻在《太阳鸟》中写道："别的不用讲，单说我们城市那被高楼截断了阳光的街道，那坐落在峡谷箐底似的深巷，还有我那间太阳每天只能瞟上一眼的蜗居，太阳鸟一来到这样的地方，无疑就像碰到了日食，它忍受得了么？"（乔传藻《太阳鸟》）现代人远离了自然，蓝天白云、高山流水、花鸟虫鱼等大自然的景色，已经很少能引起那些麻木的双眼的注意和心灵的惊叹。如果把地球上的所有荒野都加以人为的改造，那么人类的这种本性、这种愉悦、这种真正的文明将被彻底压抑和摧毁，人类就绝不可能获得真正的幸福。如果不能在与自然交融的过程中体验生态的美，人类的审美体验将有重大的缺陷，人类的文明也将有重大的欠缺。中康复昆的短篇童话《芬芬和芳芳》中，作者运用拟人的手法，通过对于两棵相同的玫瑰花不同的遭遇的对比，从另一个侧面说明了远离土地的现代文明对生命成长的负面作用。芬芬和芳芳是两株玫瑰花，它们被不同的人买走，一个被带去城市过着光鲜亮丽的生活，但是城市生活带来的却是荣华背后的孤独，不久这朵玫瑰花就枯萎了；而另一株玫瑰花被农妇买走后栽到了地里，乡村的生活是适合它生存的，它在乡村的土壤中长得蓬勃又充满活力，两株玫瑰的遭遇反映了不同生活环境带给生命的不同，亲近自然的生活才是符合生命成长的生存之路，而远离自然，在城市的乌烟瘴气和孤独寂寞中的生存都是畸形的和被束缚的，由此带来的不同的生命走向，形成了鲜明的对比。

此外，作家们还通过城市儿童疏离自然的生存现状的书写来表达对远离乡土生活的城市儿童生存状况的担忧。在牧铃的《丹珂的湖》中，爷爷生活在湖边，"他说厂区的大楼房把丹珂加工成奶油面包了，又抱怨爸爸妈妈把丹珂宠成了波斯猫，非把丹珂接到他的湖边别墅来不可。""小不点的，老关在大楼里不憋成个呆子才怪呢！爷爷说你先得把脚杆子练结实，再使眼睛、耳朵、鼻子时常吃得饱饱的，免得患上营养不良症。"面对城市的封闭，儿童的眼睛、耳朵和鼻子都是闭塞的，感受不到风的触摸，听不到冰雪消融的声音，看不到花开时的美丽，儿童的生命愉悦感也消失了。人的灵性离开了大自然，失去了自然的支撑和依托，心灵被金钱和物欲所牵制，因而变得孤独、绝望，毫无快乐可言。作为一个正值以玩为主的时期的儿童，身处城市，整天都是教师课堂，一切都很机械单调，身体的各种感官已经麻木了，这与他们一走进自然，便立刻释放出身体的每一部分感觉去感受自然的状态形成了鲜明的对比。

春天放风筝、夏天看星星、秋天捉螃蟹、冬天打雪仗，这些都是父母那一代人美好的童年记忆，相比之下，"城市钢筋水泥的建筑，活生生的切断了孩子们与自然的联系。现在城里的儿童不知稻、麦为何物。甚至连看到蚂蚁也会发出惊呼。缺失生态道德的社会，科学技术的发展不仅使自然失去了自然，更为可怕的是使孩子们远离了自然"[①]。远离了自然的人和儿童，心灵逐渐变得没有那么敏感，在城市中逐渐被快速的节奏和物欲的追求所异化，在工业主义和物质主义中心灵被机械化，终将迷失纯真的本性。在陈丹燕的《我的妈妈是精灵》中我们看到妈妈隐身后带着儿童傍晚在天上飞，路上挤满了行人，可是这些人只顾着急匆匆

[①] 刘先平：《爱在山野》，明天出版社 2010 年版，第 6 页。

地赶路,看起来又累又烦,却没有人发现在他们的上空有人在飞,当其中的一个女人买东西抬头算钱的时候看见了飞着的孩子,却无动于衷,甚至都没多想就以为自己看花了眼。在城市中成长起来的人们已经看不到天上的飞鸟,看不到树上的绿叶,他们的思想和情感都被现实生活拘束住了,他们急匆匆地赶路,急匆匆地买东西,急匆匆地回家,却不知道自己急匆匆的到底为了什么。精灵们栖息在49路电车终点站的一棵大树上,它们每天傍晚都在树上游戏、唱歌,妈妈在临走的那个晚上带陈森森和李雨辰来到那里,请求精灵们为女儿显身,让她们看一看,于是"黑黑的大树一点点地发出了蓝光,好像被什么东西照亮了似的"(陈丹燕《我的妈妈是精灵》),面对这种奇异的景象,一个路过的男人很内行地对身边的人说:"原来是激光表演,这是哪家公司的广告创意?不错……用了不少钱,效果不错。"(陈丹燕《我的妈妈是精灵》)崇尚科技理性的人们为生活忙碌着,已经焕发不出一丝想象的光芒,当面对任何奇怪的事人们只能用钱来解释的时候,他们的心灵也已经迷失在世俗中了,这样机器人般的生活剩下的只是可悲。作者用一种变形的手法描绘着在城市中大多数现代人生存的境况,借精灵的眼睛来发现他们身上所失去的光彩,如同黑鹤作品中的鄂温克老人说的:"孩子,你没有看到城市里的人太累了吗?城市中的人心上都是皱纹啊。"(格日勒其木格·黑鹤《驯鹿之国》)

由于对现代化生活的崇尚、对物质生活富足的渴望从而在内心中产生对城市的向往,人类往往不顾一切地抛弃了乡村走向城市,当儿童抱着对未来的美好幻想真正深入城市、触摸到城市的内在价值以后,他们身上的美好的一面也在逐渐被剥离,淳朴之心不断地受到攻击,以至于变得愈加丑陋,他们在城市中无法找寻到曾经的单纯与快乐,于是他们转而从城市出发,去寻找可以安放他们灵魂和身体的自然存在。而在《林燕的梦想》中,作者用新农村的和谐美丽来映衬出城市的光鲜下的阴暗,主人公林燕是一个农村的姑娘,城市对她来说,就是像泡泡糖一样的一个个五光十色的泡泡,"父亲从城里带来的美丽的泡泡糖引起了她对城市无穷的遐想。她从父亲口中知道,城市里还有电影院,有喷泉,有动物园,还有很多很多好吃的。哦,美丽的城市,可爱的城市,遥远的城市!"(佚名《林静的梦想》)怀着这种对城市的向往,她毅然在父母离异时选择跟随父亲来到城市生活,可在城市中的生活并不如她所愿,她在城市中迷失了自我,找不到自己和曾经的梦想,缺乏鲜活的生命力,于是"她要做一次远离,远离城市去故乡的那个小山村,她要回到梦想的起点"(佚名《林静的梦想》)。回到乡村,没有她想象的那样衰败,没有想象中大家对她的羡慕,反而看到了母亲满足的笑脸,看到了乡村里生机勃勃的发展,这些都强烈地冲击着她的内心,"林燕看到人们在地里耕作,他们穿得朴素,甚至破旧。但他们挥动的手臂、响亮的号子充满了活力,他们流淌着汗水的脸上充满着劳动的激情。那种激情是城市女孩林燕从来不曾有的。"在这种接近自然的乡村生活中,林燕意识到,乡村儿童拥有的虽然是物质上的不富足,但他们有朴素、明朗的心,"不管他们能否飞出大山,他们的天空都明净而辽阔",而自己正是因为迷失在了城市的利益和物欲的旋涡中,才失去了最初的梦想和快乐。物欲横流、人心浮躁是城市生态失衡的缩影,而当女孩走回乡村,找回心中那种接近生命本源的状态的时候,终于让她从狭隘的自我中解放出来,恢复了一个青春少女的活力与热情。曹文轩的《山羊不吃天堂草》中明子进城谋生,历经种种磨难,后来在宁死不吃天堂草的山羊面前,心灵得到净化,决定离开城市,寻找属于自己的世界。这些作品在很大程度上,也是作者本身来到城市中对自我、对城市的思考,表达了自己对接触自然生活的向往,对旧时在故乡曾与自然密切的生活的向往,这些都在向我们暗示,只有回归到自然的怀抱,才能重新找回属于内心的纯真、安宁与平静。"宁静无价"或许是身处物欲横流、动荡不安的现代社会中的作家对"荒野意识"最精辟的诠释。这些作品都满怀深情地书写着乡村生活的恬淡和美丽,表达作者对人性、对人生理想境界的追求,呼唤着从都市到乡村淳朴人性的复归。"在这个长满钢筋水泥的浮华时代,我同样还是喜欢说,我家在农村,在小清河边。我这么说着的时候,鼻息间萦绕的是泥土的芬芳,眼前有清亮的河水,葱郁的庄稼,当然还有老家墙头上那白白绿绿的扁豆花,蓝盈盈的牵牛花。我喜欢乡村,喜欢安静,喜欢在安静里做梦。在梦里,村庄是温暖的明媚的,有飘香的槐花麦田,沟渠中摇曳着悠然的芦苇野花。"(郭凯冰《在泥土里种花》)作家们充满了对贴近自然的童年生活的怀念,他们身在城市,心却在不停地寻找着记忆深处的乡村味道。郭凯冰的《种一棵乡下的花》中,"我"执意在城市的花市中寻找那些只能开在乡下的牵牛花,在她看来,城市的花朵可以欣赏却留不在心里,来自乡下的花朵带着泥土和树木的香气,更加扎实和真实,乡村的花就像是乡村,为城市无法触摸大地的人们提供了一个机会。"我"找寻的并非是花,而是一种亲近乡村和大地的情感,寻找花的过程,也是在寻找自己的精神归宿的过程。土壤、种子、卖花盆的老人……这些人和物的身上隐喻着来自乡村、自然、土地的神秘、亲近、忧伤的气息。"她闭上眼睛,深吸一口气,感觉这清香灌满了小小的胸腔。末末的心里一下柔软得不行,因为,这是乡下泥土和树木的清香哟。末末睁开眼睛。奇怪,刚才明明没有人,怎么眼前突然就有了一个老人呢?白白的长长的胡子,遮住嘴巴;白白的长长的眉毛,遮住眼睛,头上呢,戴着一顶开满野花的五颜六色的帽子。面前呢,还摆了一个花盆。花盆竟然是用树根做成的!外面烧焦了,盆底一圈圈树的年轮清晰可见,让人看了心里怪怪的,有点难过,有点欢喜,还有点亲切。末末蹲下来,用手抚摸着树根花盆,问:爷爷,这花盆怎么卖的?老人将长长的白眉毛用手掀开,露出了深陷的眼窝。眼窝里,一双悲伤的眼睛,盯着末末看一阵。末末没有看他,只若有所思地看着花盆,眼里渐渐有了莹莹的泪光。一枚硬币一个。老人压着嗓子说。那声音很低沉,也很遥远,像深林里的回声。"(郭凯冰《在泥土里种花》)卖花的老人身上有来自记忆深处的自然的气息,那些遥远的、亲切的气息在召唤着迷途的孩子们。长篇童话《木偶的森林》里的木偶人罗里,与著名的意大利童话《木偶奇遇记》里那个著名的木偶人匹诺曹的形象很相像,但王一梅塑造的罗里却和匹诺曹有着截然不同的性格:匹诺曹渴望成为真正的人,并且最终实现了它的愿望;而罗里却在他恢复理智后,选择了返回大森林,和他的树墩生活在一起。一个走向人类,另一个返回自然,两个木偶人都有着活的灵魂,但命运选择却截然不同;两种不同的选择背后,其实隐喻着不同时期人类精神的表达,从开发自然到回归自然,人类精神不是倒退了,而是升华了。

精灵在童话作家的笔下总是以快乐、聪颖、轻灵的形象出现,但随着生态环境的恶化，这些美丽的生命只能选择放弃和逃离。在汤素兰的笔下，我们读出了城市的扩建对平静的乡村生活的破坏，钢筋水泥替代了青砖瓦房给自然生命的生活带来的影响。在她的《阁楼精灵》中，怀着对城市花园的美好幻想的红蜻蜓和花仙子从乡村的花园搬到了城市的花园，却被杀虫剂一夜之间全部毒死了，多么美丽的生灵，却在城市的毒液中死亡。城市里的花虽然漂亮，却没有生气，没有香气和花蜜，也没有花仙子去靠近它们，阁楼精灵和小树精、小竹仙们面向城里方向为不幸死去的红蜻蜓和花仙子们唱的挽歌，同样也是为城市所唱的挽歌，为人类选择的不归路唱的挽歌。面对这样可怕的城市扩张和对乡村土地的挤占，小精灵们不得不选择迁移，去寻找一个清新自然适合他们居住的地方。当人类砍下森林里的大树用它建造城市；当人类将溪谷中的溪流堵住，不顾其他动物的生存，让水变成电来为自己服务；当森林消失、草原消失，当人类与大自然的冲突对立日益加剧时，当精灵们失去了赖以维持生命的露水时，只能选择迁移到被人类遗忘的遥远的地方去。无论是陈丹燕笔下的精灵、汤素兰笔下的精灵、斑马笔下的精灵，还是金波笔下的精灵，这些生命都在逃离乌烟瘴气的城市森林，因为"人类在自然的照料和精灵的关怀中，逐渐强大起来了。他们依靠自己的聪明才智，改造着这个古老的世界。他们让世界按照自己所描绘的样子而改变，而不是让世界按照自然本身的样子发展"（汤素兰《阁楼精灵》）。作家们表达了对人类文明异化、科技理性与人文精神分裂的忧虑，大自然被破坏、精灵们已经离去，人类自以为是的钢铁一般的"强大"变得虚无而脆弱。

如今城市的儿童早出晚归，被应试教育和社会压力抹杀了自然的天性，没有机会接触自然，没有了阳光下的歌唱，忘记了在野外放风筝、玩泥巴的快乐，生活中承受了太多的压力和责任，没有了自己的天性和个性，被剥夺了自然本性，缺乏生机和活力，正处于畸形的、异常的成长状态中。生态整体主义并不是对城市生活进行完全否定，而是对儿童在城市中的生存状态进行关注，同时也是对乡土生活的向往，对一种安静、平和的状态的向往，作家们是焦虑和急迫的，通过对城市生活的批判，他们试图唤起儿童心中对自己目前生活状态的警醒，唤醒人们关注城市中疏离自然的儿童,作家们唤醒儿童的过程、批判现代文明的过程,同时也是一种生态意识的自觉体现。

二 寻找一个梦想的栖息地

现代人类以掠夺式开发和冒进式发展的经济发展模式不仅破坏了有形的生态环境,改变了人类朴素健康的生存方式,而且严重摧毁了人类原本充满诗意的精神家园,面对这种社会现实和生态现状,卢梭、华兹华斯、怀特、爱默生、梭罗等西方著名的生态伦理倡导者们倾心向往着回到乡村的田园生活。中华民族是极眷恋乡土的民族,自古就主张"以农为本,以土为根","恋土情结"自古就成为人们心中根深蒂固的文化心理,人对土地有着深沉的依恋和无法释怀的眷恋,怀旧、思乡、寻根、问祖都是中国人表现出的特有的对生存之地、生存"家园"的期待。人类用科技与文明驯化了自然,并引以为豪,但最终我们赖以生存的家园已是满目疮痍、千疮百孔:河流断流、水体污染、耕地减少、土地沙化、大气污染、森林资源枯竭、珍稀动植物灭绝、酸雨、酸雾及"厄尔尼诺"等现象频繁发生。如徐刚所言:

> 大地是完整的,家园便是完整的,人也是完整的。反之,当大地不再是一个完整的集合而败象重重时,家园和人就是破碎的、分裂的、面目全非的。[1]

当地球的生态危机日益严重时,当自然的惩罚接踵而至的时候,"回归"开始成为人们共同关注的话题,人们不得不重新审视人与自然的关系,人类试图在解剖自我和深刻反省中,回归理想中的人与自然万物和谐的审美境界,一同筑起生命平等的诗意的栖居地。到大自然中去,到荒漠中去,到大森林中去,去追求大自然的安详与宁静,像陶渊明当年那样享受"而无车马喧"的悠闲,在自然的山水中,在乡村的一草一木中去寻求精神的慰藉。生活于乡村农舍的人们,远离城市的喧

---

[1] 徐刚:《守望家园》,湖南科学技术出版社1997年版,第112页。

嚣、远离尔虞我诈的环境，回到最初的生存状态。如同别尔嘉耶夫指出：

> 文明人类被投入到生死边缘不得不反思时，一条重要的出路就是向自然世界的返回。①

这种返回是一种精神上的寄托，在对土地的迷恋和对乡村生活的热爱中，着力刻画和展示出自然环境中淳朴的人性、人情以及人和自然怡情相处的和谐。对于城市中的儿童来说，他们所能接触到的自然只有小区的绿地和被围起来的植物园，只有为他们建立一个贴近自然原生态的、充满人性温情的居住场地和梦想之地，他们才有可能不会被城市的繁华迷失了方向。"人与自然相处的最高境界是人在大地上的诗意的栖居"②，作家重新为儿童描绘一个"家园"，或许那里没有富裕的物质生活，但有山清水秀的自然环境环绕，精神富足，生活在这里的儿童在山野中自由玩耍，看日出日落，遵循自然规律，贴近自然，感悟成长，不用每日为了升学和分数而日夜焦虑，人与自然之间、人与人之间都充满了和谐、安宁的美好氛围，这样的"家园"才是精神理想的栖息目标，给予了儿童成长动力，让儿童的身心都融入这片土地，成为一名真正的栖居者，这对于儿童生态伦理意识的养成具有指导性的意义。

新时期的儿童文学作家面对被严重污染的生态环境和被异化的人类的心灵，怀着对人的生存状态的关注、对社会尖锐的批判、对物质欲望的抵制，在对城市文明的批判之后，努力尝试在作品中建立一个人与自然和谐共在的"家园"来实现对人类生存的终极关怀。这种与"城市"生活相对立的场景的塑造，体现了作家对于人与自然和谐相处的愿望，对"诗意的栖居"的向往。铁凝、迟子建、曹文轩、牧铃、王新军、石舒清、孙惠芬等儿童文学作家选取回归和重塑理想的生存环境的视角，通过复原他们记忆中和谐宁静乡村世界的情景，再现了一种原始、质朴、

---

① ［俄］别尔嘉耶夫：《人的奴役与自由》，徐黎明译，贵州人民出版社1994年版，第236页。
② 鲁枢元：《生态文艺学》，陕西人民教育出版社2000年版，第27页。

自然的生活状态,为儿童们塑造一个平和、安宁、远离喧嚣的诗意的栖居地。作家们用丰富的想象构筑起一个理想的桃花源,在这里可以舒缓和解放生活在城市中的儿童们的繁忙、拥挤、焦躁的精神状态,为迷失的人们带来希望和力量。

> 我们一般都选择微贱的乡村田园生活作为题材,因为在这里人们心中的基本情感找着了更好的土壤,少受束缚,并且说出一种更淳朴和有力的语言;因为在这种生活条件下,我们的各种基本情感共存于一种更加单纯的状态中,因此,可供更准确的思考,更有力度的交流。①

在新时期儿童文学中,曹文轩、张玮、金波、迟子建等作家们的作品中都可以看到他们所规划的这样一个"家园",它既蕴含着无限的生机,又给人以安宁、平和与慰藉,可以与儿童进行心灵的交流,充满了归属感和安全感,寄托了作者们田园牧歌式的梦想,表达了现代化境遇中人对自然的渴望与回归,带给人一种生生不息的永恒之美。在作家黑鹤的笔下,这个"家园"被称为"草地",他曾说"童年短暂的草地生活是我生命中最初明亮而快乐的日子,……离开草地之后,我一直生活在回忆之中……我竭尽所能,想告诉所有的孩子,还有那样的一个世界。"② 这个"草地"是一个与都市相对立的人类生存的空间,没有世故、没有贪婪,有的只是乡野气息与温良淳朴,承载着越来越受心灵逼仄的都市人的梦想。在曹文轩笔下,"油麻地""稻香渡"都是常常出现在他的作品中的一个"家园"场景,这是一个远离城市、四周被水环绕的栖息地,这里的村民们朴实无华,儿童们自由烂漫。主人公的故事大都发生在这里,"油麻地"四周是水,这里的纯净区别于乌烟瘴气的城市世界,小说中的人物内心也同样充满了纯净的古典美,表达了作者尊重自然、呼吁人与自然和谐共生的生态整体观念,同样也表达了作

---

① 鲁春芳:《神圣自然——英国浪漫主义诗歌的生态伦理思想》,浙江大学出版社2009年版,第125页。
② 格日勒其木格·黑鹤:《驯鹿之国》,中国少年儿童出版社2010年版,第2页。

者对生活于其中的人和自然宽容、仁爱品质的赞扬。这种生态思想的形成与曹文轩从小的生活氛围有关，他从小生活在一个四周有水的乡村，自然界中一山一水、一草一木都给他留下了深刻的印象，成为他生命感悟的对象和精神财富的源泉，也造就了他作品中人与自然和谐相处的基调，使他的作品蕴含了丰富的生态思想。他曾在《乡村情节》的文章中写道：

> 随着城市文明对我的侵染的加深，我非但没有被城市文明所腐蚀和瓦解，倒恰恰相反，越来越频繁地回首眺望那离我而去的、如烟飘逝的乡村生活。我常常在沉思这种生活对一个人的必要性，这种生活对一个人的审美情感起到了什么样的潜移默化的作用，这种生活是如何帮助一个人在如火光照耀下的燥热的现代生活里获得了一片心灵的净地。①

曹文轩作品中的自然，没有被当成工具或对象化的自我，而是让人与景融为一体，让人真正感受到自然的美、领悟到生命的真谛，造就了他作品中具有音乐性的语言、美的象征、浪漫色彩的自然景象，正如卢梭说的："观察者的心灵越是敏感，在与自然的壮丽伟大和谐交融时，就会有越强烈的狂喜油然而生"②，"所有个人的目的全部离他而遁去，他看到的和感到的不再是具体的事物，而是万物的整体"③。在曹文轩的"油麻地"和"稻香渡"里，我们感受到令人陶醉的意蕴和美妙的自然意境，领略到田园风光的自然、清新和淳朴，这里的农夫和幼童们呈现出了人性最纯真自然的一面，他们的生活方式简朴、语言淳朴，感情也是接近自然的状态，在这充满了自然美和人情美的环境中，读者可以进一步回归自然、向往自然、感悟自然，深刻体会到自然家园的真正价值，实现人类的终极审美。《细米》中的"稻香渡"是个和谐、平静的地

---

① 曹文轩：《细米》，江苏少年儿童出版社 2008 年版，第 242 页。
② ［法］卢梭：《一个孤独的漫步者的遐想》，转引自江山《德语生态文学》，学林出版社 2011 年版，第 39 页。
③ 同上。

方,人们过着日出而作、日落而息的生活,清新的自然环境与"文化大革命"中的乌烟瘴气形成强烈对比,细米、师娘、翘翘、红藕这些朴实、诚恳的人给了梅纹这个在"文化大革命"中失去家的姑娘一个新的家,让她在"文化大革命"中被迫害的、受伤的心灵获得极大安慰,在"稻香渡"、在细米家,"梅纹天天有一份好心情,郁容晚来到荷塘边吹响口琴时,她会快乐地走到塘边,甚至会随着口琴轻声唱起来,给秋天的乡野酿出一派恬静与安适。她已不是刚刚从苏州城来的那个女孩。稻香渡的风,稻香渡的雨,稻香渡的太阳与月亮,稻香渡的稻谷与河水,淡去了她的苍白与薄弱,柔韧还在,但却又多出一份恰到好处的结实。"(曹文轩《细米》)梅纹在这远离喧嚣的江南水乡享受到了亲情的快乐,人与乡村自然构成一幅和谐的美景,人心的美丽与江南的舒缓、温柔、优美的格调交相辉映、跃然纸上,就像是细米的妈妈在梅纹走后,天天站在路口念叨的那样:"回来吧,回来吧,这儿也是你家。"(曹文轩《细米》)是这个"家"让她从失去双亲的极度悲伤中站起来,又勇敢地走出去,在她的心里,"只有稻香渡才能使她忘记悲伤,只有稻香渡才能使她解脱,也只有稻香渡才能使她快乐起来。"(曹文轩《细米》)在"文化大革命"对人性毁灭的对比下,美丽的景色与村民的自然朴素协调统一,外在的喧嚣和杂乱衬托出了这里的平静与踏实,呈现出一幅自然原始的"家园"图景。这样美好的"家园"不仅是曹文轩构想的自然伦理的理想图景,也是生活在现代工业文明侵扰下人们忽略又盼望的诗意生存美景。曹文轩用抒情笔调描绘了一幅人与自然以及人与人之间水乳交融、和睦无间、幸福愉快的富于诗意的乡村画卷,他想要告诉孩子们,幸福不在于在钩心斗角中取胜,而在于简单自然的生活之中,一切美好不在于物质的掠夺,而在于相互理解、相互尊重的和谐关系之中,儿童也将从中了解到独特的价值。奥尔多·利奥波德把自然看成是一个呈现着美丽、稳定和完整的生命共同体,"人类即使在利用自然物的内在价值,把它们作为实现自己内在价值的工具价值的时候,也要考虑到这些自然物的内在价值对生命家园的支撑作用,不能仅仅把它们当成资源来利用,而要考虑到自己作为地球栖居者的地位,在利用自然时,还要照管和看护好人类与所有生命的栖居地"①。

在金波笔下,他营造了儿童和小绿人、人与自然和谐相处的美好氛围,而小绿人们生活过的绿园、七座桥、听泉山等每一个"家",这些地方是小绿人的生存之地,充满温馨气息,山清水秀,人们和平相处,还有宫爷爷每天讲故事,"那里静极了,微风缓缓地吹着,枝叶有节奏地摇来摆去。花香是淡淡的,一阵一阵地飘来。听故事的除了小绿人以外,还有一些飞禽走兽,像百灵、翠鸟、鹦鹉啊……像灰兔、山羊、小鹿啊……很多很多。"(金波《追踪小绿人》)在文章的最后,儿童和小绿人选择了"听泉山"作为他们学校的新的地址,成为他们共同生活和学习的"家园",这里远离时世,安宁平和,自然环抱,作者把孩子们置身于一个天地和谐的世界里,以富足的精神滋养心灵,与自然万物和谐相处,孩子们与小绿人和其他生命一起平等生存。在这里,所有的生灵与风景融为一体,成为一个"天、地、神、人"四元统一的世界,这片人与自然和谐共处的土地是作者想象和认同的"家园",作者们就是要在儿童心中培养一种对这类"家园"的认同感,并将其转化为追逐的梦想和目标,才有可能找到和建立幸福的栖居之地。

人与自然万物在精神、物质上融为一体的和谐关系才是人们所要追求的栖居梦想。对于生活在城市的儿童来说,一个贴近自然的生存之地是一个遥远的梦想,但只要拥有这种期待之心,拥有这种向往自然的和谐之心,就会在成长的路上少走弯路,不会在物欲横流的社会中迷失了自己。作者们对于这些梦想广阔而细致地描写着,勾画出了一个美丽的生活图景。新时期的儿童文学作家常常会构建这样的一个梦想世界:能够走入自然,能够融入自然,能够自由的游戏,心灵不再空虚。正如黑鹤所说:

很多年了,我努力在自己的作品中构筑一个拥有勇气、忠诚、自由和爱的更富乌托邦色彩的荒野世界。②

---

① [美]唐纳德·沃斯特:《自然的经济体系——生态思想史》,侯文蕙译,商务印书馆1999年版,第389页。
② 格日勒其木格·黑鹤:《驯鹿之国》,中国少年儿童出版社2010年版,第1页。

在李志伟的童话《狂想大厦》中，童话作家久久木就是凭借一种幻想的力量来实现每个人渴望的贴近自然的居住梦想。第一个顾客想要建立一个能够亲近海水、阳光、沙滩的海景洋房；第二个顾客想要的是建在千年大树之上，周围是广阔非洲丛林的小木屋；第三个顾客是想要一个儿童游乐场。这些居住和生活梦想代表了每个人心中渴望回到原始、接近自然、放松自我的状态，第一个顾客每天接触阳光大海，第二个顾客在丛林小屋中种菜养殖，第三个顾客一家脱离了生活的重压，他们居住在梦想的大厦中，回归人类最初的、原始的生活情景，心情舒畅，邻里关系和睦，表达了作者对于城市压抑生活的批判、对于和谐生活的美好期待，以及建立一个亲近自然、亲近动物、亲近自我的家园的努力。在英娃的小说中，大多数的人物最开始的时候都有着一个很好的居住环境，有着一个美丽的家园，后来随着人类对自然的侵犯与无视，他们身处的环境越来越恶劣，生理与心理都受到了严峻的挑战。然而，恶势力当前，他们并不畏惧、不逃避，而是怀着勇气去面对、去改变，去重新塑造世界，重建一个有花有草有爱有阳光的世界。王蕾的《格陵兰森林》中，虽然通篇都没有出现对与格陵兰森林有关的具体描述，但是森林对于常年生活在城市中的儿童来说，代表着与其他生命一起享受绿色和自由的生活，这个神秘的格陵兰森林让儿童一直充满了遥远的梦想与期望，两个孩子在挖土、打球、游泳等游戏中寻找格陵兰森林，寻找的过程也是享受的过程，在这个过程中他们体验到了快乐，收获了友谊。可见，对于森林充满了梦想和期待的孩子，是不会被城市所束缚的。对于梦想中的理想之地的追求在方敏的《大绝唱》中所呈现出的却是另一种美丽而凄凉的过程，到结尾的时候，我们可以看到："雌狸香团子死了，男孩大眼睛死了，花狗死了。他们被合葬在一座坟茔里，夜深人静的时候，那里面会传出温馨安宁的歌声。"在淳朴与清新的自然环境中，作者虽然对人类的行为带着强烈的批判，但仍然期待着能够与万物的和睦相处。

海德格尔曾提出"诗意的栖居"的概念，他认为：

栖居意味着一种归属感,一种从属于大地,被大自然所接纳、与大自然共存的感觉,其对立面是失去家园。这种归属感的产生有两个前提,一是诗意的生存,生存在审美愉悦当中和精神生活的日益丰富当中;另一个就是要非常值得地生存,要做到非常值得地生存,就必须尊重大地,对所栖居的大地负责任。①

所谓"诗意"是一种自在的境界,自由的境界,是人与自然的和谐相处,没有破坏和占有,只有欣赏和感悟,这是美的存在、"诗意的存在"。海德格尔强调的是生存理念和态度,但同时也给我们提供了一个生存的目标与希望,这种生存方式以敬畏的态度尊重自然,以诗人的眼光欣赏自然,以宽广的胸怀保护自然、感恩自然,是所有人的期待。工业资本主义剥离了人与自然的亲密联系,很多人在城市中像一个机器零件一样机械地生活,通过构建一个诗意的栖息地可以让偏离了自然生活的人们重新获得归属感。对于儿童来说,回归一个接近自然的安宁的生活氛围,重新建立人与自然的和谐关系,是解决精神生态危机的主要手段。在这些作家塑造的与天地相连的"家园"里,他们重新找回了自我,找到了成长的意义,这些"家园"给他们提供了庇护、支持、稳定、优雅的感觉,自由、放松的氛围唤起儿童内心深处无穷的想象力。

小　结

人类是万物之灵,拥有认识、改造自然的理性和手段,同时也是地球生命共同体的一个重要组成部分,注定自己的生存与发展无法离开自然。如同爱默生在《论自然》中所说的:

> 我们生活在自然的怀抱里,生命之流在我们体内和周围流淌,

---

① 〔德〕海德格尔:《人,诗意地安居》,郜元宝译,广西师范大学出版社2000年版,第23页。

邀请我们凭借其力量与自然和谐相处。①

在对自然的不断征服与占有中,在丰盈的物质与高度的文明中,我们曾经自豪于人类的伟大和现代化的伟力、陶醉于对自然的胜利占有中,被征服的快感迷失了头脑,忘记了自己与自然血肉相连的关系,从而日渐远离甚至破坏了生命的源头和归宿。当惩罚接踵而至,蓦然醒悟的我们已经不再能够理直气壮和自信地宣称自己诗意地栖居于大地了,于是一种终极的生命关怀喷涌而出,人类试图在解剖自我与深刻反省中,重建人与自然的相处模式,共筑生命平等的诗意的栖居地。"人类中心主义"是工业革命以来占据哲学思想统治地位的观念,是人对自然无限索取以及生态伦理问题逐步严重的原因之一。人只有放弃功利之心,敬畏自然,虔诚地善待自然,向自然学习,投入自然的怀抱,才能体会到自然的博大、宽广和无穷的魅力,才能感受到人与自然的和谐关系,并从自然界中获得幸福和力量。人与自然的和谐共存实现了人类"情感"与"理性"的平衡,是一种超越时代发展的现代生态伦理意识。对自然态度的转变,可以避免因为自己的狂妄无知而带来的厄运,更加充分地展现出自然所固有的温和与包容、丰富与和谐,充分体现出造物主的智慧与自然的灵性,给予人以精神的启发与慰藉。

一个人得到的直觉判断受到早期形成的伦理观念的强烈影响,而不同的社会灌输给儿童对待自然的态度和看法也是不同的,随着人与自然关系的逐渐改善,国家对生态问题的重视,儿童文学对于生态伦理意识的普及,让儿童对于人与自然的关系有了更深入的了解,这种生态意识的提升将使儿童和人类本身受益终生,"我们关于应该如何对待自然界生物的道德直觉在心理上是依赖于某些我们在童年时代就有的对待自然的根本态度。我们早年被灌输的态度反映了我们所在的社会群体对待动植物的观点"②。作家们在作品中对直面书写人与自然关系、人对自然的态

---

① [美]拉尔夫·瓦尔多·爱默生:《论自然》,吴瑞楠译,中国对外翻译出版公司2010年版,第1页。
② [美]保罗·沃伦·泰勒:《尊重自然:一种环境伦理学理论》,雷毅等译,首都师范大学出版社2010年版,第13页。

度，引导儿童以积极的态度走近自然、亲近生命，这对于培养他们的生态伦理意识具有不容小觑的意义。中国的儿童文学发展到今天，母题也在不断的丰富，人与自然的关系讨论也在不断继续，非人类中心主义的价值观也在逐渐渗透进每个人的心里，当我们在讨论是什么还在感动着今天的儿童的时候，让我们用曹文轩的话来作出回答：

> 那轮金色的天体，从寂静的东方升起之时，若非草木，人都会为之动情。而这轮金色的天体，早已存在，而且必将还会与我们人类一起同在。[1]

---

[1] 曹文轩：《草房子》，江苏人民出版社2008年版，第3页。

第 二 章

生命价值的追问与生命存在的体验

生命,是生物体孕育、出生、成长、衰老、死亡的全部过程,"盖娅假说"认为,地球是一个由生物、海洋、大气和土壤组成的复合系统,这个复合系统决定了地球生态,维持着地球及其所有物质的活动使之更有活力,人类和千百万其他物种一样,都生活和生存在这个复合系统中,正是这些生命存在,才使这个系统、使地球充满了勃勃生机和活力。从生命诞生的那一刻起,生命意识便伴随着每一个人,它建立在人类对于生命存在与生命价值的认可的基础上。

> 从生命崇拜到重视感性生命,进而上升到珍爱生命的理性自觉,这便是生命意识发展的轨迹。①

从生态伦理的角度来看,一切生命包括人和动物都是生命现象的表现形式,在本质意义上没有分别,所有生物都是拥有自身善的实体,都有内在价值,要想从整个生态系统和谐的角度去处理人类与其他生命体的关系,首先要"把这个领域看成是由相互依赖的各部分织成的一张复杂而统一的网"②。这是一种生命意识的表现,是人类站在一个大的高层次的观照角度对人生、世界以及对人的整个生存方式的一种开放的理解。生态伦理主张敬畏生命,并把道德规范扩大到地球上所有的生命中,这

---

① 徐恒醇:《生态美学》,陕西人民教育出版社2000年版,第14—15页。
② [美]保罗·沃伦·泰勒:《尊重自然:一种环境伦理学理论》,雷毅等译,首都师范大学出版社2010年版,第6页。

其中包括对人类生命、非人类生命的尊重和敬畏。这种生命观所包含着的伦理意蕴和道德责任，可以避免人类对其他生命随意地、麻木不仁地伤害和毁灭。纯真、朴实的儿童身上蕴含着生命无限发展的丰富性和可能性，是自然生命的象征，加强儿童的生命敬畏观，强化他们对于生命价值的正确理解，对于他们的健康发展、社会生态伦理意识的生成和完善起到重要的作用。

随着人们对生态环境的关注、对生态意识认识的加深，作家也对自然中其他生命的存在状态更加关注，于是出现了一大批以动物小说为主的关注生命的创作，并逐渐成为儿童文学的发展趋势之一。在书写的过程中，作家放弃了人类中心主义的生命观，不再有意识地把人类的精神和思维方式赋予动物，而是重新思考动物在自然界中的位置以及生存现状，表现了作者从现代文明的角度对人类行为的反思、对生命价值的认可。沈石溪、刘先平、张炜、孙幼军、汤素兰等越来越多的作家开始从探险小说到动物小说，从少年文学到童话等各种形式来关注生命的存在，我们看到他们摒弃了认为其他生命是所谓的"较低"级的存在的传统看法，带着对生命的热爱走向大自然，走向整个生命物种，将生命的和谐发展作为审美观照的主要视角和衡量的尺度，从更本质的层次上探索文学与生命的意义，借助人与自然关系的改善来进一步强化儿童心中的生命意识。通过作品中对生命的关注和赞美，包括对生命的认识、对生命自然规律的遵循和生命美的赞美等方面的书写，作家高扬生命意识的大旗，为儿童演绎出一个个荡气回肠、摄人魂魄的故事，使儿童的生命观在儿童刚刚懵懂的时候能够走向更为宏观的正轨，"对于身处都市的少年儿童来说，这些满带着大自然原汁原味的美景、各种生动的野生动物形象的动物小说，不仅开阔了他们的眼界，同时对培养他们的环境观、生命观、宇宙观有不可估量的作用"[①]，通过对生命真相和丛林真相的了解，从作家笔下我们感受到的是独特的和苍茫的美感，点燃了儿童对于自然和生命的热爱。

---

① 王永洪：《八九十年代中国少年小说现象研究》，《新时期儿童文学研究》，河北少年儿童出版社2004年版，第165页。

第一节　对生命的重新解读

　　人们在与自然的相处过程中，曾经以一种强势的态度来控制其他的生命存在，以利益为相处目的，是以人的存在为主的，缺乏一种尊重自然、尊重自然生命存在的良好观念，导致人与自然关系的失衡，最终导致自然被大肆破坏。

　　　　当一个人认为尊重态度就是自己应该持有的态度时，这就是他/她尊重的实体的方式作出了规定。如果一个实体具有固有价值，并因此确实值得尊重，那么，这种态度在道德上就是唯一合理的对待该实体的态度。①

　　只有正确面对自然生命的存在、正确面对其固有价值，明白人类以外其他自然生命对于人类存在的意义，才能真正做到尊重生命本身，达到人与自然的和谐相处，"有思想的人体验到必须像敬畏自己的生命意志一样敬畏所有的生命意志"②。因此，重新认识其他的生命，改变对其他生命存在的态度，在对生命存在本体认识的基础上，对生命存在意义进行探寻，这对于构建正确的生命意识，有重要的意义。

　　生活在远离自然环境中的儿童对生命的认知观念逐渐被异化了，漠视生命的现象屡屡发生，他们已经鲜少能感受到与其他生命存在相处的乐趣，在他们眼中其他生命更多地被按柔弱和喜好来划分和区别，他们需要一种正确的、整体的生命观念，重新梳理对于生命的态度。儿童文学作家们的作品从生命的存在状态出发，把生命的本质和生命的深度融入有趣的故事、刺激的冒险中，融入对自我生命的探索和对其他自然生命的认识上，用优美的文字为儿童娓娓道来，使儿童在阅读的同时加深了对生命存在形式的再认识、对生命状态的积极维护和对生命的终极关

---

　　① [美]保罗·沃伦·泰勒：《尊重自然：一种环境伦理学理论》，雷毅等译，首都师范大学出版社2010年版，第6页。
　　② [法]阿尔贝特·史怀泽：《敬畏生命》，上海社会科学院出版社1996年版，第92页。

怀，表达了作者对生命本质的哲学思考。

一　对生命价值的认可

长期以来，由于对自然地位和价值的忽视，人类认为自然是没有价值的，人们认定的价值的概念主要是用来表述对象与人的利益之间的关系，对于存在于自然中的生命，人们更多地把它们看成是人类的所有物，看成可以任意捕杀和丢弃的物品。在我们日常生活中，人类往往根据自己的感觉和愿望，带着功利的心态和戴着有色的眼镜去看待动植物生命，"认为自己所具有的诸如理性、审美的创造力、个体的自主性以及自由意志这样一些独特性，与动植物所具有的那些能力相比，更有价值一些"①。这是一种人类中心主义的视角，但事实并非真的像人想的那样绝对，自然界中很多生命的能力都在人类的能力之上，鸟会飞、蜘蛛会结网、袋鼠跳得远、马儿跑得快，这些特性如果人类不借助工具是无法做到的。生命是自然中的重要存在，对生命价值的认可关系到对自然价值的认可，西方生态学者认为自然物种具有内在的价值，在本质上与人类是相同的，从利奥波德的"大地伦理"到纳什的"大自然的权利"都是强调万物平等的认识论和价值观。罗尔斯顿的自然价值论认为，"荒野（自然）是一种自我组织的生态系统，是那些有权为自己生存和繁荣的存在物的栖息地，人类应把它理解为需要尊重和敬畏大自然的内在价值的表现；人类并没有创造荒野，而是荒野创造了人类；作为生命的温床，荒野以及由荒野生物组成的生命共同体拥有独立于人类的价值即内在价值。自然内在价值是自然的、固有的，不需要以人类作为参照"②。生态共同体的和谐、稳定和美丽为价值判断的最高标准，在整个生态系统中，每一个个体生物的价值都是整体生态系统固有价值的组成部分，整体所携带的价值大于其中任何一个组成部分所具有的内在价值，都应该得到同等的尊重。保罗·泰勒认为，"没有自然界生命序列中其他成员的帮助，我们无

---

① ［美］保罗·沃伦·泰勒：《尊重自然：一种环境伦理学理论》，雷毅等译，首都师范大学出版社2010年版，第82页。
② ［美］霍尔姆斯·罗尔斯顿：《哲学走向荒野》，刘耳、叶平译，吉林人民出版社2000年版，第189页。

法自己存活下去。只有整个地球生物圈的正常运作，我们自己的生存才可能得以持续。"[1]"对于自然价值的确认，对于进一步维护人的美好生存秩序具有极为重要的意义。"[2] 人并不特殊于任何其他的生命，甚至还依赖于其他生命而生存，因此认可这些生命的存在意义、尊重所有生命生存的权利对于人类的生存与发展具有重要的意义。

  自然界的一草一木，花鸟鱼虫都是我们身边的真实存在，刺猬、蚂蚁、松鼠、野鸭这些大大小小的动物都和我们毗邻而居，同处一个地球家园，作为大自然的主导力量，我们不应该带着根据人类的利益和目的强加于动物或植物身上的抽象的形式、种类或墨守成规的老观念看待它们，"自古以来，人对待野生动物的态度就是蛮横不讲理的，只许人类血腥猎杀，不许动物丝毫反抗，如果动物胆敢还人以颜色，便是大逆不道，冠以食人兽的恶名，围剿诛杀，毫不留情"（沈石溪《刀疤狼母》）。只有正确面对其他生命的存在、尊重这些生命的存在、认可这些生命的存在地位，才可以获取其他生命物种的信任，缔结良好的自然亲缘关系，才能和谐共生，"所有物种都因而被认为应该得到同等的道德关怀和考虑"[3]。这种关系的确立，不仅有助于维护自然生态的平衡，还能让高度社会化的人类从文明的"异化"状态中洞见自身存在的危机，时刻警醒。儿童与自然有天然的亲和关系，儿童文学作家们利用儿童的这一特点，将对生命本质的理解融入其中，在作品中展现了原生态生命的活力与美丽，同时将儿童生命还原至自然界，让他们在对生命重新认识的过程中，进一步寻找自身的价值定位，深化对生命的理解。新时期的儿童文学作家们对于生命价值的存在表达了一种理性、客观的态度，他们通过书写自然界中的生命存在的"内在价值"，表现人与自然平等的生态意识，呼唤人们的生态整体主义意识，展示给儿童一个丰富、广阔的生命生存状态。

---

  [1] ［美］保罗·沃伦·泰勒：《尊重自然：一种环境伦理学理论》，雷毅等译，首都师范大学出版社2010年版，第72页。
  [2] 曾繁仁：《生态美学导论》，商务印书馆2010年版，第311页。
  [3] ［美］保罗·沃伦·泰勒：《尊重自然：一种环境伦理学理论》，雷毅等译，首都师范大学出版社2010年版，第27页。

作为与整体相关的部分，万物都是自然中的一员，都具有平等的内在价值，共同享受着生的欢愉，"都拥有生存和繁荣的平等权利，都拥有在较宽广的大我的范围内使自己的个体存在得到展现和自我实现的权利"①，这是人类面对其他的生命存在时所应该持有的基本的态度。王泉根认为动物的生命价值应该表现在："虎是否活得像虎，狼是否活得像狼，也即是否符合它们生命原色的类命运、类属性，是否具有自足的类价值；倘若虎不像虎，狼不像狼，非猫非狗，非鹿非马，这样的动物在其丛林法则中不但会出现生命力度的递减与异化，甚至丧失生存的权力。"② 从这个方面来看，沈石溪的动物小说是新时期儿童文学中对于生命价值、生命状态的书写中所不可忽视的重要组成部分。沈石溪动物小说从生命的角度出发，还原了动物生命体的"内在价值"和生存权利，他笔下的动物都有自己的名字，是与人平等的生命存在。它们通人情、晓事理、爱憎分明、知恩图报，与人相互理解、帮助并和谐共存，它们身上真挚、忠诚的感情甚至远远超越了人类社会人与人之间的"友爱"。在《我们一起走，迪克》中，阿炯在和小狗迪克的相处中学会了如何爱，如何摆脱物质的诱惑，如何勇敢地向前走，"小主人躺在地上，没顾得去捡竹棍，也顾不得揩揩漫流到嘴唇上的鼻血，便四肢着地地用狗类惯用的姿势爬到铁门边，从铁条的缝隙间伸进一只手来，摇晃着，召唤着。你赶紧将自己毛绒绒的狗脑袋送到小主人的手底下，让他抚摸。小主人的手指在你残缺的耳廓、变形的额骨和斜的狗眼间摸索，动作细腻轻柔。你知道，小主人眼睛看不见，只能用手指的触觉代替眼睛的视觉。他在看你。"（沈石溪《我们一起走，迪克》）这种生死依偎的情感让人动容，也呼唤着儿童内心深处道德情感的爆发。"我们所考虑的对待生命的恰当的态度，取决于我们如何看待它们，如何认识我们与它们的关系。"③ 阿炯虽然眼睛看不到了，但在他的心里，小狗是与他一样的独特而平等的

---

① 王诺：《欧美生态文学》，转引自高歌《生态诗人加里·斯奈德研究》，学林出版社2011年版，第151页。
② 王泉根：《当代儿童文学作家九人论》，《现代中国儿童文学主潮》，重庆出版社2000年版，第338页。
③ ［美］保罗·沃伦·泰勒：《尊重自然：一种环境伦理学理论》，雷毅等译，首都师范大学出版社2010年版，第62页。

存在，是他可以信赖的朋友，他和小狗相互依赖，平等对话，一起承受在寻找母亲过程中的艰难与困苦。小狗受伤，阿炯会心疼，他会为了救迪克选择离开母亲、离开物质的诱惑。这种人类与自然、动物平等共处的思想被表现得淋漓尽致。此外，他的《一只猎雕的遭遇》《象冢》《狼王梦》《红奶羊》《老鹿王哈克》《第七只猎犬》《混血豺王》等作品以边地丛林的动物为书写对象，向读者讲述着动物世界中紧张曲折、充满悲壮色彩的故事，以雄劲强健的生命气象和粗犷遒劲的美学风格展现了充满高原丛林蛮荒气息的原始生命的壮美图景，尽情地表现着动物的本体价值，无不显示着作者对生命意义、生命尊严和生命价值的深层哲学思考。

不过，即便如此，还需要特别指出的是，虽然生态伦理意识已经被儿童文学作家接受并重视，但有一些作品在书写生命价值的时候，为了特定的书写目的，总是陷入一种动物为人类服务的怪圈，这样的书写没有遵循自然生态的规律，是对动物的异化和一种变相的人类中心主义思想的表现。一些动物在人类社会中通过无私的奉献，以获得人类施舍的非自然性的"变态"行为。在这样的空间里，动物以人类的"忠臣"的身份，生存于世。特别是随着人们对于人类中心主义思想批判程度的加深，对于生态伦理意识理解的不断深入，一部分作家的部分作品暴露出了在对生态的独立价值的诠释和书写中的一些缺陷，沈石溪的《戴银铃的长臂猿》中书写了马戏团的长臂猿南尼在离开马戏团逃回家乡后却忘不了人类社会，于是放弃了与猴群的野外生活，又回到马戏团的过程。而在《灾之犬》中花鹰的命运也是完全掌控在主人手中，当主人认为它是不好的象征而将它扫地出门，甚至对它又踢又骂之后，它仍旧留恋地在主人周围徘徊，即使被主人扔下悬崖，最后还要英勇地回来救主人。在这里，人类的情感占主导地位，人类以主宰者自居，自视为万物之灵长，认为所有的动物都应该俯首称臣，在自然界可以为了自身的生存而无限制地索取与占有资源。那些动物也只是按照人类的意愿存活与发展，并依恋于人类的非"自然"动物。这样扭曲的情感是为了表达动物对人类的依恋，但没有真实地反映动物的生存感受，动物成了象征性的身份，成了"人役使的对象,而不是可以平等对话的伙伴"[1],"因过度的人化而失去其固有的审美精神,成为仅仅为人而存在的感性形式"[2]。在这种对生命的漠视的现象中,人们的态度和行为是一种具有深刻价值意义的选择,反映了当下社会陈旧、狭隘的价值观念,从这个角度来说,这些作品并没有将动物视为真正平等、独立的存在体,缺乏审视和人与自然关系的整体视角,是不符合生态伦理所倡导的生命精神的。

在生态系统中,自然客体和人类一样具有独立的道德地位,它们和人类具有同等的存在和发展的权利,万物都有各自的生命历程,并共同享受着生存的愉悦。只有在人意识到自然物作为自立的个体而不是人的对应物、象征体或工具的时候,意识到它们在生态系统中占据着独一无二的、不可替代的位置的时候,才会以一种平等的身份进行交往,才能实现人与自然的生态互动。在牧铃的《丹珂的湖》中,丹珂喜欢湖里的鱼,让爷爷给她抓一条回去养着,可爷爷却说:"我想,要是湖里的鱼把你抓了去,关在湖底下的一只汽箱里,给你吃好吃的给你换气,你会不会快乐?丹珂心上打了个咯噔,再也不闹着要抓鱼了……"(牧铃《丹珂的湖》),在爷爷的心目中,龙虾是具有自身"内在价值"和生存权利的生命体,是与人平等的生命存在,他和丹珂都认为自己有责任去保护龙虾的生存,他们尊重龙虾的生存权利的做法是一种生态思想的表现,表示出人类对于动物生命价值的认可。以看待我们自身的方式去看待它们,我们也就赋予了它们生活同样的价值,就像我们赋予自身生活价值一样,"持有尊重自然的态度,就是把地球自然生态系统中的野生动植物视为拥有固有价值。这些生物拥有固有价值可以被认为是尊重态度的基本价值的先决条件"[3]。自然界是每一个生命的舞台,生存于天地间的所有物种,高等如人类的,低等如屎壳郎,凶猛的如豺狼虎豹,弱小的如草蜢飞虫,他们的生命过程都有着不可取代的价值和意义,正是这些生命的存在,

---

[1] 刘成纪:《生态学视野中的当代美学》,《郑州大学学报》(哲学社会科学版)2001年第4期。

[2] 同上。

[3] [美]保罗·沃伦·泰勒:《尊重自然:一种环境伦理学理论》,雷毅等译,首都师范大学出版社2010年版,第44页。

才构成了五彩绚烂、生机勃勃的自然。通过对其他生命价值的认可，我们才能真正看清自己的生命本质。黑鹤在其作品中对人类日常中践踏动物生命尊严的行为进行了猛烈的批判，在他的《一只喝牛奶的猪》中，小猪用它本能的冲动唤醒了本来已经心如死灰的母牛，焕发了母牛新的生命力，生命绽放着美丽的光彩，但人们眼里看到的只有金钱和利益，在他们的心中，动物的生命是没有任何价值可言的，小猪被杀死了，从小猪身上获得生存勇气和力量的母牛再一次发疯，"小猪一次次地独自穿越空无一人的草原，都没有受到狼的侵害，最终还是被人给吃掉了。当然，它毕竟只是一头小猪，不过是一头喝牛奶的小猪"（黑鹤《一只喝牛奶的猪》）。作者用简单朴素的语言，却包含着沉甸甸的情感，我们从这些作品中可以看出，在人与自然的相处过程中，人与自然的关系不仅仅是一种物质索取的关系，更是一种伦理的关系，每一种破坏环境的行为，都是不道德的行为。

在生态系统中，万物各有其位，每一个个体都因为承担着独特的生态使命而变得崇高神圣，并彰显着整个自然的智慧。面对自然生态的平衡，任何生命形式无论大小强弱都在贡献着自己的力量，都拥有寻觅适合生存的场所和条件的权利，它们平等地分享着自然的博爱与神圣，拥有自己存在的价值，大自然有了它们而显得生机勃勃，异彩纷呈，也正是这种不同生命形式之间的相互依存，才使自然整体生态系统永久得到维持。新时期的儿童文学在反思人类以往对动物行为，呼唤儿童对生命生存地位的关注，用更宏观的哲学视野来进一步审视人类与自然的关系。保冬妮的《屎壳郎先生波比拉》书写了一个小小的屎壳郎的一生。屎壳郎在别人的眼里也许只是一个不起眼的，甚至有些被鄙视的昆虫，但在一个热爱自然、尊重生命的作者眼中，却有着与人类一样的平等与权力，即使是最低微的生命，也有自己的"善"，也对自然的平衡有自己的贡献。每一种动物的生存都有自己特定的目的，无须同情，无须憎恶，正是他们的存在孕育了人类生存世界的美好与和谐，我们更应该尊重与爱护它们。如同波比拉时刻强调自己是个先生一样，作者也想要时刻唤起儿童对这个小小的生命的价值的认可。"那又怎么样？你刚才说我们偏爱吃粪，这的确没错，可我们并不吃粪，而是吃粪里的微生物和营养物。

就因为这个,你嘲笑我吗?据我所知,我们生活在一个环节上,我们吃食草动物粪中的营养,并把小粪球搬入地下,肥沃着这片草原;草和树木长得好,你们食草动物才吃得饱,繁殖得多,狮子和那些食肉动物才有饭吃。所以,你笑我吗?如果没了我们屎壳郎,你也许就吃不到这棵树上的果子了。"(保冬妮《屎壳郎先生波比拉》)朴素的话却道出了生物链的真理,的确,生态系统中的每一个物种都担负着自己独特的功能,它们不可或缺,它们的价值是确定的、内在的,即使是最微小的生物,对整个自然生态体系来说也是重要的,即使是再微不足道的小小的屎壳郎,也在为保持自然的平衡做出自己的努力。正如英国哲学家莱昂波特所言:应"把权利的概念从人类伦理学中扩充到大自然的一切实体,一切过程中去。山川树木,鸟兽鱼虫,它们也有生存、繁殖的权利"[1]。尊重生命,应该尊重不同个体的生命,既包括熊猫一样的珍稀野生动物,也包括蛤蟆、屎壳郎一样的常见的普通低等生物,作者批判了人类对不同生命价值认识的不同,如同王一梅笔下的阿茉在动物表演结束的时候说的:"他们在这个城市里生活了一个月,流浪过、悲伤过、快乐过……很少有人会在意蛤蟆在城市里的生活,因为他们不像猫和狗等等可以成为与人类想陪伴的宠物;并且他们不是珍稀动物,他们太普通,我们听不见他们的声音,他们就像路边沉默的卵石。"(王一梅《米粒与蛤蟆城堡》)正如《大绝唱》的作者方敏所说:

> 生存在天地之间的所有物种,高等如人类,低等如草履虫,凶恶如虎豹,弱小如飞虫,无一不是为了自身的延续、生存、发展而竞争、拼杀、依存。不论其结局是悲剧还是喜剧,它们的生命过程都有着不可取代的价值和意义。[2]

金波笔下的"小绿人"并不认为自己是弱于人类的生命存在,也不认为人类是高于其他生命的特殊的存在,像小叶子想的那样:"无论小晓

---

[1] 王梓坤:《九十年代前沿科学新视野》,北京出版社1990年版,第206页。
[2] 方敏:《大绝唱》,湖北少年儿童出版社2011年版,第158页。

是绿园里的那个小妹妹,还是小巷里把酸苹果变成甜苹果的小精灵,还是面前的这个小绿人,她都是一个生命,一个和我一起成长的生命。"小精灵们用自己的实际行动告诉我们:"我们也是人啊,我们除了比你们个子小以外,还有什么不同吗?这地球也是我们的星球啊!"(金波《追踪小绿人》)作者想要告诉孩子们,万物的存在本身就具有美、具有价值,而人类应当承认并且尊重这种自然的内在价值。作家从这些弱小生命体以及大自然的天籁中领悟到的是生命的伟大与强悍,自然的和谐与淳朴,这种把人类从高高在上的统治者拉到与其他生命价值等同的地位,本身就是一个进步和跨越。作者们深刻认识到,每个生命同样拥有自己的尊严,而不以人的欣赏和评判取得自身的价值,只有通过人们对生命价值标准的改变,才能实现真正意义上的平等。儿童对于自己的看法、对于其他生命存在的看法,在这样的思想传输中逐渐变得更加完善、更加客观。

> 当把动物放在生态视野下叙述的时候,关于动物的传统价值观念、善恶标准等必然获得重新思考。①

在刘先平的笔下,黑麂、野猪、猴子、鸟……各种动物的存在都有存在的理由,他尊重它们的生存规律,认可它们之间的情感表达,佩服这些动物生命身上所存在的不为人类所知的智慧和勇气。在沈石溪的作品中,我们看到一段段传奇的动物经历,《象王泪》中的象王因为年老体衰无法抵御老虎的进攻,为了种族的生存,它在培养新象王的过程中遭遇了种种误解,直到最后与老虎同归于尽来完成生命最后的意义,而它也把最后的辉煌留给了新象王。沈石溪为我们呈现出不同生命所具备的相同的情感,我们还可以看到他笔下的母骆驼为了保存小骆驼的生命而纵身跳进了潭中,老羚羊们为了使小羚羊们的逃生甘当跳板,鳝鱼妈妈为了保护腹中的小鳝鱼在油锅中被煎煮时始终弓起中间的身子,一只母狼面对死在猎人陷阱中的小狼而在凄冷的月夜下呜咽嗥叫……这些作品

---

① 朱宝荣:《20世纪欧美小说动物形象新变》,《外国文学评论》2003年第4期。

中所表现出的牺牲精神、母爱精神让人动容，动物为了实现自身的价值而做出的努力与牺牲，这些动物的行为并不比人类自以为的牺牲精神、忍让精神差，反而在很多时刻表现出的勇敢、果断更胜人一筹，"对动物生命价值的理解与尊重，是伦理发展的必然要求，也是人类保护自我尊严的一个重要组成部分"[①]。还有黑鹤的《一头喝牛奶的猪》中的母牛因为刚出生的小牛的死亡而变得消沉，特别是那种"哀莫大于心死"的情感，与人类的丧子之痛是如此的相似。虽然母牛是动物，但与人类的感情是相通的，我们从这些动物的身上看到了跟人类相同，甚至比人类本身还要崇高的精神和行为，看到了相同的生命意识的高扬，正如女作家叶广芩说：

  能感受到快乐和痛苦的不仅仅是人，动物也一样，它们的生命是极有灵性的，有它们自己的高贵与庄严。[②]

  作者从生态伦理意识出发，从尊重所有生命生存的权利出发，用自己对生命意识的独特理解来向儿童诠释着一个个有尊严的生命，他想把这种理念传达给阅读的儿童，让儿童在情感相通的传递中体会其他生命的生存气息，他想告诉每一位儿童："每个生命都是一个传奇故事，每个传奇故事都是大自然的完美吟唱，组成了恢宏的生命交响曲。"（刘先平，《美丽的西沙群岛》）这些动物生命的经历或许看起来带有浓厚的传奇色彩，但作者通过以人说动物和以动物说动物的形式，把人的生命价值与动物的生命价值放在同一个平台上，从更高更广的角度来审视、提炼生命价值，带给儿童不一样的生命感受。

  从尊重大自然的环境伦理学的角度来看，人所犯的最严重的错误就是伤害那些并未伤害我们的生命。因此，除了对生命价值的高扬、对生命本质的认识、对生命存在的展示外，一些作者还从另一个角度出发，批判人类漠视和歧视生命的行为、批判那种把野生动物看成了实现自己

[①] 唐克龙：《动物的高贵与庄严：论叶广芩的动物叙事》，《西北民族研究》2006 年第 1 期。

[②] 叶广芩：《所罗门王的指环》，《老虎大福》，太白文艺出版社 2004 年版，第 226 页。

目标的工具，否定生命的内在价值。1989年谢华的短篇童话《岩石上的小蝌蚪》是其最具代表性的作品，在当时也引起了强烈的影响。作品中书写了两只小蝌蚪在等待小男孩回家拿瓶子的过程，它们拒绝了小狗、小鸭等其他生命的帮助，一直坚持着等待小男孩的到来，最后被晒死在石头上。在作品中，除了人以外的所有的生命，甚至非生命体的石头都对小蝌蚪非常关心，但小蝌蚪坚守着男孩对它们的承诺，最后仍然被人抛弃，小蝌蚪对小男孩的期待和守信与小男孩的无情和无信形成了鲜明的对比，表现了作者对于人的自我中心主义和对其他动物的漠视的批判。在作者们看来，其他生命的存在并不是人类食用品的源泉，或被看成受人类支配并给人类带来快乐的东西，如果继续下去将会严重影响人们对待生命的态度，并逐渐形成一种麻木、冷漠的心理，成为一种带有倾向性的社会行为和价值准则，更会进一步妨碍人性的不断完善。如同在王一梅的《木偶的森林》中，小熊白黑黑演出被烧伤后想的，"他不明白：在他痛苦的时候，为什么有这么多的人在鼓掌？"（王一梅《木偶的森林》）也像大象劝导白黑黑时说的："没有什么不明白的，他们不会真正关心动物，他们只知道自己快乐。"（王一梅《木偶的森林》）作者在作品中批判了人类的自以为是、漠视生命的行为，明确地指出正是人类对动物不负责任的行为才造成了这一切严重的后果。苏霍姆林斯基曾经说过：

> 孩子的心不应是真理的冷库，我竭力要防止的最大恶习就是冷漠，缺乏热情，儿时内心冷若冰霜，来日必成凡夫俗子。①

薄情会产生冷漠，冷漠会产生自私自利，而自私自利则是残酷无情的源头，要达到与其他生命的和谐相处，就必然要选择新的生命观。

二　对生命意义的追问

在认识生命的内在价值、了解生命的生存感受之后，我们发现，每

---

① [苏]苏霍姆林斯基：《和青年校长的谈话》，赵玮译，教育科学出版社2009年版，第97页。

个生物都是一个拥有自身的"善"的独特个体,都在以自己的方式寻求自身的价值的表达。

> 一个人只有当他把所有的生命都视为神圣的,把植物和动物视为他的同胞,并尽其所能去帮助所有需要帮助的生命的时候,他才是道德的。①

新时期的儿童文学作家们对于生命存在意义的探索做了很多有益的尝试,他们着眼于野生动物生存、自然界的生态平衡,通过对生命存在的书写唤起了儿童对生命发展的欲望、生命的存在挣扎、生命死亡的辩证的深刻理解,表达了作者试图追问生命本质内涵和生存的意义的主题,在作品中为儿童展现了不同生命对于自身存在意义的探寻。如何对待其他的生命,如何对待自己的生命,怎样的生存方式才是有意义的生存,作家们在经历了深入的思考后,给儿童提供了有意义的启示。

生命的存在,并不只为了自己活得更好,还为了让整个自然,包括人类的存在更加美好,是对生命意义的一种诠释。作家刘先平在其作品中借一个来自城市的年轻女孩说的话道出了对于生命的理解:"这儿多壮美!祖国有多么辽阔!懂得了生命的意义,懂得了保护藏羚羊是保护一种生命。它们和我们一样,都有生存发展的权利,都是大地的孩子。在保护局看到藏羚羊遭到偷猎者杀害的照片,几百只倒在血泊中,母羊肚子里的胎儿还在动,我哭了。他们为什么那样残忍?虽然不能参加巡山,但我成天沉浸在善良和仁慈中,心里快乐。我想,我会成为一个善良、仁慈的人。"(刘先平《生育大迁徙》)"回去后,我要向同伴们将保护藏羚羊,保护这片原生态地区的意义,保护地球村的重要,还要想方设法帮助这里解决一些困难。我肯定会时常想念这里,雪山、冰川、大漠……""短短的几天,在保护其他的生命,在保护自然中,她已经历了生态道德的洗礼、启蒙,开始领悟对生命的尊重,对于大地母亲的敬畏

---

① 喻名峰:《论生态主义法律观念下权利共同体范围的拓展》,《甘肃社会科学》2007年第5期。

的意义,这是人生中灵魂的一次升华。"(刘先平《生育大迁徙》)每个人的生命追求不同,女孩在对藏羚羊的保护中找到了自己生存的意义,当一个生命愿意维护其他生命的尊严和生存的权利,愿意为了保护整个自然界的和谐存在而牺牲自己的时候,她的生命也得到了升华,这是与人类中心主义思想相对的一种具有生态意识的生命观的体现。

在动物小说中,那些老弱动物主动牺牲自己来保全族群的繁衍,呈现出了生命存在的重要含义,这在乔传藻的《野鹿》《山鸡》《哨猴》、康复昆的《蛇战》和沈石溪的众多动物文学中都有出色的描写。沈石溪笔下的大天鹅首领红弟,面对比自己强大的对手虎斑游蛇对同类的袭击、面对同类巨臀对首领地位的挑战,他选择了一种壮烈的死去方式,"地位之争是每种群居性动物的通病,只要有可能,每个雄性都渴望获得越来越高的社会地位,这是没办法的事。与其遭受下台的耻辱,毋宁去死;与其在地位征战中死于非命,毋宁与这条虎斑游蛇同归于尽。它觉得,生命在与毒蛇的搏杀中谢幕,更让它向往,更让它自豪。"(沈石溪《红弟一生的七次冒险》)当红弟终于在青山绿水间与毒蛇同归于尽时,这一幕定格为自然间一幅生动美丽的画面。在蔺瑾的《冰河上的激战》中,那些老弱的野驴甘愿让自己成为诱饵,换来驴群突围的一次次的机会,"驴群的后卫里,几头牙沟早已磨平、伤势也较为严重的老公驴,知道自己将不久于世,还能为群体和儿孙后代做点什么呢?——他们望着舍身诱敌而狂奔远去的年轻伙伴,禁不住纷纷仰天长啸,悲壮的向群体告别。然后,闯过还没有整顿好的狼群间隙,各奔东西,向远方奔去。在它们每一个的身后都紧追着二三十只饿狼。为了保存今日的群体和发展明日的群体,它们勇于面对血淋淋的残酷战争,不惜以身诱敌,直至牺牲性命,为最后的突围创造了条件。"(蔺瑾《冰河上的激战》)这样的死恰恰是为了更长久的生,不仅是为了他们自己的长久生存,也是为了驴群和整个自然的长久生存,这是它们生命意义的体现。牧铃《艰难的归程》中的狼妹怀着对种群本能的保护,去喂养两只陌生的小狼崽子,使她的形象具有了更高一层的意义:"狼妹庄严地守候在一旁。星光闪烁,夜风呼啸。狼妹竖直耳廓,警惕地分辨着风中掺杂的每一丝动静和气味。它在守护一个家族的希望,一个狼群的未来。"(牧铃《艰难的归程》)这是生命的神圣责任，正是因为它们的这种责任感，使生命的存在更加有深度。此外，这种牺牲小我来保全大我的精神还体现在沈石溪的《斑羚飞渡》中，健壮的公斑羚最多跳出五米远，母斑羚、小斑羚和老斑羚只能跳四米左右。当年轻斑羚完成一个跳跃的时候，老斑羚甘愿成为它们的踏板，以自己的牺牲来保全整体的完整，这种精神背后彰显的是他们生命最美丽的绽放，表现出动物的这种为种族群体的生存而牺牲自我的可贵精神。沈石溪的《狼王梦》中紫岚与金雕的殊死搏斗场面的描写，展示出作者对于动物在生存过程中为了生命共同体的和谐、美好发展而牺牲自己的生命意义的赞扬。这些作品同时也向儿童展现了："生命之伟大不仅在于敌过凶悍的对手，更在于以无畏的付出来保护应予爱护的一切生命。"[①] 对于一个生命的存在，无论是强大的，还是弱小的，无论是人还是其他生命，当面对生命本身时，如果能有一种正面的勇气和不屈的精神，就是对生命过程的最大尊重。保冬妮是一位具有强烈生命意识和关怀意识的作家，在她的《屎壳郎先生波比拉》中，坎丽鲁从出生就开始不断地为了哺育下一代而奔波，它们吃东西、堆粪球、挖地宫，每一次失败后急急忙忙地再去努力，"只要没造成伤亡，再建家园，还不是容易的事嘛。"（保冬妮《屎壳郎先生波比拉》）就像作品中的老河马说的："我一生都没有陆地上的对手，就连狮子也不敢来咬我厚厚的皮肤；只有鳄鱼，是让我唯一提心吊胆的家伙，他们会攻击我。我愿意死在鳄鱼的嘴里，因为至少他们是我的对手，而不是专挑老弱病残的狮子。我不是老弱病残的河马，我是个老斗士，你明白吗？是斗士，就要死得壮烈！"（保冬妮《屎壳郎先生波比拉》）老河马死去了，但是"周围涌起了一圈圈红色的血水，像一朵朵绽放的花朵，在向河马斗士致敬"（保冬妮《屎壳郎先生波比拉》）。终究都是死亡，在面对死亡时是选择懦弱还是选择勇敢，一个动物用自己的行动来诠释生命的圆满、表现生命的尊严，这正是作者想要传递给儿童的生命存在意义。

生命的价值被认可，生命意义地探寻让人类在认识生命后更加珍视

---

① 王昆建：《变奏与期待——90年代后期云南儿童文学印象》，《昆明高等师范专科学校学报》2005年第2期。

这些在地球上与自己地位相同的存在。作家还正面书写了在自我生命价值的不断追寻中，儿童经过艰辛的寻找最终在自然中体会到生存的意义，进一步强调生命存在的目的。汤汤的《凌浔的鱼》中，我救了哥哥的命，却变成了一条鱼，循着呼唤的声音终于找到了自己家族的所在地——凌浔，守护住这个地方就守护住了自己的家族，因此"我"也担负起了守护的使命。生命就是在这样的守护中，负担起了责任，实现了自己的价值。鹿子在《遥遥黄河源》中叙述十七岁的少年独自一人去高原寻找父亲的过程，寻父的过程也是自己精神得到升华的过程，当路晔终于在黄河的发源处触摸到了父亲真正高尚的灵魂，感受到了父亲强大的精神力量，从而引发了他对人生的思考，也促使他从父亲生活的地方、从黄河发源的地方开始自己独立的人生的旅程。作者用一种介于真实与虚幻之间的写作手法，表现出少年在大自然的启发下对于人生意义的理解和追寻，写得厚重有力又激情澎湃。相比路晔的寻父之路，曹文轩的《根鸟》中的根鸟则是通过一条寻梦之路来完成自己对人生意义的认识，在根鸟寻梦的过程中，他拒绝各种诱惑，一直坚定自己的理想，坚持去寻找或许并不存在的开满花的峡谷。而另一个主人公板金则风雨兼程地去寻找有着一群闪着金光的小鸟的天地，寻找失去的家族之梦，在这里，小主人公的寻梦过程就是对自我生命之根的探寻过程。正如美国生态哲学家霍尔姆斯·罗尔斯顿说的那样，"当我们探寻的不是资源，而是我们的根源时，人们就会发现，自然环境是生养我们、我们须臾不可离的生命母体。"[①] 此外，鱼在洋的《火祭》、董宏猷的《渴望》、曾小春的《空屋》、王巨成的《1978年的故事》、班马的《迷失在深夏古镇中》等作品都流露出对远距离生命、生活价值的挖掘和咏叹，传达出对民族历史、文化存在的追寻和颂扬。

第二节　原生态生存状态的真实呈现

尊重生命是首要的社会价值标准，生态伦理学从生命本质的基础出

[①] [美]霍尔姆斯·罗尔斯顿：《哲学走向荒野》，刘耳、叶平译，吉林人民出版社2000年版，第179页。

发,提出了敬畏生命的观点,提倡人类应该像敬畏自己的生命意志那样敬畏所有的生命意志,将道德关怀的范围扩充至所有的生命,对其他生命价值的认可正是人类中心主义被颠覆的标志。通过对生命价值和生命意义的认识,我们同样也体会到了不同生命中相同的生存目的,以及在这种情况下对其他生命生存权力的重视。面对与自己平等的生命存在,如何确保自己的尊严,如何与他们和谐的生存,是值得思考的问题。生态伦理意识包含了对生命的尊重与认可,在生命存在过程中,尊重其他生命存在,就是尊重生命的存在形式,尊重生命的生存状态。人没有权利去剥夺生命生存的权利,要把其他生命存在看成独立于人类的存在,恢复它们曾经被人类中心主义思想抹杀或掩盖的本来面目。通过对生命在自然中真实生活的呈现,作者想要告诉孩子们,不仅仅只有人类,每一个生命在自然中的生存都拥有自己的尊严和神性的光辉,这对于重建人类的生命意识,呼唤儿童对生命的关注具有重要的意义。

新时期儿童文学突破了以往将动物生命视为人类的朋友或人类的附庸的书写模式,把动物生命还原于自然界,力图从生命本身的行为学出发,以一种"科学考察"的角度,深入生命本身,还原生命的原生状态,展现动物的自主性、自由性和它们之间的生命较量。作家笔下的场景几乎都是自然世界的原生态景象,只有动物之间的生命较量、丛林法则的严酷以及脱离了"人性"的动物生命之间的爱恨情仇与生离死别。这些书写动物生命的作品所展现出的是一种原生态自然风情,"搭建起作家与少年儿童关于生命、关于生存、关于自然等具有深度意义的话题平台,为少年儿童提供了比其他儿童文学样式更多的关于力量、意志、精神,关于野性、磨砺、挫折、苦难以至生与死、爱与恨等的题材和意蕴"[①]。

一 遵循自然的生存法则

现代环境自然观认为自然界是动植物之间、有机物和无机物之间、地球与其他星球之间经过漫长时间的演化与进化形成的动态平衡体,存在着自发的平衡的关系,这不仅是一种物质性的存在,同时也是一种充

---

① 王泉根:《绝谷猞猁》,湖北少年儿童出版社 2011 年版,第 4 页。

满活力的有机体。早在人类诞生之前，地球上的每个物种之间就已经按照自然法则确立了一种遗传、进化的关系，无论人类物种的产生与否，地球上的生物都在按自己的脚步繁衍生息着。作为能动的主体，人及其他的生命存在都要遵守自然的客观规律和发展规律，才能在大自然的优胜劣汰中获得保存和发展。生态危机的事实证明，如果人类妄想成为自然的"主人"，妄想打乱万物与自然的呼吸节奏，用几百年的猖狂行为来撼动几亿年的强大的生态运行法则，那么必将受到惩罚。所以说，对自然平衡的认识是建立所有自然认知的基础，人类的一切行为必须符合自然的动态平衡规律，当人的行为违背自然规律、资源消耗超过自然承载能力、污染排放超过环境容量时，就会导致自然环境被破坏，生命的生存环境受到威胁，同样人的生存也岌岌可危；当人顺应自然规律、把握自然时，人的自然与"天"的自然才能实现和谐统一。

强调生态的整体性必然强调整体内部组成部分的联系，强调组成部分与整体的相互作用，生态伦理作为人类处理自身及其周围的动物、环境和大自然等生态环境的关系的一系列道德规范，是人类在进行与自然生态有关的活动中所形成的伦理关系及其调节原则，其本质则是要求人们顺乎自然、敬畏生命、遵循生长的节律，这才符合自然界的生存规律，人类才能获得长久的生存空间，唯有生态系统持续稳定地存在，才可能有人类的持续生存和发展。美国女作家蕾切尔·卡逊在《寂静的春天》中描写的生命环链是这样的一种过程：

> 从浮游生物的像尘土一样微小的绿色细胞开始，通过很小的水蚤进入噬食浮游生物的鱼体，而鱼又被其他的鱼、鸟、貂、浣熊所吃掉，这是一个从生命到生命的无穷的物质循环过程。①

生命链的循环是自然规律，人们是这个环节中的一部分，无法阻止也无法控制，只能怀着尊重的情感来维护这个规律的延续，只有生命链不断开，人类才能保证自己的生存可能。地球上的所有生命，无论人类

---

① [美]蕾切尔·卡逊：《寂静的春天》，吕瑞兰译，科学出版社1979年版，第64页。

还是动植物都是互相关联的，每一物种都依赖其他物种而生存，只有奉行"天行有常""顺物之性"的运动系统规律，人类才能真正实现可持续发展。在新时期儿童文学作品中，作家们通过真实的动物考察、自然探险，试图还原给儿童一个真实的自然，他们坚信只有让儿童在认识自然、了解自然、直面自然规律与竞争守则的存在与发生的基础上，才能够突破传统伦理的人类中心主义思想，呼唤他们内心中对自然的道德的责任和义务，从内心真正去尊重其他生命存在。

生命是一个过程，是宇宙万物的规律，无论是人还是动物、植物，都有生老病死的过程，生命就是在这种周而复始的运动当中不断地得以延续，直面这种生命的物理特性、直面自然规律的发生和发展，也是对生命尊重的表现之一。

> 尊重自然就是愿意站在每个生物的角度去看问题，不管它属于什么物种，并且从它的善的视角看世界。[①]

从出生到死亡是生存的事实，是动物生命的生存现状，血腥、暴力和死亡以前曾是儿童文学所回避的话题，但随着生态伦理意识的加深，作家们开始正视动物生命的生存现状，让儿童感受到一个真实、残酷的生命过程，正面人类在自然中的位置，促使儿童的自我意识和生态意识不断觉醒，从根本意义上实现对自然、生命的关注与尊重。因此，作家常常在作品中完整书写一个生命从出生到死亡的过程，通过对生命规律的领悟来达到对生命的理解。保冬妮的《屎壳郎先生波比拉》书写的是一只小小的屎壳郎从出生到死亡的全过程，用一种淡然的、诗意的文字叙述着屎壳郎眼中的自然变迁，呈现着屎壳郎短暂而繁忙的一生。作者从屎壳郎出生时面临的残酷的环境开始写起，到出生后寻找食物、建造居所、生儿育女，每一个环节都像是预设好的那样，需要一步步地去完成，动物们遵循着这种生命的自然规律，无法逃躲、无法反抗，直到走

[①] [美]保罗·沃伦·泰勒：《尊重自然：一种环境伦理学理论》，雷毅等译，首都师范大学出版社2010年版，第114页。

向死亡。像河马对波比拉说的那样:"你帮不了我什么,我有二百七十公斤重,活到这样一把岁数,该完结了。你要知道,七千万年了,我们河马生活的这块土地上,死亡的事情总是要发生的。"(保冬妮《屎壳郎先生波比拉》)对于这些非洲平原上的野生动物来说,死亡和新生是每天都在发生的,是一种顺其自然的事情,"难道你有什么更高明的死法,波比拉先生?在非洲的原野上,不是吃掉别人,就是被别人吃掉,你每天都会见到这样的事情,还稀罕吗?"(保冬妮《屎壳郎先生波比拉》)一代甲虫的死亡预示着下一代甲虫的出生,即使一个如此微小的生命,生命的过程也是如此的完整与真实,对于这些生命过程的发生,作者怀着一种尊重的情感:"象群的足迹踩平了波比拉家的三座小小的金字塔,这些被古埃及人奉为尊贵生灵的圣甲虫,就这样新生了。"(保冬妮《屎壳郎先生波比拉》)生态伦理学理论倡导对生命的尊重,这种尊重是站在个人情感以外的尊重,不是按照人类的喜爱而进行的,自然法则是所有事物的内在原因,也是支配世界的真正的上帝。

> 作为道德代理人,我们知道自己应该按照道德要求去做,给予所有拥有自身善的实体——人类或非人类生物——以同等的关怀。当一种实体的善与另一种实体的善发生冲突时,我们知道有责任在寻找解决冲突办法的过程中不能有偏见。既然所有实体都被视为具有相同的固有价值,那么,尊重的道德态度就应该同等地用于对待每个实体。①

保冬妮传达了这样的一种态度,"如果注定他是要被吃掉的,那么谁也帮不了他。我并不需要什么帮助。草长出来就是让我们吃的,而我们羚羊总是又要被那些食肉动物吃的。但是,草原上并不因此而没草,也并不因此而没羚羊。……我们会以我们的方式继续生活。你看,草还绿,树叶还鲜。"(保冬妮《屎壳郎先生波比拉》)站在自然之中的人类,只

---

① [美]保罗·沃伦·泰勒:《尊重自然:一种环境伦理学理论》,雷毅等译,首都师范大学出版社2010年版,第100页。

是如同屎壳郎、羚羊一样的一个环节,动物们的生死、好坏,无须人类用自己的爱好去区分,要用一种平等和淡然的态度来看待生命的发生,真正做到尊重自然、尊重生命,就是要遵循自然的生存法则。

> 每个个体生物、每个物种——种群、每个生物群落都是这个整体的一个组成部分,而且构成自然秩序的所有这些在功能上独立的生物都是相互关联的。从这方面来看,人类与其他物种毫无差别。①

生命的过程是如此的短暂,但就是这短短的过程常常带给我们无数的触动,陈所巨的《心在春风中飘荡》中对于惊蛰节气、梨花开放时的感受,触动了我们对于生命最初蠕动的那份感动,"那绿色就是从这扇门里涌出来的,那些冬眠之后的昆虫和小动物就是从这扇门里发出来或飞出来的。他们也都感觉到了有什么在流动,确切些说就是活过来了吗?是水在流动,是生命复苏了。"(陈所巨《心在春风中飘荡》)在惊蛰的雷声中,在生命的初醒中,每个人都体验着"活"的感觉,在自然的节气中,生命存在规律最能带给每个人强烈的生命意识。此外,还有死亡的力量。"身后树林里五十多头大大小小的象,正注视着它,等着为它举行隆重的葬礼。谁也没有逼它到这里来。是它自己当众宣布得到了死亡的预感。"(沈石溪《象冢》)《残狼灰满》死了,《疯羊血顶儿》死了,《老鹿王哈克》死了,《第七条猎狗》死了,《象冢》中头象也因年老体弱被象子隆卡夺去王位后,提前走向坟墓,走进神圣的象冢。动物们从容面对出生到死亡的过程,再一次强调了生命过程的规律性。生命的过程是短暂的、单一性的,在面对疾病、自然灾害的时候,生命显得如此不堪一击,人类即使强大到可以改变自然规律的时候,也无法改变生命从诞生就走向死亡的必然。

生命的这些物理特性,构成了具有自我反省意识的人类在生命

---

① [美]保罗·沃伦·泰勒:《尊重自然:一种环境伦理学理论》,雷毅等译,首都师范大学出版社2010年版,第100页。

问题上的"原始"认知基础,由此产生人类原生的同情心、"不忍之心"等最基本的生命意识。①

对于出生、死亡、疾病的体验,让儿童对这种生命的物理特性的认识不断加深,在发现生命的唯一和不可逆转的同时,对大自然所蕴含的神秘造化肃然起敬,发自肺腑地去珍惜和尊重每一种生命的生存,维护自然的生存之道。

自然界在成千上亿年的发展变化中形成了自己的规则和秩序,由于动物不能做出理性的判断,只能凭借本能和习惯遵守生存规则,因此,弱肉强食、适者生存的丛林法则是生物生存竞争的基本规则,也是自然伦理的基本表现形式。儿童文学对于自然的全面呈现,一方面真实展现了生命存在过程,但另一方面也展现了丛林法则下的生命生存过程。丛林里每天都在上演"吃与被吃"的剧情,而在丛林的生存法则里,呵护弱小、尊老爱幼的行为似乎更加无力和单薄,正如在《屎壳郎先生波比拉》中,作者借坎丽鲁的话表达出了朴素的生存理念:"只有勇敢勤劳的圣甲虫才能有饭吃,因为地面上有许多的对手和我们抢饭吃,如果不战胜他们,我们就要挨饿了!"(保冬妮《屎壳郎先生波比拉》)"在我们的社会里,生存胜过一切。这是我们这片土地上的原则,动物的原则。"(保冬妮《屎壳郎先生波比拉》)波比拉是一只小小的甲虫,在它的眼中,庞大的自然规律是无法被改变的,它曾坚定地站在母豺面前愿意用自己来换取小羚羊的生命,可母豺的话道出了生命在自然中生存的无奈:"再说这只小羚羊受了伤,他已无法在这草原上活下来,我不叼走,狮子也会来偷袭,还有鬣狗,也在等着他。你为什么不让我的孩子们吃呢?他们也要生存,大草原上总是由一些弱小动物的死,去换取另一些强壮动物的生存,这并不稀奇啊。"(保冬妮《屎壳郎先生波比拉》)波比拉因为同情小羚羊而耽误了母豺为孩子们的猎食,可羚羊妈妈懂得生命在自然中的发生都是一种命定的规律,是无法改变的。以一种理解和平和的态度来书写这种食物链的复杂和残酷,让读者从中体会到了自然走向的

---

① 李霞云:《反思与重构:生命意识的文化视野》,《探索》2004 年第 3 期。

坚定。作者借动物们给波比拉传达的关于自然规律的观点，也是她想要传达给儿童的："弱肉强食是非洲自然界不断进化的客观规律，没有谁可以改变，而一旦改变，非洲的动物世界将不复存在。"（保冬妮《屎壳郎先生波比拉》）而弱肉强食的表象下面，隐藏着互相制约的平衡发展，"波比拉已经无数次目睹了非洲的大地上天天发生的吃与被吃的景象，在这里，一切只为生存。没有谁会侵占更多的战利品，也没有谁会贪婪地无节制获取，一切的满足仅限于果腹。无论是吃的，还是被吃的，都相互制约着彼此的生存与灭绝。"（保冬妮《屎壳郎先生波比拉》）自然选择的过程就是自然自我调节的过程，人类正视自然的规则，采取"不干涉"自然的原则，这就是对于自我能力的认知和对自然能力的肯定。"我们对自然的尊重意味着我们承认自然界有足够的能力在整个生物界维持着它自己的恰当秩序。"（保冬妮《屎壳郎先生波比拉》）在自然界中，每个生命有自己的轨迹，也有自己的使命，自然的调节功能可以让每一种生命获得最大限度的生存空间和生存时间，而人类需要做的就是尊重和不干涉的原则，如同《绝谷猞猁》中说的，"是的，只要人类不去过分地打乱丛林秩序，丛林是会进行自身的修复和调节的。正是这种神秘的修复和调节，丛林才生机勃勃了亿万年。"（金曾豪《绝谷猞猁》）"在丛林里，寿终正寝的野兽几乎没有，但能够谨守生存要诀、接受经验教训的动物总是比稀里糊涂混日子的有更长的寿命。"（金曾豪《绝谷猞猁》）无论是动植物还是人，只有坚守几亿年形成的生存法则，才能够走向更远的未来，这也是作者想要传达给儿童的自然观和生命观。

一些作家特别书写了生命在自然中的抗争和在自然中的艰难生存过程，带给儿童一种不一样的自然感受。在蔺瑾《一只独眼母猪的故事》中，母猪夏尔逃回丛林，它的生存过程中，既有面对强者的畏惧，也有面对弱者的残酷；既有对自然规律的遵循，也有对生存竞争的抗争，在这个热爱生命、热爱生活的母猪身上，作者赋予了它深厚的生命意蕴，从它的出逃到野猪家族的灭亡，过程曲折。作家为儿童还原了一个本来面目的自然，呈现给儿童一个属于动物的生存世界，在阅读过程中，一股青藏高原原始森林的气息扑面而来。这些动物主体已经不再是一种简单的、活动的生命存在形式，而是一些具有特定内涵的个体，它们的生命虽然困苦，但它们的行为却执着、简单、震撼人心，它们用自己原始的生存规律来行使主导生命的权力，其生命过程及结果都在不同程度上对人类"文明"进行了有力的批判。沈石溪说过：

> 除牲畜家禽外，野生动物并不是为人类而活在这个地球上的，它们和人类打交道并不是它们生活的全部内容，除了动物和人类的恩怨圈外，动物还有一个属于它们自己的弱肉强食的生存圈。[1]

作者们描绘了大自然造物的神奇，赞美在几亿年进化中动物的生存经验，"弱小的动物，大多利用结成大的群体，以庞大的个体数量来对抗强大的天敌。这种高度智慧的策略，是在千万年生存竞争中形成的，是从一个物种的整体利益的角度考虑的。""动物之间的生存竞争，往往是以激烈的搏斗、残酷的略杀进行着，这时焕发出的生命光华无比耀目、灿烂辉煌，犹如雷霆万钧的生命交响曲。"（刘先平《生育大迁徙》）还有在沈石溪的《天命》中，一只生存于寒冷的冰雪世界中的母鹰，在食物缺乏威胁到两只幼鹰生命的时候，发现了一只老眼镜蛇，她面临着选择将亲生的还是领养的幼鹰作为诱饵，必须选择一只幼鹰作为诱饵，母鹰最终忍痛选择了亲生的幼鹰，作者把母鹰置于动物亲情与动物物种优胜劣汰规律的矛盾中，表达了生命的自然走向。自然界的动物们在各自为生存这一最基本的命题选择着自身的行为，这就是大自然的逻辑，无法简单化和直线化，虽然从表面上来看动物们的关系是对立、弱肉强食的，但这其中蕴含的正是大自然内在秩序的严谨和复杂。这些作品带给读者的不光是文本本身所呈现出的形式上的创新，更多的是通过情感的共鸣和感召力来实现心灵的震撼，并透过作品诱发感情，产生心理共鸣。弱肉强食的丛林法则不仅表现在动物身上，也表现在植物身上。丛林中的植物想要获得阳光和生存的机会，就必须努力地向上伸展树枝去迎接阳光，只有当大树变高了，树冠变得浓密了，才能有争夺阳光的优势，才能与其他树木竞争。这就是自然界的生存法则，努力地壮大自己，才

---

[1] 沈石溪：《我和动物小说》，《云南儿童文学研究》，晨光出版社1996年版，第122页。

能争取到活下去的希望。

在沈石溪、刘先平笔下，书写了一系列以动物考察、丛林探险为主要内容的作品，走出了一直以来描写人与动物恩怨这一传统的主题，打破了传统作品中动物仅作为象征本体的界限，确立了动物本体的形象价值，书写属于他们自己的生存体验，呈现了异常残酷的弱肉强食的"丛林法则"。在他们的作品中，我们可以看到，只有成为王者才能占据更多的资源，才能确保自己的生存，于是不同种群的动物为了成为王而拼死争取。"沈石溪的动物小说，显然它的存在方式就指向荒野。这位正是由大都市走出去的少年文学作家，传递出来的本质东西也就是那一份自然界派生出来的自然力：野蛮、残酷、生存的殊死之搏、凄厉之美、狂暴与温煦、丛林的文化传统、无可言说的忠诚与秽行的正义之道、永恒的生命之力"，"以他的感悟形式和特殊感觉力，经由荒野的现实和象征，高度传递出他所强调的丛林法则的原生的力度"。① 沈石溪的《苦豺制度》中，为了拯救埃蒂斯红豺群，豺王索砣必须让它的豺娘霞吐充当苦豺。动物在面临种群生死存亡时，往往是无法适应艰难生存的弱者，《春情》中的母鹿安妮尽管经受着内心痛苦的煎熬，但要想保住自己的生命就要选择体力和智慧都出色的同伴，它迫于生存的压力而抛弃了曾经共患难的杰米隆，这是动物的本能选择，也是动物世界残酷的生存竞争中的"伦理"。这种"伦理"虽然看似无情，看似与我们平常所倡导的伦理道德观念相反，但是却是符合物竞天择的动物生存状态，带给读者强烈的思想冲击，并由此产生了它的文学意义。作者想要告诉所有的儿童：在这个世界中，每个生物体和所有生物一样，都处在一个有机的整体中，扮演好自己的角色，在扮演的过程中呈现出来的生存状态就是一种生态的美。作品展现出了一幅由天、地、人构成的和谐的生活画面。从生态角度来说，各种动物群体在一起，组成了一个生物群，在这个群体中，任何一个个体都要依赖于其他个体的存在才能生存，因此，和谐相处、协调共生是协同进化、自然成长的前提条件。正如沈石溪所言：

---

① 班马：《前艺术思想》，福建少年儿童出版社1996年版，第152—153页。

我们很难用善恶、是非、好坏、正邪,来评判动物的家庭伦理关系。一切存在的都是合理的。我们只能说,生命之所以选择家庭,之所以选择特定类型的家庭生活方式,之所以选择与之相适应的家庭伦理关系,终极原因,是优胜劣汰,适者生存。[①]

沈石溪对动物主体情态、意态的描写,并不单纯按照人类的情感与意识进行类比,而是充分体现动物主体的物性特征和其自然的生存特性。这里的动物主体把生存与发展作为唯一的行动标准、抉择依据,体现出动物主体反人类伦理的生命运动,所展现出的生态是自然的生态。这些作品中所书写的生存与竞争、进化与衰退、守护与丧失,都可以帮助儿童建立起最初、最基本、最客观的生命走向意识。

工业革命以来科技的快速发展使人类社会进入了一个全新的发展时期,但是,建立在对自然界的掠夺基础之上的进步,对自然规律的不遵循导致了生态环境的恶化,以至于目前相当一部分物种,尤其是野生动物濒临灭绝或者已经灭绝。在人与自然的发展中,人们不可能不改造自然以为自己服务,但以改变其他生命存在规律的做法,只能让人类自己陷入困境。儿童文学作家提出从尊重生命天性的角度出发来尊重它们的存在,要遵循自然规律行事,而不是按照人类的喜好来安排动物的生存,只是出于自己的爱好和需要而圈养野生动物的行为,是违背自然生存的法则的,是对其他生命的一种伤害。丹珂养的野鸭飞走了,丹珂觉得恋恋不舍,可爷爷却说:"跟上了大群,它也远走高飞——你不觉得那是它最好的去处吗?"(牧铃《丹珂的湖》)让它们回去,回到自然之中去,这才是生态伦理提倡的人与自然的相处之道。在张炜的《养兔记》中,儿童去驯养野生动物屡屡失败,从小螳螂到麻雀到野兔,习惯了自然和自由的动物,是没有一个愿意被驯养的。作者借儿童之口发出这样的观点:"我们与野物的关系就是这样:再好的心意人家也不买账。比如我们为他们造出漂漂亮亮的窝,再弄来好吃好喝,那些哈里哈气的东西非但

[①] 沈石溪:《雪域豹影》,转引自李蓉梅《中国当代动物小说形象塑造视角研究》,《重庆社会科学》2006年第7期。

不喜欢不感谢,还充满厌恶哩!"(张炜《养兔记》)"它们心眼最多了,还有,就是它们最爱自由,——祖祖辈辈都在海边林子里跑和跳,才不愿住我们的小房子呢。说实在话,它们对这里一点都看不上眼。"(张炜《养兔记》)还有在沈石溪的《小豹雪妖》等故事中,讲述的是关于逆自然规律而为的放生动物的故事。原本生活在动物园的笼舍里的猎豹从小被人工喂养长大,野化中心设计了许多课程来训练它们在野外的适应能力,想要使它们恢复本性、适应野外的生活,但是这些谈何容易,当小豹雪妖最终在冰天雪地中被豺撕食的时候,"平坦草原上,隆起一座坟冢。我默立着,心里充满歉意,我没能成功地将雪妖放生野化成真正的雪豹,我失败了"(沈石溪《小豹雪妖》)。这是人类在恢复被人类干涉的物性面前的失败,更是对人类违背自然发展规律行为的嘲讽,引发了人类对自身行为的思考。作品以一个个生动而独特的动物形象,讲述自然生命体的命运,表达物性之不为人类干涉的客观性以及物性被干涉的悲剧结果,极具感染力。

随着人类中心主义思想的改变,人以外的生命主体也走上舞台,作家们全方位、多视角展开对他们命运的描述,遵循自然生存法则的不可抗拒的规律,为儿童讲述着自然界中的"物竞天择"和"优胜劣汰"的生存规则,改变了读者早已形成的视凶猛肉食动物为凶残狠毒的传统认识,使儿童对生命的理解和感受变得更加丰富和完整。

二 维护动物的野性价值

尊重生命的生存权利,就是要尊重它们的不被伤害、不被干涉等权利,特别是具有固有价值的野生动物群体,"人有人的世界,狼有狼的世界,鹰有鹰的世界,蜂有蜂的世界……无数个'世界'叠在一起,才构成了大自然。"[①] 对于生命价值的重新解读让作家对生命的生存状态有了更多的关注,野生动物有自己的价值与尊严,它们应该得到应有的尊重,它们的生存权利和野性价值都需要被还原和维护,从动物的野性价值的

---

① [美]保罗·沃伦·泰勒:《尊重自然:一种环境伦理学理论》,雷毅等译,首都师范大学出版社2010年版,第162页。

呈现中作家表现出大自然生命的野性、荒蛮、神秘和不驯服,气势恢宏,它们的身上呈现出的是力的美,是野蛮的美,大自然透露出其雄性气势和阳刚的壮美。这些方面的书写为儿童提供了正确认识其他生命的机会,也为儿童正确认识自然、形成正确的生命意识提供了平台,是儿童文学作家对生命的认识与理解的深化。

新时期以来,随着生态伦理意识研究的不断深入,儿童文学也逐渐突破和超越了狭隘的生命观,不再局限于颂扬某些动物对主人始终怀有忠贞仁义之心的单一主题,而是通过更多形式和更宽阔的视野去展示动物在自然生存中表现出的粗犷、"残暴"的野性价值,塑造了真实的原生态动物形象,表现了动物与自然环境之间紧密相连的依存关系。很多新时期儿童文学作家在野外经历过较长时间的生活,他们与动物在一起,贴近动物的原生态生活,经过长时间的观察和体验,因而他们在创作时更倾向于让这些动物形象接近它们的野生状态,表现动物鲜明的原生态特征。作者通过对动物形象内心活动的心理历程的深刻剖析,展现出动物世界别具一格的生命规律、生存竞争、有序的动物习性,塑造了一批真实、生动的野生动物形象,赞美了这些野生动物身上我们曾忽视的那些尊严、个性、智慧、活力和美德,从而促使创作文本的艺术性与思想性都提升到一个更新、更高的文学层面。认知心理学认为:

> 当个体原有的认知结构与来自外界环境中的新奇对象之间有适度的不一致时,个体就会产生惊讶、疑问、迷惑和矛盾心理,从而激发个体去探究。[①]

对于动物的再认识,特别是对于野生动物身上的野性价值的发现,成为儿童文学创作中独特的风景,调动着儿童敏感的、好奇的神经,吸引着他们更深入地去了解动物生命的奥秘。金曾豪认为:

> 较之于其他小说,动物小说更直接更有力地指向生命存在的奥

---

① 黄奇:《儿童创造力发展心理》,浙江教育出版社1993年版,第77页。

妙、瑰丽和神秘，指向生命本性的天然合理，指向生命意志的恢弘和精深，指向生命现象的雄奇和壮丽，指向生命运动的炽热和鲜活。①

这种对动物的"物性真实"的表现，是一种对动物的尊重，使儿童文学的创作有了更宽广的气魄，让儿童从一个更加真实和理性的角度来认识自然和动物的存在，不仅扩大了儿童的视野，丰富了他们的见识，而且这一现象的背后，也能明显地看出人类中心主义思想的退缩，尊重自然意识的崛起。

作家们在重建人与自然关系的同时，首先要做的就是改变人长期以来形成的对野生动物的印象，他们颠覆了以往在儿童文学中把弱势的食草动物写成"好的"一类、把强势的食肉动物写成"恶的"一类的书写模式和传统思维方式，在动物形象的选择上，从尊重和赞美每一种动物生存的角度出发，笔下的书写对象更多地由小白兔变成大灰狼的时候，当作家们书写老虎、狮子等食肉动物时带着对他们的原生态生存状态欣赏的时候，也意味着儿童文学达到了尊重自然、敬畏生命的生态伦理创作。

> 当一个人具有尊重自然的态度时，他就倾向于对所有有望维持地球野生命共同体、它们中的各种种群，或它们的个体成员的事情感到高兴。②

因此，我们可以看到，狼、猎狗、熊、豺等这些"非主流"的动物在作家们的笔下更多地展现出了机智、勇敢、有爱的一面，在展现自然生命的本来状态、重新塑造动物生命等方面，也体现了作者尊重动物、尊重自然规律的生态思维变化。在沈石溪的笔下，有大量关于豺的书写，这种以前很少出现在公共视野中的动物，长得不是讨人喜欢的可爱、憨

---

① 金曾豪：《为什么要给孩子们动物小说》，《中华读书报》2005年4月20日。
② [美]保罗·沃伦·泰勒：《尊重自然：一种环境伦理学理论》，雷毅等译，首都师范大学出版社2010年版，第52页。

厚的样子，甚至连捕食的手段都让人觉得"油滑"，却在沈石溪的笔下呈现出了自己作为一个野生生命本身的美。还有牧铃、黑鹤笔下那些一点都不温顺的面目狰狞的动物，却凭借原始的野性在自然中获得了长久的生存。作家将动物从人包围中解放出来，远离人类文明，回到充满厮杀、威胁的原生态生存状态，本身就是一种新的思维方式和一种新的自然观、生命观。

作家们通过对于动物身上野性意识萌发过程的赞美，进一步书写了原生态的生命形象。金曾豪的《绝谷猞猁》书写了一只从小被人抚养长大的猞猁依依身上野性萌发的全过程。依依是一只猞猁，因为养在人类的家里，所以胆小、怯懦，但随着它的长大，在它潜意识中的对荒野的向往和对捕猎活的食物的渴望之情渐渐萌发，在它吃掉一只老鼠后，感受到了生命深处野性意识的萌发，"它意犹未尽地舔着沾血的嘴唇，舔着染血的水门汀。依依听见自己的身体整个儿在嘤嘤作响——啊，啊！这才是猞猁的食物啊！"（金曾豪《绝谷猞猁》）正是对于野兽野性价值的认可，作者没有把依依塑造成一个背叛人类养育之恩的反面形象，反而让这种野性的意识主宰依依的选择，让它重新回到荒野去过属于它的生活，"纯净、清新、混合着松针芳甜和辛涩的空气充盈了依依的肺叶。哦，竟是如此的熟悉呢！依依被感动了，辛辣的激情像火一样燃烧起来，它觉得自己每一缕肌肉都因胀满力量而在战栗，觉得自己的胸腔已扩张到了巨大。它在森林里不顾一切地狂奔。它无法遏制狂奔的欲望，跑啊，跑啊……它用整个身体在呼喊——山啊，林啊，我回来啦！"（金曾豪《绝谷猞猁》）在这种狂奔和激情中，我们仿佛感受到了一只猞猁回到山林后的激动之情，作者书写的正是对生命野性的肯定，也是对野性回归的动物的赞美。与依依相似的还有牧铃笔下的"狼妹"形象，"狼妹"是一只狼，从小被人类养大，随着身体的一点点成长，狼性也在一点点恢复，在人们以为的温顺的脾性下面却是对自由、狂野生活的日夜向往，从它半夜去屠宰场与野狗的战斗开始，野性慢慢地在狼妹身上崭露头角，"就在这一瞬间，它身上某种潜伏的意识被唤醒了。它跳上一张屠案，昂首向天，发出一声真正的狼嗥"（牧铃《艰难的归程》），被唤醒了野性的狼妹"一到深夜，它便精神百倍容光焕发，奔向那个虚拟的荒野,那个遵循弱肉强食法则的野狗的世界。"(牧铃《艰难的归程》)"阿蓬弄不明白,厚道而羞怯的狼妹为什么会突然变得凶恶残暴。莫非狼的天性就该是那样?莫非与人类在一起循规蹈矩地生活,压根违背了它从祖先那儿继承的本能?"(牧铃《艰难的归程》)"狼妹兴奋到了极点,它毫不犹豫地咬着一只羔羊藏到路边,决意用第三次凶杀公开宣布它与人类的彻底决裂,然后,它将追寻狼迹回归荒野。"(牧铃《艰难的归程》)作者对于狼妹身上野性的恢复采用了一种循序渐进的方式,作为有着狼的血统的"狼妹",即使从小在人类的家里长大,也在潜意识里对自由的生活和自然无比向往,她对自己身上的野性是欣赏的、自得的,作者没有落入动物在人性和兽性之间矛盾徘徊的俗套,"狼妹"从发现自己的野性到回归自然中的过程,它一直采取的是坚定不移的肯定与顺从,"天亮前它还是回到了家中,这次不是主人把它找回的,也不是它对那个把它从垂死边缘抢救回来、并且辛辛苦苦抚养它长大的家有多么的留恋,它回来,仅仅因为忽然记起了那一对肥大的力克斯兔。"(牧铃《艰难的归程》)在牧铃的笔下,没有了"人性"的动物爆发出了炫目的"野性",人与动物的关系在这其中也发生了细微的变化,对于狼性的忠实书写,正是表达了对自然、对野生生命的尊重之情,狼妹最终的皈依丛林,是对动物最好的爱护,也是动物最终的归宿,正如文中所说,"狼,就该像狼似的活着。"(牧铃《艰难的归程》)这些听起来似乎颇为奇特的行为,却是大自然赋予动物的不同的本性的表现,从动物报恩的天经地义之感到动物回归本性的顺理成章,体现了作家对动物野性价值的认可与维护,是作者尊重自然、尊重生命的体现,是一种鲜明的生态伦理意识。

愿意采取非人类生物的立场,并从这种立场出发做出明智客观的判断,是尊重自然的伦理学的核心要素之一。[①]

作者通过细致观察动物的行为,真实再现了它们的生活状态,以一

[①] [美]保罗·沃伦·泰勒:《尊重自然:一种环境伦理学理论》,雷毅等译,首都师范大学出版社2010年版,第41页。

种生态伦理的思维来讲述动物的遭遇,反思人类的主宰地位,呼唤着动物的生存自由,用一种更宏阔的哲学视野来审视人类与动物之间的关系。从怜悯弱小到赞美强者,从赞美奴性到肯定野性,动物形象塑造的变化体现了作者不偏袒的创作情感,面对残酷的生存法则,只有选择不逃避和不打扰的态度,才能维护自然的尊严。相反,试图去改变、去拯救那些弱小的动物的做法有时却只能表现愚蠢的人类意志,"唯一要求我们做的就是不打扰它们,以尊重它们在野外的自由。……通过严格遵循不干涉的规则,我们的行为展示了对自然生态系统完整性的深深的尊重。"①

在自然原始的动物身上,野性是区别于一般动物最重要的特征,象征着动物身上勇猛的、阳刚的、难以驯服的自然本性,也是它们在漫长的岁月中和残酷的自然淘汰中能够继续生存的力量,作家以写实的笔触记录着动物们在野外那些不可思议的、震撼人心的行为,让读者对动物的习性有更深入和更真实的了解。野生动物身上的野性与原生态的自然风情融为一体,相得益彰,为儿童展现出了一幅干净生动、没有人类干扰的自然生存画卷。我们看到刘先平笔下书写的那些奔驰在辽阔草原上数以千只的藏羚羊,"壮美的景象,真激得人血脉贲张,你不由得就想飞,想跑,直到喘不过气来才停下。这可是海拔四千多米的高原啊!动物的美在哪里?在野性的爆发,是生命力最强烈、最活跃、最精彩的展示。"(刘先平《七彩猴面》)刘先平在作品中一再强调:"被关在笼子里的老虎、豹子都只是牲口。"(刘先平《七彩猴面》)"失却了野性,哪里还能展现野性的美?"(刘先平《七彩猴面》)"野生动物的美,只有在激烈的争斗中,才能淋漓尽致的展现。那是生命最华丽的光彩。"(刘先平《七彩猴面》)这种野性之美只有在原野中、自然中才能展现和发挥,这种对于生命特质的赞美与展现,带给我们另一种不同的审美感觉,唤醒了在我们每个人心中蕴藏的被现代文明磨灭了的原始奔放的情感。作家们试图通过提高动物在人心目中的地位,呼唤人们关心动物生命、尊重

---

① [美]保罗·沃伦·泰勒:《尊重自然:一种环境伦理学理论》,雷毅等译,首都师范大学出版社2010年版,第113页。

动物生命，从而达到改变人类自我的、主观的审美观的目的。对于野性价值的维护，儿童感受到了生存的艰辛和生命的可贵，还有一种澎湃的生命激情，"在这里，孩子们可以充分地领略大自然的壮阔，感受到生存的艰辛和生命的瑰丽"①，"这里所说的自由不是指没有约束，而是指让它们在野生状态下生存下去。就个体生物而言，这种义务要求我们不要捕获它们，不要把它们从它们的自然栖息地中带走，不管我们把它们带出自然栖息地之后会如何地善待他们"②。作家们试图通过动物野性美的展示来提高儿童对原生态美的欣赏水平，他们想让孩子们知道，是我们入侵了自然界，破坏和终止了动物的野生生存状态，不管这些动物在人类的照顾下生活得多么长久和健康，它们都是丧失了自己在自然状态下所享有的自由，缺少了奔跑和觅食的快乐与美丽，这对提高儿童未来的生命质量都有着潜移默化的影响。这种感觉是城市中的儿童在动物园里所不能体会的，就像黑鹤在作品中说的，动物被剁碎了做成肉冻都要好过被卖到动物园，因为它们"永远也没有机会再踩在森林湿润松软的土地上了"③，"从此它的眼前只有被笼子分割的天空，那些向它投来石块或者只是为了让它站起来而高声吆喝的人类，它只能吃那些已经腐淡无味的死肉"④。这是对人类行为的批判，也是失去了自由与野性的动物们的悲哀。

面对几亿年来的自然生存规律，人类要做的只能是接受和遵从自然的指引，随自然而动，并在此基础上建立人与自然之间更深层的联系。通过对自然生存法则的书写、对动物野性价值的呈现，作者想要传达给儿童这样的生态伦理理念：尊重自然、尊重自然中动物的天性，就要尊重它们对森林和自由的向往，而不是将它们禁锢在人类的保护范围中，而是帮助它们回到能够得到充分成长和发展的野外环境中去，不仅动物如此，所有的生命，包括人的生命，理应如此。作家笔下的生命都展现

---

① 金曾豪：《为什么要给孩子们动物小说》，《中华读书报》2005年4月20日。
② [美]保罗·沃伦·泰勒：《尊重自然：一种环境伦理学理论》，雷毅等译，首都师范大学出版社2010年版，第111页。
③ 格日勒其木格·黑鹤：《驯鹿之国》，中国少年儿童出版社2010年版，第108页。
④ 同上。

了它们在大自然中强悍的野性，打破了以往文学中动物形象的类型化和人格化的局面，展现出了对人类生存、儿童成长的启示意义，沈石溪曾这样说过：

> 我之所以热衷于写具有野性和野趣的动物，就是想告诉那些除了饲养场便很少有机会接触动物的青少年朋友，除了我们人类外，地球上还有许多生命是有感情有灵性的，它们有爱的天性，会喜怒哀乐，甚至有分辨是非的能力。我们应当学会尊重动物，尊重另一类生命形式，别把除了我们人类外其他所有的生命都视作草芥。[①]

第三节　生命美的体验

俄罗斯思想家奥斯宾斯基认为：

> 地球是一个完整的存在物……我们认识到了地球——它的土壤、山脉、河流、森林、气候、植物和动物——的不可分割性，并且把它做为一个整体来尊重，不是作为有用的仆人，而是作为有生命的存在物。[②]

生命是一切价值的基础，是一切价值系统的原点，生命的产生和发展、动植物的生长和变化都会引起儿童对生命本身的探究，对于生命的奥秘，每个儿童都有强烈的好奇，特别是生命过程中存在的美、坚韧的美，以及生命所呈现出来的种种积极向上状态，都带给儿童探究的欲望和美的体验。对于新时期以来的儿童文学作家们来说，生命，无论动物还是植物，无论低等还是高等，都充满了勃勃的生机，这些带着神秘气息的存在，是作家想要表现给已经在科技理性中疏离了自然的儿童看的，他们想要让儿童知道："大自然孕育了千姿百态的生命。千差万别的生命

[①] 沈石溪：《动物的感情与灵性》，《少年儿童研究》2007年第11期。
[②] 何怀宏：《生态伦理——精神资源与哲学基础》，河北大学出版社2002年版，第450页。

形态启蒙了我们对于生命、哲理的思考。一粒种子的构造，充满了母亲的智慧，大自然的哲理。"（刘先平《呦呦鹿鸣》）遗传密码的神秘、人和动物在困境中的坚持与突破，都展示了一幅生命美的画卷，构成了儿童文学中华彩的乐章。

一　对生命存在的欣赏

　　大自然是一个神秘的存在，繁复的生命物种和神奇的遗传密码都是人类不曾完全掌握的，大自然的鬼斧神工处处都留下了美的悬念，深深吸引着人们去探索。在过去的几个世纪中，随着在生物研究领域的不断进步，人类对于个体生命的了解也在不断加深，能够越来越准确和完整地解释生命的衍生和一系列行为，特别是对它们的生命规律、生活周期、与其他生命的关系、与周围环境的相互作用的了解更加深入，这样也"使得我们能够认识到作为个体的每个生命的那种独特性"[1]。当地球上的原生态景象逐渐消失的现在，对魅力无边的原生态的自然景象的书写，以带给儿童不同的审美感受，就显得弥足珍贵。而在儿童文学中对生命存在形式、与其他生命互动的探索，对提高儿童对自然的探索欲望、展示自然整体的和谐关系具有重要的意义。

　　面对儿童疏离自然的现状，为了加深儿童对自然的认识，减少对动物的误解，新时期的儿童文学作家充当了一个导游的角色，带领读者走进这个不断被发现的生命共同体中，带他们了解千奇百怪的生命状态，探索多样化的生命发展，让儿童体会每一种动物或植物独特的生活方式，不断吸引儿童对自然的兴趣，从而进一步关注它的命运的变化，明白"该生物对他来说是一个独特的、不可取代的个体"[2]，让儿童用灵动的心跳随其他的生命一起在自然中遨游。在刘先平、乔传藻、沈石溪等作家笔下，自然界的每一株植物、每一只昆虫、每一粒尘埃都呈现出排列有序的一面；无论动物还是植物，它们或机灵活泼，或憨态可掬，跟随他们的笔触，我们见识了各种美丽的生命存在。我们在刘先平的笔下，观

---

[1]　[美] 保罗·沃伦·泰勒：《尊重自然：一种环境伦理学理论》，雷毅等译，首都师范大学出版社 2010 年版，第 76 页。

[2]　同上。

察到相思鸟在沙子中的各种翻腾，可以看到天鹅拍动翅膀从水面腾空的震撼力量，感受到金钱豹捕食过程中速度与力量的完美结合。而且，不只在动物的身上，刘先平同时呈现出了植物界的各种神奇和美丽，野百合用花朵的朵数来计算自己的岁数，箭竹则用竹叉的变化来作为年龄的表示，这些生命中所绽放的美丽让人不禁惊叹自然的魅力。"果实的长相，也是生命形态的一种。它将遗传密码压缩、深藏在种子中，待到发芽、生根之后才彻底展露。果实都有复杂、奇妙的构造。坚果类的是在外面打造了一副盔甲，以保护种子。还有的是用酸甜的肉质将种子包裹起来，引诱动物们前来吞食，帮助它们搬运、播种……噼啪一声，果壳炸开，迸射出八九粒黑色的种子，嗤溜有声，飞向四面八方，如夜空放射的礼花，精彩、美妙……更有非同一般的花样，噼啪之声响过，天空飘满了白色的、金色的、紫色的绒球。这些小绒球在随风悠悠荡荡，很像是神话中无数的小仙子在快乐地舞蹈。大自然孕育了千姿百态的生命。千差万别的生命形态启蒙了我们对于生命、哲理的思考。一粒种子的构造，充满了母亲的智慧，大自然的哲理。"（刘先平《七彩猴面》）刘先平注重对自然的描写，花草树木、飞禽走兽都是他笔下的主角，其作品中充满了对自然造物的赞美，以及对自然现象基本规律的深刻认识。"生命的多样，生命形态的万千变化，每种生命生存习性的多端，真是让你难以想象！"（刘先平《海上鸬鹚堡》）奇丽广袤的自然风光各呈神貌、各展姿态、各具习性的动物都是超出我们生活经验之外的惊喜，各种生命的存在在作者笔下成为自然界中最和谐、最美妙、永不停息的生命合唱，汇成了一个理想中的生态和谐世界。乔传藻笔下的雁鹅充满了神奇："时不时的，它也扭动脖子左右看看，没想到它的眼睛也像我们人的眼睛，灰黑闪亮；它对这里的每一棵草，每一片水花都充满了信任，眼里流露出来的，唯有自信和自尊。"（乔传藻《雁鹅》）面对如此美丽的生物，儿童的心也在被感动着："大雁鹅是这么客气，这么漂亮，弄我都不好意思吃喝了，紧挨着苇草，大气也不敢出一口，看得呆了。"（乔传藻《雁鹅》）在张炜的《养兔记》中，孩子们喜欢海边所有"哈里哈气的东西"，如果说他们对那些毛茸茸的小兔子的喜爱只是停留在儿童对另一种幼小生物怜爱的基础上的话，那么儿童在夜晚的海边看到没有人干预的兔子的聚会时,那是一种自然中的生命所爆发出的原生态的美,这种美感带给儿童的是不一样的生命震撼:"老天爷啊,艾草地被月亮撒上了一片银光,上面奔跑着、跳动着多少只兔子啊!瞧它们今夜高兴成什么样了,一对对一簇簇,相互之间刚打个照面又赶紧分开,来来去去就像在场上打排球似的!""怪不得啊,四月里就是不同凡响!这会儿,整个海滩到处开满了槐花,这时候谁要闷在屋里,那会是多么傻的人啊,那就连兔子也不如了!不声不响的老憨正在低头想事,也许这会和我一样:想当一只野兔!"(张炜《养兔记》)这是一种生命对生命的感受,极具生态意识,对这些美丽的生物的书写也同时张扬着作者对大自然的热爱,对生态和谐的期盼。此外,还有乔传藻笔下喝醉了的小麂、爱吃盐巴的大灰象和火狐、野兔、哨猴,湘女笔下《大树杜鹃》中的小猴子、灵芝蟒、黑颈鹤,各种生物在树林中鲜活、有趣的生活,都让阅读者感叹每一个生命都值得去保护和热爱,而在其中无论是成人还是儿童都获得了一种独特的审美体验。人们之所以不能发现自然的奇妙,是因为过于自大,把自然仅仅当作工具和对象化的自我,当我们脱离了人类中心主义的自然观,重新审视自然本来面目的时候,生命的美再一次震撼着每个人的心灵,也唤起了儿童对美丽的大自然以及生存在其中的万物生灵的向往和热爱,促使儿童身心和谐、健康成长。

生命的美在于它们顺应了自然规律,并为生态整体的生生不息做出了贡献,生态学者王诺曾在书中论述:

> 只有在人意识到自然物作为独立的个体而不是人的对应物、象征体、喻体——表现人的工具,意识到他们在生态系统中占据着独一无二的、不可替代的位置,进而以人类个体的身份与这些非人类的个体进行平等的交往时,人与自然的交互主体性才能真正得以实现。[①]

---

① 王诺:《欧美生态批评》,学林出版社 2008 年版,第 129 页。

作家试图通过这样的书写方式来告诉儿童，只有成长在自然环境中，而不是生活在人给框定的范围里，这些生命才能展现出如此的美感。正如乔传藻的《太阳鸟》中所说的："太阳鸟啊，我们不能带走你，你是太阳的女儿，大森林才是你真正的家！"（乔传藻《太阳鸟》）在《阿塔斯小熊》中，作者借护林员爸爸的口告诉孩子们，"小熊是国家的，它只有回到雪线上边才能长得壮实，也更安全。"（乔传藻《阿塔斯小熊》）自然的一切相互作用，相互影响，这种运作机能有助于维持生命共同体的美丽，促成生态系统的和谐稳定。

二 坚韧生命力的书写

个体生命在成长过程中，必然会遇到各种挫折，经历各种困境，当面对生存条件的艰苦、生活压力的负担时，无论是人还是动植物，都表现出了强韧的生命力，并在勇敢的坚持中获得最终的胜利与辉煌。在新时期的儿童文学创作中，作家笔下的动物普遍都具有顽强的生命力，他们书写了动物们面对生存的艰难时所爆发出的强悍的力量。在很多作家的笔下，从人类的角度来看，动物们拥有的才是真正意义上的侠肝义胆，赤子忠心，无论是雄性动物还是雌性动物，无论是被驯化的动物还是生存于自然中的野生动物，都有着一股与生俱来的阳刚硬朗气派，它们性格坚韧、勇敢果断，能够在面对压力的时候善于等待，一旦明确目标就不放弃，让生命力在体能达到极限的时候感受到突破与爆发。在如此健壮和强悍的生命面前，人会在对比中发现自己的平庸、孱弱，动物身上所表现出的自强不息、坚韧不拔、不甘屈服等优秀的品质，有利于儿童重新认识生命的价值，正面自己在自然中的位置，这对于生活条件优越的、疏离了自然和荒野的儿童来说，更具有启迪意义。

大自然中成长的动物们要经受暴风雨的洗礼，然而动物们面对生存的艰难很少顾虑重重，儿童文学作家们在作品中对它们进行了充分描绘，特别是它们身上那种求生的意志与生存的能力让人在啧啧赞叹之时萌发出一种深深的敬意。在方敏的《大绝唱》中，当河狸与人类之间发生资源争夺战时，它们小小的、柔弱的身体爆发出巨大和坚韧的生命力，大坝的一次次推倒重建，"当曙光再一次出现的时候，九曲河的上游，一座比人工大坝更高更宽的河狸大坝终于建成了。毫无疑问的是，在刚刚逝去的这个夜晚，河狸家族的成员们又一次付出了惨重的牺牲。"（方敏《大绝唱》）面对强势的人类，河狸们一次次反抗，它们不断地砍伐树木，栽插树桩和涂抹胶泥，几千只河狸即使面临着死亡的威胁，也依然拼命去维护自己的生存环境，"毫无疑问，面对着大坝上狗群的狂吠，它们犹豫过。面对着森林中狗群的狂奔，它们恐惧过。但是，面对着被破坏的生命大堤，面对着正流走的生命之水，几百个弱小而又顽强的幸存者，却不再犹豫也不再恐惧。仿佛它们生命的全部意义就在于能否堵住大坝的缺口；仿佛天地之间，不论人，不论狗，不论伤，不论死，已经没有任何东西能让它们回头。"（方敏《大绝唱》）这是一场用生命捍卫生存的战争，人类用自己制造的工具、用河狸的天敌来阻止河狸的反攻，他们认为自己是强势的，河狸是弱势的，虽然河狸们最后以失败告终了，但虽败犹荣，它们用自己的行为捍卫了生命的尊严，也仍然给予人们强烈的打击与震撼。如同黑鹤在《驯鹿之国》中书写一只小狼的成长时所说的："顽强的森林生灵，它没有放弃最后的一线生的机会，当然，森林历来如此，只有那些最强悍的生命才能存活下来。"[①] 由此可见，无论动物或是植物，所有的生命都是一样的，面对极限的挑战，它们身上所展现出的顽强的生存意志唱出了生命美的赞歌。面对这些身处逆境的生命形象，读者会不自觉地站在它们的立场上，引起同情感和痛苦感，从而达到心理上对它们的敬佩与认同。蔺瑾创作的《冰河上的激战》中，作者以寒冬里的青藏高原为背景，书写了一场残酷的野驴与狼的生死较量，让我们见识了动物强悍的生存意志和生命奇迹。在那个时期的儿童文学中，蔺瑾的这篇作品独树一帜地以动物为主体，表现了它们在危机时刻的生命意识，赞扬了它们顽强不屈的生命力。作家跳出自己的好恶观，用一种客观的眼光来看待这场不亚于人类战争的力量悬殊的动物之战。作为弱势的一方，面对作为强势的狼群的一次次进攻，野驴群组织了一场场的防御，它们同时利用各种智慧来寻求突破。"是抵抗，还是逃跑？是奋起战斗，还是等待死亡？"（蔺瑾《冰河上的激战》）四次冲突过后，

[①] 格日勒其木格·黑鹤：《驯鹿之国》，中国少年儿童出版社2010年版，第109页。

在双方伤亡惨重的状况下，面对饿狼的大规模包围，驴王"江颇噶丹"依然没有放弃，即使是在-30℃的严寒中，即使是在看似死路一条的孤军奋战中，即使是在很多野驴的临阵逃脱中，面对死亡的阴影，他依然选择带领驴群积极应战，面对数量上占优势的狼群，面对平常如噩梦般的天敌，野驴们"把饿狼打的一只只仰身翻倒，肚子朝天，然后又踢、又踩、又剁，只听得一阵阵儿呜——儿呜——的惨叫声。"（蔺瑾《冰河上的激战》）从而实践着"野驴，从来是站着生的，也是站着死的"（蔺瑾《冰河上的激战》）誓言，这是野驴拼尽所有对自己生命的捍卫，野驴和狼同样都是为了自己的生存而战，对于生存的渴望，让驴群奋起抗争，狼同样也不示弱，"狼，向来是十分顽强的。他们一经认定目标，从不半途放弃，除非被杀身死或重伤。三十多只饿狼，一只只被踢翻，踩伤，滚几滚，爬起来，已经一瘸一拐了，却还要拼命扑上去……"（蔺瑾《冰河上的激战》）在这场惊心动魄的较量中，野驴面对死亡所表现出的顽强震撼人心，它们的勇敢机智和百折不挠，为它们的生存赢得了时间、等来了援兵。野驴正如蔺瑾在书中写的："这将是一场残酷的混战，胜负难以预料。"（蔺瑾《冰河上的激战》）面对生存、面对强敌、面对胜负难料的结局，每个生命的战斗都是义无反顾、无可厚非的，在凶险野蛮的大自然背景下，面对危险它们身上迸发出了强悍、粗糙和原始的生命力，不到最后时刻，无法预料胜负之分。自然界的搏杀让人触目惊心，而动物在其中为了生存而进行的抗争让人震撼。

当我们惊叹于每个生命所展现出的生命力时，那些身体有残缺的动物所付出的努力和坚持就更加打动我们。沈石溪的《残狼灰满》中，灰满是一只失去了半只身体的"残疾"狼，在艰难的生存中，它与母狼黄鼬连成一体来捕食猎物，经过一次次的磨合，终于凭借连体优势，在充满险恶的生存竞争中，以不屈不挠的生命力量与智慧登上狼王宝座。"山风浩荡，把灰满全身的狼毛吹得凌乱，更显得雄姿英武。它久久伫立山顶，体味着征服的快感和再生的喜悦"（沈石溪《残狼灰满》），"灰满跨在黄鼬背上，威风凛凛地长嗥一声，那嗥叫声挟带着王者的气势，高高在上，傲视一切，具有不可抗拒的威慑力量"（沈石溪《残狼灰满》）。

灰满的成长经历告诉我们：经历了艰险，才能成长；经历了苦难，生命才能最终走向圆满。沈石溪的《红弟一生中的七次冒险》中塑造的天鹅红弟，它短暂的生命过程中进行了七次冒险，这些冒险都是生命陷入困境后的一种奋起和抗争，面对强势的同类、敌人，它身上所表现出的勇气、力量让人敬佩，在每一次的冒险战斗中，它也经历过生命的垂危，也经历过心灵的绝望，但它都没有放弃，而是一步步成长起来，从一只备受欺凌的小天鹅成长为桑戛卡大天鹅群的首领，在这一过程中所表现出的顽强的生命力让人看得心情澎湃又心生敬意："它豁出来了，死也要争这口气。力量对比悬殊，它心里清楚，它不可能既保全自己又挫败巨臀，这是做不到的，可它如果以必死的信念投入战斗，以死亡为代价，即使做不到同归于尽，也起码能让巨臀受伤致残。"（沈石溪《红弟一生中的七次冒险》）红弟一次次在生命遭到极端威胁的时候，爆发出超常的能力，奋力冲破这些威胁，获得了新的生存条件和机会。即使生存得艰难，依旧努力地成长，这是作者想要传达给儿童的生存理念。湘女的《大树杜鹃》中，在一个贫困落后的小山村中，孩子们与大树杜鹃一样，都在极其顽强、艰难地成长着。"大树杜鹃林里，有几围粗的树爷爷，也有才钻出土的树苗苗，他们就是这样一代接一代，代代相传，以不懈的坚韧和顽强的生命，汇聚成这壮阔的大树杜鹃林。"（湘女《大树杜鹃》）一场场惊心动魄的生存较量，作者试图传达给小读者以精神的感染和悲壮氛围的熏陶，促使儿童感受生命在这些境遇下的顽强，并从中汲取力量，获得更大的勇气。

除了对动物面对生存危机的顽强挣扎的赞扬和书写，作家们还刻画了人在自然困境中顽强的坚持与突破，将自己置于广阔的自然空间中寻找着成长的力量，这在湘女、曹文轩、秦文君等作家的成长小说中体现得较为明显。相对而言，曹文轩的"成长小说"在这些方面的书写与人物形象的塑造上更具有典型性，在《古堡》中，曹文轩塑造了两个极具性格的男孩形象，他们身上勇敢的气质能够弥补普通儿童中柔弱的性格缺失，而在他的《草房子》中，陆鹤坚守着人格的尊严，纸月文弱中透着内在的坚韧与沉静，细马小小年纪就挑起了"当家人"的担子，而大红门里的杜小康，因家道中落而失学，在痛苦中沉沦与奋争，更是撼人心魄。杜小康跟父亲放鸭的那些日子,寂寞、孤独煎熬着他,也激发着他。暴风雨里,他在莽莽苍苍的芦苇荡里狂奔着,追赶那些失散的鸭群。我们从桑桑、秃鹤、纸月等等儿童的身上感受到了生命的脆弱与顽强,它可以如脆竹般易折,也可以如小草般执着,即使是生长在贫瘠的岩缝中,也照样能展示出起蓬勃的生机。当儿童一次次地与厄运抗争时,所表现出来的那种执着与铿锵,不甘与优雅,都变为了生命中最美丽的东西。这些儿童对困境抗争的过程是让他们生命充实的一个过程,也是对生命的完善执着不息的过程。《草房子》的故事发生在20世纪60年代的江南水乡,这是中国极为贫困的一段时期,但在作者笔下没有满眼的荒凉,没有揪心的痛苦与辛酸,虽然也有对贫穷和苦难的描述,但是出现在曹文轩笔下更多的则是那些在自然的灾害中站直了的人们,以及他们对于困境抗争所表现出的力量。他的《埋在雪下的小屋》书写了几个被困在雪里的儿童,面对被埋的现实,孩子们用铲子挖、用手推,他们战胜了疾病的困扰和情绪的绝望,展现出了顽强的精神:"他们靠吃雪维持着生命。他们用手摸了摸自己,瘦了,骨棱棱的,腿肚子没有了,皮皮囊囊的。他们很不容易站住,只能扶着墙或床走动。肠胃不时绞痛,冷汗常把额头弄的湿淋淋的。有时两眼直冒金星,有时却又两眼发黑,弄得自己旋转起来。"(曹文轩《埋在雪下的小屋》)即使在身体达到如此极限的时候,他们依然没有放弃,他们像卖火柴的小女孩那样去想象一顿丰盛的大餐、去想象美好温馨的生活,顽强地活着,相信有了这种精神和意志,终将能战胜任何恶劣的自然条件,获得成长和成功。曹文轩说过:

  我喜欢在温暖的忧伤中荡漾,决不到悲痛欲绝的境地里去把玩。我甚至想把苦难和痛苦看成是美丽的东西。正是它们的存在,才锻炼和强化了人的生命。正是它们的存在,才使人领略到了生活的情趣和一种彻头彻尾的幸福感。[①]

[①] 曹文轩:《第二世界》,作家出版社2003年版,第298页。

英娃的《五月寓言》中的主人公面对生命的曲折，靠自己的智慧与勇气、坚忍执着来改变命运，即使在童话之中，也没有那么多奇迹可言，没有从天而降的英雄，它们为了挽救家族与地球，只能一次又一次地踏上征程。尽管小青蛙蓬蓬与小蟾蜍豆豆为了找回丢失的冬眠，在去西伯利亚找严寒老爷爷的路途上睡着了，但我们可以预计的是，有成千上万个的青蛙蓬蓬与蟾蜍豆豆，它们终究会找到严寒老爷爷，终究能找回丢失的冬眠。在远离人群的荒野中，自然万物可以凭其原始的生命力蓬勃生长，而在人类肆虐过的土地上，各种生命更在以不屈的生命力和强劲的适应能力，顽强地活下去。每一个物种在满目疮痍的土地上顽强地繁衍生息的旺盛生命力都让人赞扬，它们的重生不仅带给儿童希望，也代表了在孩子的关注下自然从困境中重生的希望。在张又然的《再见小树林》中，当一个由阳光、绿树和野花交织而成的心灵乐园被摧毁的时候，男孩小绿把稚嫩的小苗栽进了被砍伐的土地里，在他身旁的树桩上，站着一只小鸟，它衔着一颗种子，孩子、小鸟、种子、小苗构成了一个充满生态期待的美丽画面，所有的生命都在期待着小树林的重生，代表了自然万物的生生不息、循环不止的倔强和韧性。作者想要儿童在这种重生中获得希望和动力，并且凭借这种无法摧垮的生命的韧性，获得生命的胜利和永恒。

随着生态文明时代的到来，"人类中心主义"的声音越来越微弱，人类与大自然的关系逐渐缓和，人在自然面前变得平和而谦卑。于是，在新的文学书写中，大自然及其孕育的一切生灵得以走到台前，开始成为一个个鲜活、重要的角色，成为有生命、有灵魂、有独立性格和主动性的审美对象。只有真正发现了自然的美、认识了自然生命强韧的一面的时候，才会主动地与它们融为一体，实现心与心的交流，人类的灵魂也在这其中得以净化。作家们对于蕴含于其中的生存规律的探索，对于以往对待野生动物形象态度的纠正，对于在污浊的社会中的生命本质的美的发现，对于顽强不屈的生命力的展现，从另一个方面为儿童的生态伦理意识的确立奠定了基础。作家们正是想通过这些来告诉儿童，生命共同体是一个有着自己发展规律的动态的整体，每一个生命在其中都有自己的价值和位置，它们神奇又独特，面对生存所展现出的抗争的勇气甚至比人类更加出色而顽强，只有遵循生命的规律，人类才能重新回到与自然和谐相处的局面，找回生活的勇气和诗意的栖居的能力。

小　结

　　生命是奇特而可贵的，也是复杂又生动的，人类对生命的理解，经历了从幼稚到成熟、从狭隘到宽容的发展变化过程，在这个过程中，人类逐渐认识到，自然界一切事物的产生和发生都具有一定规律，而地球更是一个有自身演化规律的有机整体，生命的本质是相同的，只有正确认识生命才能敬畏其他生命，尊重其他生命才能尊重人类自己，因此我们更应该对生命怀有一种敬畏之情、责任之感。人类需要一方面接受和遵从自然的指引和生态系统的规律，另一方面主动建立人与自然之间更深层的联系，才能达到改善人与自然关系的目的。这种对生命的敬畏之情，不仅仅是因为人类有怜悯之心，更因为它们的命运就是人类的命运：当它们被杀害殆尽时，人类就像是最后的一块多米诺骨牌，接着倒下的也便是自己了，尊重生命、敬畏生命，从深层的意义上来说，更是为了人类自我长久的生存与发展。

　　儿童文学是一个出色的交流媒介，通过作家们富有智慧的沟通和对话，传达了人类社会对下一代所寄予的文化期待。儿童文学作家利用儿童精神世界最接近自然生命源头与最欣赏动植物世界感性的特点，基于强烈的生存意识、自审意识及对自然和生命建立起敬畏生命的理性认识，把对生命的神圣之情融入作品铸成信仰，这些都是新时期儿童文学作家们在作品中所要表达的理念。而作家这种从儿童自身的原始的生命欲求来解放和发展儿童，同时融入自己对于生命的理解，不断完善儿童天性中的热爱生命、尊重生命的可贵品质，也正是一种以儿童为本位的儿童观的体现。这些作品相比同类型的作品，对于生命的理解和认识有了更新的深度和广度，用一种更加直接有力的方式呈现出生命存在的本质，指向关于生态平衡、和谐共生的生态思维，指向人与自然的和谐相处。在表达儿童崇尚自然、回归自然的理念的同时，试图复归人类失却的精神家园的愿望，饱含了作家们强烈的责任意识，蕴含着他们对人类命运发展的理性思考和终极关怀。同时，也搭建起了作家与儿童之间关于生命、生存等具有深度意义的话题平台，比其他内容的儿童文学提供了更多的关于力量、意志、精神和关于野性、磨砺、成长的意蕴。

第 三 章

生活理念的调整与
环保意识的增强

人类中心主义割裂了人类与自然之间的生命联系，日益严重的生态危机已经成为严峻的事实，科技的长足发展造成了人类与自然母亲的疏离，导致了人类与自然的对立，这不仅改变了人们的生活方式，也改变了人们的思维方式和情感方式，人类中心主义的传统在经济社会时代无限膨胀，奴役、消费自然中一切生命的贪婪和精神病态迅速蔓延。经济化、商品化、工具理性化以及膨胀的消费意识破坏了原有的生存和谐，冲击着人们的伦理和价值观念。与动物不同，人可以按照自己的价值标准来指导生活态度，"人会形成自己的生活方式，或他们认为作为表达最深层需求和渴望的可取且有益的生活方式"①。只有人类有能力使自然陷入困境，同样，也只有人类才有能力缓解甚至消除生态危机，重建生态平衡。当人了解了自己在自然中的位置，了解了人与自然的关系后，就应当遵循一种规范，通过具体的实践活动来表达自己对自然的尊重之情，这就是选择一条怎样的道路生存下去。人们面对生存危机充满恐惧和担忧，作家们更深刻地认识到如果人类再不采取行动来拯救地球，等到的将是与自然一同灭亡的结局。当前生态危机的产生，不仅涉及人与自然的关系问题，而且涉及人的主要价值追求，这方面原因很多，但根本的原因还是人性的异化和人的价值观的错位。根据生态伦理的要求，

---

① ［美］保罗·沃伦·泰勒：《尊重自然：一种环境伦理学理论》，雷毅等译，首都师范大学出版社2010年版，第20页。

保护生态环境，进一步从人类的精神层面和生活方式入手，改变生活习惯和思维模式，放弃算计、盘剥和掠夺自然的传统价值观，转而追求与自然同生共荣、协同进步的可持续发展价值观，从根本上改变人类以物质财富的增长作为衡量社会进步的标准，改变以感官享乐为人生意义的消费主义所形成的生活方式。生态整体主义并不是笼统地、脱离具体情况地坚持人与所有生物或非生物完全平等，并非要求人类无限度牺牲，它承认人的独一无二的能力和作用，只是要求人类可以在自然限度以内进行改造和发展。也就是说，为了人类的发展和达到保护自然环境的目的，在任何自然相互作用过程中，人类必须同时兼顾"有利于人类生存""有利于生态系统的动态平衡"这两个基本原则，一方面，自然界满足人类合理性要求，实现人类价值和正当权益；另一方面，人类要兼顾自然的正常、多样化发展，实现人与自然关系的和谐、稳定。

> 每个生物共同体中的种群以及最终地球生物圈，所包含的所有物种自身就可以形成一种完整和谐的关系秩序。这种系统整体上的稳定平衡促进了生物的共同利益。[①]

传统的生活方式使人对于金钱和财富的占有欲望极度膨胀，不仅泯灭了人生的意义和价值，而且是使人们陷入追求经济增长、导致生态危机的恶性循环之中而不能自拔的一个重要原因。因此，"对现代工业社会的物质主义、享乐主义和消费主义持批判态度的生态伦理学，倡导建立一种与大自然协调相处的绿色生活方式，主张用节制物质欲望的'生活质量'概念来代替工业社会的'生活标准'概念"[②]。

新时期的儿童文学作家们清楚地看到了工业文明对自然环境的破坏，看到了人性和谐的丧失，他们关注现实生活、关注人类的未来命运，面对物欲横流的现实，他们以自己特有的敏感与道德责任，通过对生态现

[①] [美]保罗·沃伦·泰勒:《尊重自然：一种环境伦理学理论》，雷毅等译，首都师范大学出版社2010年版，第4页。

[②] 余谋昌、王耀先:《环境伦理学》，高等教育出版社2004年版，第8页。

实的广泛关注和对人的自然本性的深入探索，试图以儿童文学的力量来实现对人类精神世界的改变，通过人的理念的改变、态度的转变来解决人与自然相处中的矛盾，帮助现代人走出困境，实现人性的复归。他们不仅涉及与儿童密切相关的环境保护、亲近自然等问题，还深入生活，探寻人类在无限膨胀的消费欲望下对生态环境的掠夺，从生态整体利益来审视人与自然的关系。他们从培养儿童正确的消费观、生活态度出发，在作品中倡导绿色环保消费，崇尚简朴的物质生活，展示了人对大自然无情的破坏，用血与泪的事实对儿童讲述着人类应该负有的生态责任意识。简单的生活可以很精致，朴素的栖居也可以很诗意，他们认为对生活品质的追求不应只限于对物质生活的追求，更应转向对精神生活的满足，提倡与环境友好的精神消费，诗意地栖息于地球之上。作家们为儿童指明了一种对环境友好的生活方式，用积极向上的价值观和消费观给儿童传递一种与自然和谐共存的生存模式。

第一节 消费观念的转变

当人类文明走到今天，人与自然的亲切感慢慢消失了，同自然交流所带来的意义和满足之感也丧失殆尽，人们开始通过掠夺、占有、消费物质来寻求新的满足感和生活的意义，而所有的物质皆来自大自然，对物质的过度消费必然导致大自然的枯竭，面对日益严重的生态危机和人性危机，我们不得不反思人类的行为，到底是哪里出了问题。马丁·路德·金在1964年"诺贝尔和平奖"的演讲里说："我们今天所面临的问题是我们让自己的心灵迷失在外部的物质世界。"[①] 的确，人类精神世界中的价值取向的狭隘，造成了消费观的异化，特别是经过"文化大革命"这个特殊时期对人的欲望的压制，一旦得到释放的机会，就会变成一种迅速膨胀的失控状态。自然承受力是有限的，过度的欲望消费将会增加对自然资源的压力，造成对环境的破坏，最终造成地球生态系统的失调。从生态的角度看，当有限的资源遭遇无限的欲求时，后果必然是生态承

---

① 王诺：《欧美生态批评》，学林出版社2008年版，第219页。

载能力被突破,自然资源枯竭。在这种恶性循环中,人类如同在一条欲望膨胀—消费占有—欲望再膨胀—更多地消费占有的路上行走,最终只能走向狭隘的末端,当一个国家和一个民族全部陷入消费文化的旋涡中的时候,就离最后的危机不远了。因此,人类只有将消费控制在一定的范围之内才能走上可持续发展之路。人作为消费过程中的主体,总是自觉不自觉地受到一定的道德价值观念的影响,生态伦理所提倡的适度消费的生活方式既是缓解或消除人与自然紧张关系所必需的,也是使人生获得意义和价值、实现人的全面发展的需要。

儿童文学作家们担负着培育儿童健康的品行的责任,在强烈的忧患意识下,对自然和其他生命的责任和正义感激发着儿童文学作家,他们在肯定人的物质需要及其追求的前提下,反对以牺牲自然基本利益为代价的掠夺性、奢侈性消费,提倡以满足基本需要为基础的适度消费、合理消费,提倡与自然环境相协调的消费观,特别是在儿童的物质需要和精神需求之间,更应强调精神追求的重要性,将人的物质需要与精神追求有机地统一起来,不断改善人与自然的相处模式,提高人的生活质量、提升人的生命价值。

一 物欲的批判

欲望是人的本能,人性中的欲望犹如一把双刃剑,当欲望被控制在一定程度之内,适度的欲望可以促进群体的进一步发展,可以对人类生命起到较好的促进作用,而一旦欲望超过了实际的需要或者超出了现实的承受能力无法得到有效的遏制的时候,它就越过道德底线变成一种病态的不合理的贪欲,主要表现为金钱拜物、物欲横流,使人的精神世界不断萎缩,只剩下一具追求物质和欲望的空壳,于是导致"体验感悟能力的贫瘠,记忆想象能力的迟钝,审美感受能力的退化"[1],这种贪婪的膨胀常常会以牺牲其他个体为代价,导致群体进化发展的失衡,将给人类和自然带来难以避免的灾难。现如今造成生态环境不断恶化的原因是由多方面的因素构成的,一方面是由于人类建立在工业革命基础上的科

---

[1] 鲁枢元:《生态文艺学》,陕西人民教育出版社2000年版,第158页。

技进步和经济发展；另一方面，从深层来说，是由于人类不断膨胀的对于物质的狂热追求、对于日益增长的消费欲望的追求造成的。自然生态危机与精神生态危机是相辅相成的，自然生态危机是精神生态危机的表现，而精神生态危机是产生自然生态危机的根源，"现代社会把发展经济，满足人的物欲视为头等大事，人们迷恋于拜金主义和物欲刺激，把自己的一切交与现代科技和机器文明托管，从而暴露出来的问题是：一方面，对自然环境的无穷掠夺使人类正在失去可以栖居的物质家园；另一方面，重物质轻精神所导致的精神危机又使人类正失去可以慰藉灵魂的精神家园，并使之处于无根无源、无家可归的状态之中"①。

进入工业文明以来，人们把社会发展直接等同于经济发展，在这种理论支配下，人的价值观念发生了偏离，即重物尺度，轻人尺度，人的消费不再仅仅是为了生存，更主要是为了享受，而人们所消费的，不是商品和服务的使用价值，而是它们的符号意义。这种消费与合理适度的消费之间不是简单的量的差别，而是两种不同的生活伦理和价值观念、不同的生活方式和生存状态的差别。超出基本需要的享乐性的物质消费，越来越成为人们生活和消费的主流，这种消费至上的行为，不仅会增加对资源开发、利用的压力，产生过多的垃圾，加剧地区环境污染，还使人一步步沦为物的奴隶，导致日后自然生态的进一步恶化。当下社会，工业化的发展使得人类的欲望日益膨胀，消费观被异化成为一个很普遍的现象，儿童在成长过程中无时不受着功利、物欲的异化，不同的价值观产生了同样的幸福标准，被消费异化的幸福观偏离了儿童正常的成长轨道，他们认为自己对金钱和利益的追逐是一种正确的价值观，长此下去，正常社会的意识形态必将扭曲，不仅对人类赖以生存的生态环境产生巨大的破坏，而且对人类的生存和发展必将产生重大的威胁。因此，加强良好的消费观教育不仅仅是一个经济、社会问题，更是一个生态伦理的问题，对儿童树立正确的消费观、金钱观，乃至人生观和价值观都有重要的意义。

面对这样的现状，新时期的儿童文学作家们在感到惋惜、无奈的同

---

① 任秀芹：《生态环境文学的绿色忧思》，《云南师范大学学报》2003年第3期。

时，他们以自己强烈的社会责任感思考着、探索着拯救人类的道路，这在一系列以书写动物、自然环境为内容的作品中表现得尤为明显。作家们在歌颂自然生态美的同时，也犀利地指出了工业文明和理性主义破坏自然的卑劣行径，批判人类中心主义的荒诞与自私，特别是对人类因为物欲的膨胀和自私狂妄而对自然犯下的罪过。在乔传藻的《香獐》里，猎人利用母香獐来引诱它的同伴，最终得到的是母獐的自杀，"你明白了，只有用你的热血才能叫住同伴。你鼓起棕亮的大眼，一声不吭；只见你跳开两步，飞身弹起后腿，甩头撞在岩石板上。"（乔传藻《香獐》）香獐用热血叫醒了同伴，却无法叫醒被利益蒙蔽了双眼的人们。保冬妮的《屎壳郎先生波比拉》表现的是非洲草原上动物的生存状况，在远离人类的自然环境中，动物们享受着生命的自由，可是由于对金钱的贪婪追求，促使人类在非洲草原上用残忍的手段猎杀大象获取象牙，作者借动物的眼睛所见表达了对人类贪婪本质的揭示、对人类盲目追求物欲的批判，"大象又摇了摇头，依旧没什么表情：他们可不像我们动物，只是为了吃。为了吃，并不算太坏，至少也是为了生存。他们是为了贪，这绝不可容忍。贪是什么？贪是想要那些不属于自己的东西，为了发财。还有升官。波比拉想起了坎丽鲁说的升官发财的话。你说得对。人真是太聪明的动物，迟早有一天，世界会被他们的聪明给毁了。"（保冬妮《屎壳郎先生波比拉》）动物的话简单朴实，道出了真理。在动物的眼中，人类是如此邪恶的存在，他们利用自己的工具去无止境地满足自己的欲望，为了自己的利益去损害其他动物的生存、破坏自然的平衡；"生与死在这里都属正常，他们似乎毫不惧怕与生俱来的对手和威胁；令他们心惊胆战的只有猎枪，因为只有猎枪才有永远不会满足的胃口，它永远想占有最多最好的东西，所有的动物都不是它的对手，哪怕再雄壮的狮王、再巨大的公象、再凶猛的猎豹、再温顺的羚羊，都一样会葬身在它喷着火焰的枪口之下。"（保冬妮《屎壳郎先生波比拉》）这是一种生态伦理的错位，无知和短视的人将亲手毁了可供后代生存的环境。被技术异化的人们已完全忘记了道德关怀和人文关怀，成了自然的天敌，他们只顾自己的感官享受，一切都是为了满足自己的物质欲望。作家急切地呼吁有良知的人们行动起来，并告诉我们：要治理环境污染，需要先治理人心的污染、人性的污染。在牧铃的《城里表哥与乡下表弟》里，作者借动物的口表达了它们眼中的人类的恶行："猫说人类自己不长毛，专门扒了人家的皮毛当衣穿，实在卑鄙！狗说人类杀死别的动物，还拿那些尸体烤熟了当美餐，简直恶心……"（牧铃《城里表哥与乡下表弟》）"野兽很同情人类，就把平川地让给了他们，老野猪继续说，不料，人类恩将仇报，反而发明了许多武器来打杀野兽，想独占这片土地。"（牧铃《城里表哥与乡下表弟》）这些幽默又充满幻想的语言直达儿童的心灵，啼笑皆非的话语背后却隐藏着对人类行为的反思。刘先平的作品在书写自然山河壮美的同时，也对人类在几十年来对自然生态犯下的恶行进行了控诉和批判。在他的作品中，我们看到面对"香料之路"中残忍的盗猎者时香獐眼中的愤怒和仇恨，看到香獐在悬崖边与情人依依惜别后的毁香自杀；我们还看到在可可西里惨绝人寰的藏羚羊大屠杀，在这种扭曲的消费观的指导下，自然万物已经被完全物化，没有生命、没有资格寻求平等。当苍茫大地上，当一只幼崽在上百只同胞的血泊中求生时，我们深深感受到动物的柔弱、人类的残忍。刘先平在作品中追问盗猎的根源，矛头直指丧失生态道德的藏羚绒毛制品的使用者，指向人性背后的虚荣与贪婪，作者警告人类，物欲的膨胀不仅伤害了自然，也同时伤害了人本身，正如施里达斯·拉夫尔所说：

　　消费问题是环境危机问题的核心，人类对生物圈的影响正在产生着对于环境的压力并威胁着地球支持的生命的能力。[①]

　　人类消耗资源的过程带来了严重的污染，对生态系统的平衡和可持续造成了极大的破坏，消费文化引诱人们不是通过精神的成就而是通过物质占有和物质消费来实现自我，在追求更高的物质享受和自身利益的同时，环境被进一步破坏，陷入了一个循环的怪圈中。为了实现对利益的追逐，他们往往不择手段，互相欺骗、相互倾轧，于是人与社会、人

[①] ［圭亚那］施里达斯·拉夫尔：《我们的家园——地球》，夏堃堡等译，中国环境科学出版社1993年版，第15页。

与人之间的关系日益疏离和紧张，人与人之间特有的情感联系愈益淡漠，人与人的一切关系似乎都变成了赤裸裸的交易和相互利用，成为一系列生态危机发生的根源。在王一梅的《木偶的森林》中，人们为了自己一时的快乐，为了在平淡生活中寻找刺激，无视动物的尊严与生命，造成了对动物生命的漠视。因为对利益的追逐，人与人之间也产生了弱势和强势之分，也产生了不和谐，消费甚至浪费成为体现差别的方式和途径，人们在炫耀式、攀比式的消费中体现着自己的不同。被贪婪的物欲控制住的木匠无视大树的苦苦哀求，就为了证明自己砍下一棵会说话的树，这棵树能卖个好价钱，这能证明自己比其他的木匠的"能力"更高，而这种被异化的消费观导致了日后悲剧的发生。人们试图在自然面前充分证明自己主宰世界的绝对能力，无视树木的请求，体现的是人类中心主义对自然霸权的行为，他们把征服和战胜自然看成是自己的胜利，在对大自然的无止境地索取和掠夺中人的心灵被扭曲了，绿色的家园也因此消失无存。梭罗认为，是恶性膨胀的欲望促使这些人这样无度地掠夺自然，他曾评论这种人是"把所有时间都花在获得一种生活并保持那种生活之上"[1]，而那样的生活并非是必需的，而是日趋奢侈的，如果不能忘掉人类的欲望和利益，就不可能真正地融入自然，进而也就不可能获得如此美妙的生态审美体验。在黑鹤的《驯鹿之国》中，作者猛烈地批判着无良的猎人，批判那些向正在孵蛋的野鸭射击、向刚刚学会走路的小狍子射击的猎人，抨击那些在春天捕杀正哺育幼崽的母狼、捕杀正在繁殖期或怀孕期的野兽的猎人，在这些人的眼中，"只要是活的，他都毫不羞耻地射出自己的子弹，他只相信世间的一切都必将从人类的喉管通过"[2]。他们被欲望蒙蔽了双眼，"谁会看到他那被贪婪的心染得污脏的眼睛，那永远不再澄澈的眼睛，乌鸦都不会愿意去看一眼那样的眼睛"[3]。在沈石溪的《我们一起走，迪克》中，阿炯和小狗相依为命，在寻找妈妈的过程中见识了人类的各种嘴脸，他来到城市中，获得了人们对他的肯定，同时也感受了世态的炎凉，他妈妈为了自己的利益不敢与他相认，

---

[1] 王诺：《欧美生态批评》，学林出版社2008年版，第167页。
[2] 格日勒其木格·黑鹤：《驯鹿之国》，中国少年儿童出版社2010年版，第107页。
[3] 同上书，第109页。

虽然他妈妈是关心和爱护阿炯的,但这种关心掺杂了太多对物质和利益的渴望,这种渴望变成一种阻力,玷污了母子之间纯洁的感情,最终阿炯选择了离开,即使是放弃人人羡慕的农转非的身份,放弃了已经找到的妈妈,也要离开"去寻找比雪片更纯洁透明晶莹的爱"(沈石溪《我们一起走,迪克》)。

  人类在开创农业文明之后,实现了对生存环境的主宰,也逐渐确立起其在物种世界中的主导地位。在今天,环境污染、资源匮乏、物种灭绝的情况越来越严重,根由均是人类对自然的无度开发,在这种过度开发的过程中,人对自然资源的争夺导致人与动物之间的尖锐冲突,在资源争夺过程中人类所暴露出来的丑陋嘴脸,被更多地作为书写的重点呈现在读者面前。在方敏的《大绝唱》中,河狸本来生长在距离人类遥远的山中,人类因为开发土地造成土地的贫瘠,不得不再次开拓到可以任他们继续挥霍的地方。来到九曲河,在开拓的初期,人与河狸一起度过了温馨、快乐的时光,为了让更多的人拥有这份幸福,长腿一家邀集了沙田村人搬迁到此。随着人类种群的繁衍,自然资源的逐渐匮乏,人们对生活要求的不断提高,美丽的环境又逐渐被人一点点蚕食,人类以霸权的姿态占领了九曲河,而河狸的生存资源却被人类一点点占有,"这些聪明的河狸们,虽然筑得起拦截河水的堤坝,却抵挡不住接踵而来的天灾人祸。"(方敏《大绝唱》)庞大的人群打乱了两岸动物的生态平衡,它们被迫迁移,与人类分河而居,为了争夺共同的生命资源——水,人与河狸走到了剑拔弩张、势不两立的紧张状态。人类的利己行径进一步威胁到河狸种群的生存,一场力量悬殊而又顽强惨烈的斗争,将人与河狸的对立推向了极致。在对九曲河的水源争夺中,河狸一次次地筑坝拦截水源,而人类为了种植粮食一次次地将河狸的坝扒开。为了引渠灌溉,人类一次次地对九曲河进行拦截,河狸的生存环境受到威胁,它们又一次次地扒开人类筑的堤坝。在这个过程中,人类贪婪的本性暴露无遗,他们认为九曲河是自己的,他们与河狸对九曲河的争夺在他们看来是一场为了维护尊严的行为,"好像他们天生就属于九曲河,好像九曲河就是为他们预备的"(方敏《大绝唱》),"反正,九曲河畔的森林里有砍伐不完的大树,有开垦不完的土地。……房子总是住的越宽越好,粮食总是收的越多越高兴。"(方敏《大绝唱》)在这种对物质的占有欲望下，人们对河狸的爱护之情被对获得利益的渴望所代替，在对水资源的争夺中，人与河狸的对立被推到最高峰。河狸是为了自己的基本生存而战，可人类的争夺却是在满足自己的非基本利益，这是一种人类的非基本利益与动植物的基本利益的冲突，是人类对自然的剥夺的态度。面对大自然，人类太看重自我，太缺乏敬畏，这种虚荣或虚幻的东西如果过度膨胀，膨胀到无视基本的自然物质和生态保障的程度，那就必然要走向极端的唯心、极端的虚妄。随着人们对九曲河侵占的加深，河狸的生存环境遭到不断破坏，从河头到河尾的被迫迁移到走投无路情况下的顽强反抗，河狸一直试图保全自己赖以生存的家园，却终被杀戮而走向灭绝，人类却在温暖的屋子里想着如何能够争取到更多的水源、树木和土地，生存的对比如此强烈。人类欲望的无限膨胀和物质文明的无限发展，必然与自然环境的有限承载发生矛盾，"只要促进人类利益或满足人权的行动与政策有害于地球自然生态系统中有机体、种群和生命共同体的福利时，这样的冲突就会发生。换一种方式表达，只要保存和保护野生生物的善需要以人类的某些利益为代价时，这样的冲突就会发生。"[1] 正是人类对于自己利益的无限制的追求造成与自然的对立。河狸作为弱势的一方终于败下阵来，它们用自己的生命捍卫了自己的尊严，河狸香团子与男孩大眼睛的一起死亡，昭示着在这场资源争夺战中的两败俱伤。杀死无辜的河狸，标志着人类与其生存环境里的其他生命彻底决裂，从此成为生物界的局外人，作者并不是简单地描述小小的河狸的遭遇，而是借助河狸生存的境遇来控诉人类的贪婪、批判人类的骄妄，这同样给我们揭示出这样的一种观点："人类的基本利益只有对自然生态系统和非人类生命带来最小伤害的前提下，才能被促进。"[2] 河狸已经被物化了，它的生命被漠视，没有人在意它们的生存，它们的受伤无人过问，在物质面前，要紧的只有人的利益。作者站在河狸的角度，哀婉悲痛地讲述着这小小生灵的遭遇，用自己的哀伤来丈量着它们心中的哀伤，"这些顽强

---

[1] [美]保罗·沃伦·泰勒：《尊重自然：一种环境伦理学理论》，雷毅等译，首都师范大学出版社2010年版，第163页。

[2] 同上书，第180页。

不屈的生灵,这些弱小低等的动物,到底在叫些什么?是对天地的祈祷,是对亡灵的祭奠,是对九曲河的哀告,还是对扰乱了九曲河安宁的人类表示愤愤不平?"(方敏《大绝唱》)人与河狸的斗争跌宕起伏,人类对物欲的追逐对其他生物存在造成了难以逆转的伤害,通过在血泊中的展示人类对自然盲目的征服欲望,更为触目惊心,更具有鲜明的警示性。

人类因为利益对动物进行刻意伤害的行为在牧铃的《艰难的归程》中也被充分表现,宠物园中的动物在人看来只是挣钱的工具,人们对它们进行各种残酷的训练和惨无人道的毒打,目的都是要把它们的性格改变为人类想要的、喜欢的样子。他们设法去引起狗类之间的仇恨,通过"斗狗"刺激消费者的购买欲望,"作为宠物场长,我当然希望血统在爱犬族心目中更加神乎其神!不过,那血统的高贵与否,完全可以由人来决定。咱们就不能从这家伙身上发现一种新的高贵血统吗?"(牧铃《艰难的归程》)在场长的眼中,所有血统和品种统统不如商机来得更实在,如何引诱人们出高价购买才是一切行为的初衷与目的。他的这种想法从生态的角度来看就是一种"颠倒了消费和需求之间的正常关系,他不是用消费满足需求,而是用消费引诱、刺激需求"[1]。杂种狗阿蓬因为品相不好,卖不了价钱就要被"处理掉",陷在沉重的物欲中的人类已经残忍得看不到生命的鲜活与美丽,甚至十三号驯兽员救下杂种狗阿蓬竟是为了养肥吃肉,狗在这些人的眼中已经不具备生命的意义,而是代表了金钱和食物,成为一个个符号和工具,人们把自己看成是自然物质的主人,没有任何同情和忏悔之心。十三号驯兽员与阿蓬一次次较量的目的是想找回自己作为主人的感觉,在他已经变态的观念中认为只有战胜阿蓬、战胜动物才能满足自己征服的欲望。面对其他生命,人类的贪念和对金钱的追求表现得异常扭曲,动物或植物都变成追逐利益的工具,这是人类现代文明中崇尚物欲的表现,这种贪念最终造成的只能是人类自己的绝路。"地里有的是黄鼠、旱獭,狼怎么还饿成那样呢?人类留给它们的地盘子太少了哇!人类太贪婪,又是修路建房,又是开辟耕地放牧牛羊,

---

[1] 王诺:《欧美生态批评》,学林出版社 2008 年版,第 191 页。

能供狼活动的林地一天天减少，狼、狐狸、野猫、鹞鹰这些东西活不下去，黄鼠、野兔当然泛滥成灾啦。"（牧铃《艰难的归程》）作者在笔下想要表达的回归之路既包括动物本性的回归，也包括人类在追逐利益的道路上回归本性的艰难和曲折。儿童文学评论家王泉根认为，生态环保题材的作品"用特有的文字与格调表明了人世间一个朴素真理，一个由古老的印第安人对自以为高明的白人所说出来的箴言：当你捕到了最后一条鱼，当你污染了所有的河流与海洋，你能靠吃钱活下去吗？"① 人类对欲望的无限制的追求，导致了不断加剧的生态危机，也导致了人类在自己挖的陷阱里面越陷越深。

　　生存与发展是人类社会面临的永恒的主题，在传统的发展观念中，往往片面地追求经济的增长，这种增长是以牺牲自然环境为代价去换取经济的繁荣的，作者们敏锐地观察到这一随着社会经济发展而逐渐露出水面的趋势，在作品中也有深入的思考。盛永明的《卖泥》中的村民把原本防洪用的泥土卖给烧窑的挣钱，甚至有部分村已把铁锹伸向了良田，等到上级发现，为时已晚。因为缺钱，所以卖泥；因为卖泥，破坏了防洪坝；因为没有了防洪坝，无法阻隔洪水对村落的冲击，也耽误了哥哥的治病。作品从侧面真实再现了乡村为了追求一时的利益，而不顾生态的可持续发展而陷入恶性循环的危急情况。在金波的《追踪小绿人》中，如果说发现小绿人对儿童来说是生命的欣喜的话，"小叔"的眼中的小绿人更多地成为一个挣钱的工具，"小绿人的发现，等于发现了一座金矿！"（金波《追踪小绿人》）他为了赚钱，一次次地利用"小绿人"，让他们在新开的餐厅倒酒，组织旅游团去参观"小绿人"的住所，"他为了赚钱，让小绿人累死累活的。最后小绿人逃走了，是我们逼得他们来了又走了啊！"（金波《追踪小绿人》）原本是小绿人与人类和谐相处的开始，却因为人的贪欲和对金钱的追求，使小绿人不得不再次远离，人与自然的关系终归在人类对金钱的追求中走向畸形，"他们的歌声不再像孩子的歌声，很深沉，很动情，流露着凄苦和悲伤。"（金波《追踪小绿人》）在湘女笔下，来自日本的摄影师清水在高黎贡山发现了各种值钱的草药、

---

① 含羞草：《儿童文学关注生态环保》，《文学报》2001 年 5 月 10 日。

花朵,这种对金钱和物欲的追求"在他心里一点点膨胀,是他恨不得长出一千只手,带上一千只大口袋,把高黎贡山全部背走"(湘女《大峡谷的孩子》)。这样的心态受到了自然的惩罚,"天刷地黑了,清空一声雷响,大雨哗哗降下来。清水抱头四处乱窜,撞到了一棵树上,他全身透湿,哆嗦着抱住树干,一抬头,顿时惊恐万状。那树上竟挂着一只只眼睛,全在瞪着他"。(湘女《大峡谷的孩子》)心存贪欲的人,也必将受到自然的惩罚。技术和理性在一步步吞噬人的良心,膨胀了人的私欲,使人变得疯狂,他们无视自然法规,狂妄自大,直至最后毁灭了自己。

工业革命以来,科学技术和理性主义不断加重着人的贪恋和狂妄,人类总是以自然的掌控者和征服者自居,把自然界中的其他成员和全部自然资源作为自身谋利益的工具。

> 人类必须要利用自然环境,他们因此会与同样需要自然环境作为它们的栖息地和食物来源的动植物产生竞争。[1]

现代人为了当前的发展迅速消费掉了地球集聚了百万年的能源,工业国家消费掉了别国的能源,当代人消费掉了原本属于后代人的能源。在梭罗看来,人们之所以对这种压得人一生都喘不过气来的重负心甘情愿地承受,是和社会衡量人生的标准、社会推崇的消费文化模式密切相关的。人类为了求得物欲的不断满足,"把大自然看作是一个取之不尽、用之不竭的资源库,把掠夺自然资源当作实现人生价值的必由之路。把掠夺自然资源当作实现人生价值的必由之路。正是在这种自然人性观念的指导下,人类疯狂地展开了向自然界的战争,把天空飞的、地上跑的、水中游的、地下藏的统统都纳入掠夺的战车中,同时还把大量的废气、废水、废物倾泻给自然生态环境。工业文明把自然界破坏的千疮百孔"[2]。

---

[1] [美]保罗·沃伦·泰勒:《尊重自然:一种环境伦理学理论》,雷毅等译,首都师范大学出版社2010年版,第164页。

[2] 曹孟勤:《人性与自然:生态伦理哲学基础反思》,南京师范大学出版社2006年版,第84页。

儿童文学作家对于盲目追求物欲的批判，体现的正是一种对人类生存和发展的深入思考。

二 适度消费理念的倡导

现代化给人类社会带来了丰富的物质，而对于物质欲望的追求也是人的一种正常心理和生存状态，人想要满足自己的欲望，想要生活得越来越舒适是无可厚非的，但生态系统在总量上已经给人类提供了足够维持生存的资源，人类无止境的贪欲和对奢侈生活方式的无止境的追求已经让人类的需要远远超出了自然的承载能力和供给能力，因此造成的后果除了人类的精神深受重创之外，更致命的则是整个生态系统的失衡，导致地球上所有的生命都陷入空前的生存危机之中。可见，生态失衡、环境危机不是"自然"造成的，不是天灾，而是人祸，是人类自己的实践活动在自掘坟墓。所以，当人的无限欲望与有限的自然供给的矛盾越来越尖锐，一系列相继发生的生态危机为我们敲响了警钟的时候，人们不禁反思：这种对于欲望的追求真的是适合人类发展，能够带给人类真正的自由、幸福和满足的生活方式吗？

生态问题的解决有赖于人类生态观和价值观的取向，要有效地解决摆在人类面前威胁人类前途的环境污染和生态失调问题，就必须依靠在人们的消费道德观念上进行深刻变革，用人类的自我节制来达到人与自然的平衡。人是有理性的物种，是世界中唯一可以用关于这个世界的理论来指导其行为的物种，正是因为这种理性，也可以让人能够克制自己的物质欲望。面对危机的发生，我们要做的不是停止对自然的消费，而是要用生态系统的承载力来限制物质需求和经济发展，将消费控制在"能为自然所吸收、在适于生态系统之恢复的限度内"[①]。每一种生物都在这个星球上具有生存和发展的权利，而人类作为其中的一个物种自然也享有同样的权利，但是对于权利的肯定并不是鼓励人们去无限地追求物质生活的富足，也不是完全否定人的合理的发展，而是提倡满足当代人

[①] [美]霍尔姆斯·罗尔斯顿：《哲学走向荒野》，刘耳、叶平译，吉林人民出版社2000年版，第59—60页。

和子孙后代的基本生活条件即可的观点,对当前消费文化的批判和对适度消费的倡导是在严峻的生态危机的境遇下、在人类遭遇的精神伤害日趋严重的情况下,经过痛苦反思所做的必然选择,只有提倡适度消费的理念,把人的欲望和发展严格控制在自然环境所能供给、接收、消化和再生的限度内,人类才能长久地存在,整个社会才不再沉迷于物质消费,转而追求精神上的富足。在新时期的儿童文学中,作家们面对人类的生存危机、面对自然的生态危机,普遍意识到学会尊重自然、保护自然,克制人类不合理的消费欲望必须从儿童抓起,只有在他们身上形成良好的消费理念,才有利于人类将来形成可持续发展意识,最终有利于人类社会的进步与发展。

尊重自然、尊重生命并不是要放弃和忽略人类的利益和价值,而是找到一种既能够让人类的物质利益得到基本满足,又能让动植物生存下去的道路。在生态整体主义的观照下,为了自然和人类的持续生存,必须要限制人类的一部分自由,将人类的发展重点限制在生态系统可以承受的限度之内,"生病的地球,唯有对主流价值观进行逆转,对经济优先进行革命,才有可能最后恢复健康。在这个意义上,世界必须再次倒转"[1]。20世纪下半叶以来,一些有识之士纷纷提出要采用更科学、更合理的生产和生活方式来抑制生态环境的日益恶化,并能够适合人类生存发展的需要,于是一种全新的有关生态伦理学的消费观应运而生了:"是指一种小康而节俭的生活方式,不奢侈铺张、浪费资源和能源。不是房子越大越好、汽车越多越好、家具衣物越多越好,而是节俭紧缩,够了就行。"[2] 这种合理、适度的消费模式不仅把人的消费行为同家庭、国家相联系,而且把人的消费行为同自然环境、同子孙后代的利益相联系,倡导一种环境和生态系统能够长期承受的与环境友好的消费行为,既符合物质生产的发展水平,又符合生态生产发展水平的生态化消费模式,有利于经济的持续增长,可以使人们赖以生存的环境得到保护和改善。它并不是过度消费和消费不足二者的中间状态,而是一种全新的消费模

---

[1] [美]卡洛琳·麦茜特:《自然之死》,吴国胜等译,吉林人民出版社1999年版,第327页。

[2] 曾繁仁:《生态美学导论》,商务印书馆2010年版,第366页。

式，不仅要满足物质和精神的正常需要，也要满足生态系统的需要。可以说，消费观的革命，从深层次意义上更是人类的一次道德伦理革命。作为儿童，不仅要享有消费的权利，确保自己的正常生存，而且还要履行保护生态的义务。在卢颖的《看得见风景的兔子洞》中，两种不同的生活追求形成了鲜明的对比。每到周末，灰兔、田鼠、獾、青蛙都在长耳朵兔子家做客，灰兔太太羡慕长耳朵兔子家的大房子，于是放弃了聚会的时间去不断扩大自己的洞穴，而当其他的动物看到这么漂亮的房间时，也争相去模仿，对于大房子的盲目追求让动物们无暇享受生活，时间都花在挖洞上，而且追求的越来越高，不仅要够住，还要够大；不仅要够大，还要够漂亮；不仅要够漂亮，还要有窗子能看到小河……这样停不下来的生活让他们远离了聚会，远离了曾经轻松愉快的生活："以前，小动物们都在春天把洞挖好，在秋天时，再把房间做得更结实更暖和，好过个舒服的冬天。但现在，连着夏天，那些原本属于聚会、表演、哈哈大笑的夏天的夜晚，大家都忙的没空出门，甚至连萤火虫晚会都没有谁感兴趣了。"（卢颖《看得见风景的兔子洞》）不停地挖洞的过程也是他们对物质盲目追求的过程，在这个过程里，它们逐渐发现只有回归简单的生活，才能找到曾经的欢乐。当最先挖洞的灰兔夫妇重新回到以前的小房子里时，"灰兔先生很想告诉长耳朵兔子，它自己挖的那些洞，至少有十个是窗户正对着风景，但它从来没时间去看风景，因为它总是忙着要挖下一个洞。"在对挖洞的追求中，每一个动物都是疲惫的，回归了旧时生活的灰兔先生终于可以安稳地入睡了。"好累好累啊，自从上次聚会以来，灰兔先生已经很久很久没有睡得这么沉了。"（卢颖《看得见风景的兔子洞》）在如此奢侈的消费观的推动下，人不再能够享受到自然带来的心灵的愉悦，却只能在对物质的追求中体会到形式和欲望的片刻满足，所以作品中的兔子们只关注别人家房子的样子，而不关注自己的生活质量，这种奢侈的消费观带来的是更为忙碌和紧张的生活，带来的是对自然资源被大量消耗的不屑一顾。在自然面前，对物质需求做到合理节制，就能减轻对身边自然的生态承载压力，以一种积极乐观、豁达开朗的精神投入生活、享受生活，这是作者想要传达给儿童的积极的生态观和消费观。

卢梭也曾提出把人类的发展限制在自然所能承载的范围内的主张,他说:

> 人啊!把你的生活限制于你的能力,你就不会再痛苦了。紧紧地占据着大自然在万物的秩序中给你安排的位置,没有任何力量能够使你脱离那个位置;不要反抗那严格的必然法则,不要为了反抗这个法则而耗尽了你的体力……不要超过这个限度……[①]

在党的十八大报告中,也提出了"节约资源是保护生态环境的根本之策"的理念,节约资源正是为了给后代留下可用的资源。这就需要人类在以后的生存过程中、在与其他生命分享自然资源的过程中,思考自己的行为是否给野生动植物的基本生存带来了负面影响,是不是给大自然留下了可以继续发展的空间。在这个基础上,人类才能把对自然的掠夺减少到最小化,这是对其他生命价值的肯定,对其他生命的福利的考虑,也是生态伦理的基本要求。在牧铃的《丹珂的湖》中,苇子捕鱼的时候会把捕到的母鱼放生,因为大家都明白:"这是条母鱼,一年能产好多好多鱼子,不能捕。"(牧铃《丹珂的湖》)留下母鱼有利于鱼类的繁殖,人类也给自己留下了生存余地。王一梅的童话《米粒和糖巫婆》中,兔子卡萝每年都吃响铃铃草,可从不吃它们的根,只吃掉一些叶子。自然对人是慷慨的,它会满足人为改善基本生存条件而利用自然资源的权利,但要限制人类无限的贪欲。兔子对草、人对鱼并不吃尽吞绝,是因为他们懂得尊重对方的生存权和成长权,懂得在索取资源的同时保护资源,"如果我们不能持久地和节俭地使用地球上的资源,我们将毁灭人类的未来。我们必须尊重自然的限度,并采用在该限度内行得通的生活方式和发展道路"[②]。如同黑鹤的《驯鹿之国》中,芭拉杰依老人在进入森林之前给孩子说的:"孩子,这是森林的馈赠,我们世代取食,但从不会折断枝条,明年还会有新的草药生长。"(黑鹤《驯鹿之国》)自然

---

① 王诺:《欧美生态批评》,学林出版社2008年版,第76页。
② 唐筱清:《浅析我国人口·资源·环境与持续发展的关系》,《学术交流》1997年第3期。

提供给了人食物，而人如果不加控制地去猎取，实际是一种杀鸡取卵的行为，黑鹤在作品中痛心疾首地批判着那些把猎枪对准孵蛋的野鸭、刚生下来的幼崽、正在哺乳的母狼、正在繁殖期的动物的人们，批判他们这种终将自取毁灭的猎杀行为。儿童文学作家们试图把人类社会的发展、经济的增长、物质的需要放在生态系统可以承载的限度内，以维持整个人类的长远生存利益和根本利益为道德准则，保障后代享用能够持续生存下去的自然环境和资源。正如美国生态理论家大卫·雷·格里芬所说：

> 我们必须轻轻地走过这个世界，仅仅使用我们必须使用的东西，为我们的邻居和后代保持生态的平衡，这些意识将成为常识。①

适度消费要求我们在进行生活消费时，顺应人与自然、社会经济发展与自然环境协调发展趋势，因为"人的生命只是地球生物圈自然秩序的一个有机部分。人的存在的一个最基本的特点，就是他是一个生物物种的成员。任何其他生物都起源于一个共同的进化过程，而且也面对着相同的自然环境。我们与其他生物是密不可分的，我们作为地球生命共同体的平等成员的资格，是与其他生物共享的"②，"我们必须尽力找到解决人类与非人类生物冲突的优先原则，这一优先原则并没有把更大的内在价值分配给人类，而是考虑到所有团队都有同等的内在价值"③。自然并不能被人认为仅仅是实现人类目的而被消费、剥削和控制的地区，人也不能对自然存在一种统治的思想，而是应该将其看作是可以与其他生命共享的领域，保证自己的基本利益和动物的生存利益的做法才是符合可持续发展的适度消费的做法。王一梅的童话《国王的爱好》中的国王认为他人生的最高理想就是去收集各种奇怪的东西，他倾尽全力地想要

---

① [美]大卫·雷·格里芬：《后现代精神》，王成兵译，中央编译出版社1998年版，第227页。
② 余谋昌、王耀先：《环境伦理学》，高等教育出版社2004年版，第257页。
③ [美]保罗·沃伦·泰勒：《尊重自然：一种环境伦理学理论》，雷毅等译，首都师范大学出版社2010年版，第167页。

收集国内唯一一只鸭嘴兽,于是指挥人们挖池塘、养鸭子、种草,用尽各种办法来寻找和引诱,当鸭嘴兽真的来了的时候,国王却突然发现了与动物们在一起享受美好环境的满足与快乐,王一梅的作品在浅浅的快乐背后却蕴含着丰富的生态思想,当作品中国王对鸭嘴兽的引诱过程成为变相地恢复自然生态的过程时,人们在其中发现了自己狭隘的价值观,发现自己对物质的占有并没有比与其他生物一起分享来得更加快乐。"国王问胖大臣:如果你是一只胖兔子,喜欢这样的草地吗?直到胖大臣说喜欢,他才停止种草。有一段时间,国王喜欢做鸟窝。他问瘦大臣:如果你是一只瘦鸟,会喜欢这个鸟窝吗?直到瘦大臣点头了,他才停止做鸟窝。所以现在古拉国的大街上,兔子在路边吃胡萝卜,小鸭子排着队过马路。一切都那么美好。"(王一梅《国王的爱好》)这种美好的情景是建立在人对动物尊重的基础上的,是建立在人放弃了贪婪的物欲的基础上的,作者从改善儿童的消费观入手,批判对于物欲的盲目追求,试图建立一种绿色环保的消费模式,提倡一种适度的、共同发展的生活追求,国王为动物们所做的一切也暗示着作者对于人与自然共存关系的期待,通过国王的行为来告诉儿童只有与其他的生命一起分享,才能带来精神的愉悦。

> 通过这种方式,我们能与地球生命共同体的其他成员公正的分配地球上有益的资源。我们的目标是:是野生动物和植物都有可能展现自己的自然存在,同时与人类文化并肩进行。[1]

在与自然的共处中,在与其他生命的共同发展中,学会尊重自然、保护自然,将人类与自然融为一体,倡导适度消费,克制不合理的消费欲望,有利于人类形成可持续发展意识,有利于维护和实施与可持续发展相关的制度,最终有利于人类社会的进步与发展,这是人类理性选择和道德自律的结果,是人类发展生态文明的必然要求。

---

[1] [美]保罗·沃伦·泰勒:《尊重自然:一种环境伦理学理论》,雷毅等译,首都师范大学出版社 2010 年版,第 185 页。

随着生态环境的日益破坏，人类的生存环境的日益恶化，人们开始意识到：如果没有了自然环境的庇佑，如果地球上只剩下人类，那么人类的生活也将陷入困境。适度消费的提出是人类在消费活动的实践过程中逐渐形成新的消费方式和价值理念，是人类在承认并尊重生物和自然界价值的基础上，把自然界中的其他生命都看成人类的朋友，承认并尊重它们生存的权利，与他们一起分享生存资源，从而达到改善地球生态系统的目的，改变人类中心主义的价值观，把尊重、权利和义务等人与人之间的道德准则扩大到人与自然的相处中去，真正实现生态环境的改变与社会的可持续发展。简单的生活、适度的消费本身并不是目的，而是要以物质生活的简单换来精神生活的最大富足。如果在物质生活方面只求满足最基本的需要，人可以活得更从容、更轻松、更充实、更本真，避免在物质的罗网里苦苦挣扎，被异化为工具或者工具的工具。儿童文学作家倡导这种以健康、环保、简约的生活方式为主的消费理念，帮助儿童从物质奴役的魔掌下解脱，重建简朴、美好、有品质的生活，回归生命本真的状态，让心灵自由地呼吸。

第二节 "儿童生活"的回归

在科技和工业文明的大力倡导下，人们希望从自然中汲取无尽的宝藏，征服和战胜自然，从而展示人类无穷的智慧，体现自身的价值，殊不知这些工业文明成果的获得却是以牺牲人的自由幸福和对自然的破坏为代价的。在以"数字"和"速度"为衡量指标的今天，社会和发展节奏过快，带来了诸多的负面问题，当从大自然中获得的野趣和闲情逸致离我们越来越远，儿童心理问题和精神问题的发生年龄越来越小的时候，这些都不得不让我们去反思到底怎样做才是尊重儿童的独立生活，怎样做才是顺应和满足儿童本能的兴趣，到底要不要为了他们未来的"幸福"而牺牲掉他们童年的幸福。动物天性中最迷人的部分是动物们对自由不羁的追求，它们绝对听从本能中的生命律动，遵循那些神秘的遗传密码，千万年保持着野性原始的生命状态，儿童是最接近自然的生命存在，他们与动物一样在天性中有亲近自然和亲近动物的特点，他们本应因为未受社会的熏染而具有神圣的灵性，并在与自然的亲近中实现自身的成长。但目前现代化的发展让儿童的生活节奏加快，远离了属于自己的"儿童生活"，被囚禁在钢筋水泥的城市中疏离自然的生活导致了他们身上的"自然感性"无法得到应有的发展。而且，随着时代的发展和独生子女比率的增大，父母们敏锐地意识到新的时代提出了新挑战，现实中越来越多的现代家长重视家庭教育，但他们对儿童的期望值却往往脱离儿童的实际发展，违背正常的成长规律。在被异化的价值观和无形的压力下，他们的视角变得单一，思想被禁锢、想象力被扼杀，进一步导致了他们成长状态的改变、情感的缺失和精神生活的危机。

在全球生态环境日益恶化的今天，提倡与环境友好的精神消费，诗意地栖息于地球之上，就需要人们追求更为高尚与健康的生活方式，确立一种精神完善与环境关切相结合的生活态度。生态伦理学倡导"回归自然"的生活方式既是指对自然环境的回归，也是指受到压抑和异化的人对自己天性的回归，这两个方面是相辅相成的，在回归的过程中人类找寻着自己的精神家园，儿童也找寻着属于自己的生活状态和成长状态，人与自然和谐相处，融为一体。与张扬消费文化相反的生态的人生观念就是简单生活，提倡儿童回到"儿童生活"状态可以使儿童匆忙的前进步伐慢下来，回到充满游戏的无所事事的生活状态，有充足的时间和空间去享受与自然的相处、享受自己的成长。对于儿童来说，这种回归自然、回归儿童天性的生活是一种成长本身所需要的轻松和谐的意境，更符合他们的身心成长特性，有助于儿童的个性自由和全面发展。儿童文学是"儿童"的文学，关注儿童的生活本身，新时期的儿童文学作家们站在儿童的立场上，承认和尊重儿童的人格与权利，维护宝贵的儿童天性。他们敏锐地发现了物质欲望对人精神的异化，同时反对科学理性和物质文明对正常人性的摧残，作家通过对不合理的生活状态的纠正和贴近自然的生活状态的倡导来呈现儿童独特的审美心理与成长特性，还原真正的"儿童生活"状态。秦文君、曹文轩、牧铃等作家在创作时注重从儿童的成长入手，提倡儿童用平和淡然的心情去生活，在符合他们成长的自然状态中展现儿童生命的自然之美。作家通过对自然的尊重与敬畏，通过对自然万物所包含的灵性的感悟，通过与自然的对话，使人不断摆脱工业文明与科学理性对灵魂的压抑与扭曲，恢复儿童的童心与淳朴的特质，恢复他们原有的想象力和同情心，实现对儿童真正的尊重、理解和关爱之情。

一 "自然感性"生活的肯定

人们在实践过程中，通过自己的肉体感官（眼、耳、鼻、舌、身）直接接触客观外界，引起许多感觉，在头脑中有了许多印象，对各种事物的表面有了初步认识，这就是感性认识。感性认识是认识的初级阶段，是人们在实践的基础上，感觉器官对事物的现象、外部联系和各个方面的认识。感性认识包括相互联系、循序渐进的三种形式：感觉、知觉和表象。自然本身是五彩斑斓、生动逼真的，人作为自然物种之一，每时每刻都在参与着自然的发展，并与自然界中的万物和谐相处，这样的生存状态才符合人的本真状态。儿童与成人是不同的，儿童是感性化的人，感觉是儿童的第一位导师，年纪越小，感知的需求就越大。"自然感性"是儿童对于自然的独特感性体验，是儿童认识事物的全体、本质和内部联系的基础，是理性认识的初级阶段，通过"自然感性"的发展，才能保持对自然的亲近之情，才能正确认识自然与人的关系，形成正确的自然观，这不仅是儿童生命中不可缺少的发展阶段，同样对他们的成长和自然观的形成具有重要的意义，也是生态伦理意识形成的基础和关键。因此，要让儿童们回到自然中去，在自然中游戏、享受、成长，通过身体感知获得对世界、生活的认识体验，使他们的发展获得身心统一，这已经成为新时期儿童文学作家创作的共识。

人类文明、科学技术是一把双刃剑，在给人类带来舒适和方便的同时，也给人们带来了焦虑和不安，扼杀人的灵性，工业化和科学的发展不断强化着人对物质欲望的追求，把人沦为工具的工具和技术的奴隶。工业革命导致了精神的污染和人性的异化，而科学和理性又抹杀了人的正常情感，随着理性思维的支配，自然在人类的心目中逐渐变为一种可以被利用的资源和可以被控制和支配的对象，这种理性认识助长了人类的物欲与私欲，而现代化的生活又让人们忙于对物质的追求，远离了自然，人们"既不懂得小鱼在水中优哉游哉的快乐，也不懂得鲜花在原野中吮吸朝露的惬意，更不懂得星星在夜幕苍穹中微笑闪烁的欣喜"①。这样的生活同样也让儿童深受其害，生活在城市中的儿童受到了来自家长和社会的很多阻力，家长们生怕儿童陷入无所事事的状态中，害怕他们学不到知识和技能输在起跑线上，于是孩子们的时间被过多的学习内容塞满，成年人也以长者和智者的身份与儿童相处，自以为有权支配他们的时间，掌控他们的生活。于是，被压迫和取消了游戏时间，身体接触不到自然的儿童，感受不到阳光的温暖，听不到小鸟在春天的歌唱，他们对生命愉悦的感受消失了，远离了原本属于他们的"自然感性"成长。许多成年人至今没有意识到，儿童和自然都不是他们可以任意塑造的蜡和泥，可以任意涂抹绘画的白纸，而是具有能动的、发展着的生命体，那些他们看起来没有用的、无所事事的状态，却恰巧是儿童成长中重要、不可或缺的阶段，对儿童的"自然感性"的压抑和破坏终将导致人生的不完整。儿童在自然中的无所事事和自由散漫从来不是他们逃避工作和学习的懒惰行为，而是在享受生命中的必经过程，通过身体和感觉去了解大地、了解自我。

> 孩子的世界是新鲜而美丽的，充满好奇与激动。不幸的是，我们大多数人还没到成年就失去了清澈明亮的眼神，追求美和敬畏自然的真正天性衰退甚至丧失了。②

如果在功利的儿童教育观下儿童的童年身体和精神被扭曲了，违背了"自然"的状态，人类的发展也必将走上危险的道路。自然是精神世界和物质世界中蕴藏和谐的象征，要恢复儿童已经丧失的自然情感和感性思维，就要让他们的生活重新"返回自然"，摆脱文明和理性对人的种种束缚，享受在自然中生活的所谓"无所事事"的状态。在儿童文学作家们看来，让儿童从成长的压力下解脱出来，从快节奏的生活中慢下来，回到自然的成长状态，在与自然的友好交往、和谐共处的过程中，保持

---

① [美]亨利·梭罗：《瓦尔登湖》，徐迟译，吉林人民出版社1997年版，第106页。
② 朱自强：《儿童文学的本质》，少年儿童出版社1997年版，第79页。

对日常生活和草木虫鱼的好奇，让他们的"自然感性"得到发展，道德精神得到超越和升华，这才是忠于儿童成长的最佳方式。如同王一梅的童话《木偶的森林》中，阿汤对养鸭子的小姑娘说的："记住，游泳是鸭子的权利，你必须要他们得到鸭子应该得到的生活乐趣，这样才是爱他们。"（王一梅《木偶的森林》）

　　人本身缺乏自足与完整，只有融入自然，才能与生命根源联系，获得精神的力量，以从种种困厄、苦难中拔擢，从而使生命走向圆满。儿童的成长就像大自然的果树一样，有发芽期、长叶期、含苞期、开花期、结果期、成熟期，每一个阶段只有充分地生长了才能推动和引起每一个后续阶段上的充分和完满的发展。如果我们在它们自身固有的发展阶段提出另外的奋斗目标，其结出来的果实要么充满杂质，要么果子变形，要么青涩，要么过早地枯萎，进而导致生命能量的消失。朱自强曾提出"童年生态""身体生活"等概念，这些概念的形成都源于对于儿童现状的反思和对儿童成长规律的遵循，儿童文学作家们重新审视儿童这种以身体接触为主的生活状态，把他们的身体从城市中解脱出来，贴近自然，获得精神的愉悦，体现出一种"儿童本位"式的对自然的感性体验方式。

　　　　如果儿童文学真正是以儿童为本位的话，那么与成人社会对儿童的要求相比，儿童文学更应该倾听来自儿童生命欲求的心声。当两者发生矛盾冲突时，儿童文学理应站在弱者一方。给儿童以拥有自己人生的权利，鼓励儿童从容不迫的享受童年的幸福，满足并发展儿童的生命欲求和愿望——以儿童为本位的儿童文学是给儿童以快乐的文学。[①]

　　因此，作家们批判那些让儿童远离自然的快节奏生活状态，他们从儿童生活的独特性出发，提倡放慢生活的节奏，用符合儿童成长规律和生长特性的眼光来看待他们，让他们的生活和游戏中心贴近自然，在与自然的亲密接触中使身上"自然感性"的特点得到充分发展。针对儿童

---

① 王诺：《欧美生态批评》，学林出版社 2008 年版，第 44—45 页。

不同阶段的过渡期、每一个阶段的生命特征，作家们提倡儿童回归人的自然天性和童年本性，试图在自然的熏陶下满足他们成长过程中每一阶段的成长需求，在快节奏的城市生活中找到更加贴近儿童本身的生活状态，重建人与自然的和谐共生。在台湾诗人张文亮创作的《牵一只蜗牛去散步》中，作者就批判了那种只求速度不求内涵，只求结果不重过程的"快速成长"的教育理念。在这首小诗中，作者用蜗牛展示了一个慵懒闲适的世界，作者形象地把对儿童的教育比作是牵一只蜗牛去散步，儿童就像一只蜗牛一样缓慢地在成长着，可在大人眼里，他们仍旧是走得太慢了，"我催它，我唬它，我责备它，蜗牛用抱歉的眼光看着我，仿佛说：人家已经尽力了嘛！我拉它，我扯它，甚至想踢它，蜗牛受了伤，它流着汗，喘着气，往前爬……"（张文亮《牵一只蜗牛去散步》）儿童的成长也一样，揠苗助长，必将让他们受到伤害。作者认为长久以来，因节奏快极，人们已然遗忘了我们曾经的慵懒闲适，还有对生活和自然的爱，诠释了人类灵魂在自然中的纯真、善良。儿童的生活就像蜗牛一样应该慢慢地向前走，在这种符合成长规律的节奏中享受身心的悠闲。

儿童不是匆匆走向成人目标的赶路者，他们在走向成长的路途上总是要慢腾腾地四处游玩、闲逛。[①]

儿童只有在世俗的生活中静下心来体会自然的美好、体味生活的滋味，才能获得健康的成长。就像小诗的最后写的："咦？我闻到花香，原来这边还有个花园，我感到微风，原来夜里的微风这么温柔/慢着！我听到鸟叫，我听到虫鸣/我看到满天的星斗多亮丽/咦？我以前怎么没有这般细腻的体会/我忽然想起来了，莫非我错了/是上帝叫一只蜗牛牵我去散步。"（张文亮《牵一只蜗牛去散步》）儿童向我们展示出生命中最初最美好的一面，弥足珍贵。儿童的眼光是率真的、视角是独特的，家长不如放慢脚步，把自己主观的想法放在一边，陪着孩子静静体味生活的滋味，倾听孩子内心声音在俗世的回响，给自己留一点时间，从没完没

---

① 朱自强：《儿童文学的本质》，少年儿童出版社1997年版，第79页。

了的生活里探出头,这其中成就的何止是孩子。就像"康科德的镇民无论如何都无法明白,梭罗这个人怎么能整天晃荡在池塘边、田野上和森林中,把大好时光浪费在一朵花、一棵树或一只癞蛤蟆的身上,不是懒散、无所事事又是什么呢?"①而对于儿童来说,正是因为这种无所事事的状态才能让心灵获得解放,才能有充足的时间和空间去发挥想象力和创造力,开创出新的天地。这样的生活状态对儿童的成长是极为重要的。相反,如果儿童的时间全部被功利主义的学习占满,他们将享受不到儿童时期独特的快乐。可以说,人在无所事事的时刻,正是想象力和创造力滋生萌芽的时候,儿童的成长也需要这样一种与自然相融合的、悠闲的、毫无压力、看似无所事事的状态,才能用身体的每一个部分细细感受自然的韵律,用心灵去认真感觉,这些是书本、电脑和城市中被禁锢的生活无法提供给儿童们的。

儿童时代是人的一生中最富于想象力和感受性的时期,他们对于自然中的声音、气味、温度和颜色都有着不同寻常的敏感,在与自然的接触中他们可以尽情地享受树木、花朵、云霞、溪流、瀑布以及大自然的美好,将身心融入大自然中获得成长和快乐。陶渊明在《桃花源记》里所描绘的人与自然和谐相处的生活状态一千多年来一直被人们向往,"林尽水源,便得一山,山有良田美池桑竹之属,阡陌交通,鸡犬相闻。"(陶渊明《桃花源记》)大自然的田园风光如此之美,人的心情变得从容淡然,竟然连时间都忘记了,不知今昔是何世。可见,孩子们一定要到大自然中去,只有如此他们才能得到一颗"更加天真无邪和高贵淳朴的心,这种心灵是他们日后成为智者的源泉"②。生命本体与自然的疏离成为现代社会里人的精神疾病的一个重要根源,自然生态和心灵生态都因为物欲横流而惨遭破坏,与其在生态危机的城市中苟延残喘,不如听从大自然的召唤,走进大自然这个生态教育的天然课堂,在忘我的境界中领悟生命的真谛,这是儿童文学作家们在他们的作品中试图给儿童诠释的生命存在理念。所以,儿童文学家们提倡儿童回到这样和谐的自然中

---

① 王诺:《欧美生态批评》,学林出版社2008年版,第195页。
② 江山:《德语生态文学》,学林出版社2011年版,第79页。

去，以一种自然的状态成长起来，避免受到现代文明中那些负面的、病态的东西的污染。在《桃花·鸬鹚·鳜鱼》中，人、水、鸟、鱼悠闲的生活意境带给人无穷的安宁，"黄梅调的山歌悠悠的，似小雨中的落花，也似洋洋洒洒的流水。远处是隐隐约约的童年，近处是那条一清见底的溪和巧妙地剪贴在水天衔接处的渔人、鸬鹚与那条小船。"（陈所巨《桃花·鸬鹚·鳜鱼》）江南水乡的意境跃然纸上，一方面，自然界因为人的真、善、美更富灵性；另一方面，人本身就沉浸在自然中，从生机盎然的自然万物里感悟造物主的智慧。在金波的《追踪小绿人》中，小晓是个"小绿人"，她纯洁无瑕、心灵澄澈，既没有世事烦恼，也没有私心杂念，这个源于自然的女孩架起了"小绿人"与人类之间，特别是与儿童之间的桥梁，她带儿童们去看萤火虫、去感受与花朵的对话、触摸大树的心跳。回到自然中的儿童再一次感受到了来自自然和"小绿人"身上纯净的美，满足了自身感性的发展需要，在自然中他们学会了去爱，也学会了用心去感受。在作者看来，人是大自然中的一员，只要能与大自然融合在一起，人就能获得精神上的力量，消除心灵上的一切痛苦。在梭罗看来，人的发展绝不是物质财富越来越多地占有，而是精神生活的充实和丰富，是人格的提升，是在与自然越来越和谐的同时人与人之间也越来越和谐。作者认识到，在与自然的交流中才能感受自然的灵性和智慧，只有回归自然母体，才能获得心灵的动力和精神上的慰藉，才能更好地与自然融为一体。在牧铃的《丹珂的湖》中，丹珂的外婆在对孩子的教育上崇尚的是"一寸光阴一寸金"的理念，"原打算吃了饭要带丹珂回家过年的妈妈顿时改变了主意：让丹珂在这儿多待一天，就能多学点儿东西。离开学不是还有十多天吗？别把这段光阴浪费掉了！"（牧铃《丹珂的湖》）"一寸光阴一寸金，对小孩子尤其重要。"（牧铃《丹珂的湖》）在外婆的教育方式下，我们看到的是会做题、会认字、知道 20 种作文开头和结尾写法的丹珂，可在爷爷亲近自然的教育方式中，我们看到的却是想象力飞扬的丹珂，作文水平的大幅提高，哪种方式对于一个儿童的成长有利，哪种生活更令人向往，已不言而喻。而且，丹珂爷爷的教育方式与外婆的教育方式刚好是相反的，爷爷主张回到自然中去游戏，而外婆主张的却是在家里一切以安全、稳妥为主循规蹈矩的生活，但是这样的生活却是不健康的,"奇怪的是外婆干瘦,苍白又患着高血压、糖尿病,看上去怎么也没有苇子他爷爷奶奶健康。苇子的爷爷比她外婆还大十多岁"(牧铃《丹珂的湖》)。崇尚健康并不只是关在家中,注意各种指标,而是回到与人融为一体的自然中去,感受自然气息带给人的益处。

尽管不同的作家扮演角色、关注视角、审美体验各不相同,但他们所推崇的生活状态和从他们作品中所传达的乡村生活带给儿童无穷的生活趣味,带给儿童一种和睦、平淡的生活氛围,让儿童的天性和本性得到充分的发展和发挥,寄托了作家追求自由精神的审美体验和对儿童生存的终极关怀,以及寻找"诗意的生存"的不懈努力。在《生活的艺术》一书中,林语堂说:"让我和草木为友,和土壤相亲,我便已觉得心满意足。我的灵魂很舒服地在泥土里蠕动,觉得很快乐。当一个人悠闲陶醉于土地上时,他的心灵似乎那么轻松,好像是在天堂一般。事实上,他那六尺之躯,何尝离开土壤一寸一分呢?"(林语堂《生活的艺术》)在湘女的笔下,那些生活在云南偏远的乡村中的儿童拥有着无尽的快乐,我们看到了儿童在自然中的奔跑,看到了村民秋收后的喜悦与幸福,还有什么比这种生活状态更悠闲自在、更让人向往的呢。《南瓜小子》里所呈现出的在大山中种南瓜的随意生活让人心安,儿童学习之余去野地里寻南瓜的生活引人遐想,南瓜的丰收带给人们无限的满足与快乐。还有面对月亮大声喊叫的孩子们、竹林中奔跑的儿童、种植豆豆花儿的儿童、用朴素的凤仙花染红指甲的女孩们,都让人感受到那份原本属于儿童的纯真。作家笔下的这些童年生活氛围是淳朴的、悠闲的,没有城市生活中时间的紧迫、老师的训斥、学习的重压,儿童与自然融为一体,充分享受自由的生活。就像作者说的:"人们生活的真诚而朴实,整个人生就像一首对自然和生命的赞美诗。"(湘女《南瓜小子》)迟子建在《五花山下收土豆的人》中对于种土豆、刨土豆的野趣和人与人之间其乐融融的氛围所流露出的充满东北深山气息的美让人沉醉:"土豆地都在山下开阔的平地上,所以起土豆累了,就可以坐在地上欣赏五花山。这时候再鲜艳的鸟进了森林,也会慨叹自己的羽毛不如树叶绚丽。山峦此时就是一幅连着一幅的流光溢彩的油画,会看醉了你。所以当你再低头刨出一墩土豆时，就觉得那大大小小的土豆不是乳黄色的了，而是彩色的了，看来丰富的色彩也会迷了人的眼睛。人们回家的时候，手推车上麻袋的缝隙中往往插着一枝小孩子歇息时跑到山上折来的色彩纷呈的树枝，它像一枝灿烂的花，把秋天给照亮了！"（迟子建《五花山下收土豆的人》）在这样优美的环境中，甚至连劳作都充满了美感，"溜土豆的都是如同我一样的孩子，大人们是不屑做这种活的。我每年都要去溜土豆，其实家里并不缺那点土豆，我只是喜欢在光秃秃的大地上再打捞一份惊喜罢了。那感觉很像是在寻找宝藏。"（迟子建《五花山下收土豆的人》）自然是人类的诗意的栖息地，人在大地上劳作，大地为人提供粮食，这是一种和谐的生存意境，去自然中感受劳动的快乐，感受与自然融为一体的愉悦，才能促使儿童成长为真正的人。迟子建曾说：

  我觉得自然对人的影响是非常大的，我一直认为，大自然是这个世上真正不朽的东西。他有呼吸，有灵性，往往会使你与它产生共鸣。[①]

  在她看来，长久以来，因节奏快极，人们已经快要遗忘我们曾经的慵懒闲适，还有对生活和自然的爱了，这种在自然中自由和快乐的感觉，是儿童和成人都值得拥有的。对于儿童来说，学习不只是学习知识，还包括从生活的各个方面来感悟成长，特别是贴近自然的生活方式，能够使他们的成长更加完善。就像在金波的《追踪小绿人》中儿童所描绘出的他们理想的学习场地："有的同学说：要把教室建在山坡上，可以登高望远，开阔心胸。有的同学说：要把校园建在泉水附近，可以畅饮清泉，聆听泉水叮咚。有的同学说：要把校园建在森林里，与飞禽走兽为伍，享受氧吧。有的同学说：我们干脆废除教室，席地而坐，仰视蓝天……"（金波《追踪小绿人》）相信在这样的校园里生活，儿童感受到的不是升学的压力，而是身心的统一。从城市到乡村的儿童更能深切地体会到自然带给他们心灵和身体的触动，在王巨成的《她就是马菊花》中，从城

[①] 方守金：《以自然与朴素孕育文学的精灵——迟子建访谈录》，《钟山》2001年第3期。

里来到乡村的秦苏玲"看惯了城市的高楼大厦,身处绿色的田野,秦苏玲身心有着说不出的舒畅,她的眼睛亮亮地看着眼前的一切,满眼的绿呀,疏疏淡淡的绿是水稻苗,郁郁葱葱的绿是环抱村庄的树木,翠绿翠绿的是大豆玉米,清亮的池塘、小河在阳光照耀下像是点缀其间的宝石。大自然真好!乡下真美!"(王巨成《她就是马菊花》)这是主人公发自心灵的感叹,也是心灵在贴近自然后的舒展。这种回归田园式的生活不是要求儿童像梭罗一样归隐在自然山水中,而是呼吁儿童从物欲的横流中脱身出来,有更多的时间与自然交流,从而提升自己的精神追求和美学品位,这才是简单生活的现代意义。正如卢梭所说:

> 大自然希望儿童在成人以前就要像儿童的样子。如果我们打乱了这个次序,我们就会造成一些早熟的果实,它们长得极不丰满也不甜美,而且很快就会腐烂;我们将造成一些年纪轻轻的博士和老态龙钟的儿童。我宁愿让一个孩子到十岁的时候长得身高五尺而不愿他有什么判断的能力。[1]

在已全面进入图像时代的今天,儿童是在凌驾于自然之上的"玻璃盒"中长大的,当他们倾心于网络世界而无暇与大自然对话,缺乏对生命的深刻参与与思考,缺乏一个能用心灵体验的"地方"而出现生长中的"生态失衡"时,儿童文学作家们用他们作品中生态的、联系的观点去唤起儿童内心深处的想象力,让儿童体验着面对宇宙的畏惧,惊讶着生命的神秘和美丽,在感知生命的意义中获得人类与大自然之和谐的真谛,促使儿童生活状态的改变。正如梭罗在《瓦尔登湖》中论述的那样:"一个人花了生命中最宝贵的一部分来赚钱,为了在最不宝贵的一部分时间里享受一点可疑的自由"[2],这从一个人的成长过程来看显然是得不偿失的。儿童在自然中感受美、学习和成长,从而信任自然、热爱自然,达到自然与人天然的融合,乃至最后达到海德格尔生态整体主义审美:

---

[1] [法]卢梭:《爱弥儿》,商务印书馆1978年版,第119页。
[2] [美]亨利·梭罗:《瓦尔登湖》,徐迟译,吉林人民出版社1997年版,第48页。

"天空、大地、人、神"和谐一体的诗意地栖居的境界。

在生态伦理理论中，人作为自然的一个组成部分，与自然有密切的联系，只有在自然中进行交感的生活才是符合一个人成长规律的生活，因此，回归自然的生活状态，不仅体现在生活环境的改变上，同时还应该体现在生活方式的变化中。随着儿童本体的不断被重视，儿童文学作家已经意识到，以儿童为本位，就要真正把儿童当作独立的"人"，就要立足儿童的精神生命，理解和把握儿童的心理、思维特点及审美追求，在这种儿童观中，自然不能忽视的就是儿童的游戏精神。作为一名儿童，无论从人生发生阶段来看，还是从作为一个生命的存在状态来看，游戏都是不可缺少的，是一种标志性的活动。心理学家们早就说过，游戏是儿童的天性，是儿童心理和生理的本能需要和释放。但需要明确的是，这里指的游戏是儿童在自然中的游戏生活，是儿童通过身体与自然的接触而获得的体验的方式，并非当下流行的电子游戏或网络游戏，电子游戏无论是对儿童的精神或是身体的健康都是不利的。儿童通过此类的游戏来理解、体验、超越生活，在游戏中，儿童忘我地投入、放肆地玩闹和大胆地幻想，体现出的是一种本真而鲜活的游戏精神。社会学家则正在呼吁，游戏是儿童的权利。儿童就是"玩童"，儿童就是"顽童"。身心健康是当代生态伦理意识所倡导的重要方面，对儿童来说，身心的发展是统一的，游戏锻炼了他们的体能，舒缓了成长过程中的焦虑和压力，并在游戏中培养了自学能力、判断能力、创造能力、合作能力以及健康的情感和个性，使他们的身心都处于自然成长的状态。儿童喜欢游戏，"与承认把游戏作为一时的快乐生活的替代品不同，游戏之于儿童，是其生活本身，游戏的意义即其生活的意义，游戏是纯粹的生活，生活是纯粹的游戏"[1]。随着时代的发展，父母对儿童的期望值越来越高，老师和家长将学习成绩作为衡量一个儿童是否成功和优秀的标志，把占用了学习时间的游戏看成是对时间的浪费，在现实生活中，人们常常为儿童玩了整整一个假期没有学习而叹息，从儿童健康成长的角度来看，这种观念是错误的。在城市中，儿童没有了自己的空间和时间，即使有游戏的

---

[1] 朱自强：《儿童文学的本质》，少年儿童出版社1997年版，第11页。

机会，也是各种充满了暴力、情色、功利的电子游戏，这种游戏损害的不仅是儿童的身体，同时也让儿童的精神受到伤害，显然是与真正的"游戏精神"背道而驰的。我们要反思自己为了追求那些目标，错过了儿童多少幸福和快乐，牺牲了他们多少自由，这是在为一个未知的明天而牺牲他们童年的快乐。在文学中，我国很早就有对儿童在自然中游戏的欣赏和书写，南宋诗人杨万里的儿童诗曾记录了儿童在春暖花开的季节里，与大自然游戏的场景："篱落疏疏一径深，树头花落未成阴。儿童急走追黄蝶，飞入菜花无处寻。"（杨万里《宿新市徐公店》），蓝天白云的辽阔，绿色原野的广袤，花草虫鸟的情调，尘沙水石的趣味让他们尽情地享受这自然赋予的恩惠，并从中产生许许多多的惊奇、疑惑，儿童在大自然中游戏，他们的想象力、探索兴趣、智慧和个性在欢乐和喜悦中发展起来，身心与自然相映成趣，融为一体。

自从班马在 1984 年的首次全国儿童文学理论座谈会上提出探讨有关游戏精神以来，对"游戏精神"的研究探讨成为新时期儿童文学理论的重要课题。"文化大革命"过后，以班马为首的儿童文学作家提出了"野出去"的号召，这种对于教育体制的逃避，更多地表现出了对于处在生命源头的儿童的自然本性的回归，特别是释放了儿童的游戏天性，展现出勃勃的生机。

> 让孩子在大自然中，通过跳跃小溪，发现超越的意味。[①]

作家们认识到，在自然中的游戏才能释放儿童的想象力，而也只有通过亲身体验自然和开发想象力才能让儿童领悟自然背后的灵性，因此，对于接触自然的游戏的肯定，也是对儿童生存方式的肯定。朱自强认为：

> 这样的身体教育中，也许不能得到书中的那么多知识，但是，他赢取的是一种学习的真正方法，是一种本源的东西和完整性的系

[①] 朱自强：《中国儿童文学的走向》，少年儿童出版社 2006 年版，第 213 页。

统，是使知识称其为知识的转化能力。①

这是儿童天性的表现，是儿童自发的活动，体现了儿童的自由心向。新时期的儿童文学作家们常常回忆起自己幼时无拘无束的游玩，向往在山野、树丛驰骋的快意，感叹当下儿童生活的拥挤和艰难，他们认为接触自然的身体游戏是儿童的权利，拥有这样游戏的童年才是完整和健康的童年。他们在作品中把儿童的游戏放在包括森林、海洋、沙漠、田野等奇妙大自然所组成的客观世界中，让他们在这里体会成长和成熟。在郑渊洁的《皮皮鲁和鲁西西》《舒克和贝塔》等作品中，皮皮鲁、鲁西西对于压迫性的学习方式深恶痛绝，皮皮鲁常常说："我看，小时候能规规矩矩上学的少。那些所谓的神通，长大了有几个有出息的？""当你意识到你的东西不再属于你时，你的生命就没有了质量。"（郑渊洁《舒克贝塔和歌唱家》）这个类似彼得·潘一样的人物反对家长和老师对儿童的压迫，他自己会骑着绑着鞭炮"二踢脚"的竹竿飞上天，在云端里调皮地拨快地球之钟，吹着泡泡糖像乘着氢气球一样在空中游玩。在这些游戏中的儿童们身心健康，生气勃勃，充满生命力。爱默生说：培养好人的秘诀就是让他在大自然中生活。亲近自然是儿童的天性之一，而自然也是儿童不受任何束缚自由游玩的天地。鲁迅先生曾说过：

> 孩子是可以敬服的，他常可以想到星月以上的境界。想到地面以下的情形，想到花卉的用处，想到鱼虫的语言，他想飞上天空，他想潜入蚁穴。②

我们通过观察可以发现，世界上没有哪个儿童不喜欢在小水坑中踩出水花、在石堆上用力攀登，在成人看来又脏又有危险的活动却带给他们无穷的乐趣。一个小孩可以漫无目的地疯狂奔跑，可以为了寻找一只甲虫而上山下河，可以在踢石子、刨土坑中与大自然亲密接触并获得快

---

① 朱自强：《中国儿童文学的走向》，少年儿童出版社2006年版，第213页。
② 鲁迅：《且介亭杂文·看图识字》，载《鲁迅全集（第六卷）》，人民文学出版社1981年版，第43页。

乐,这是儿童向往自由的一种内心渴求,也是对成人的价值观的一种颠覆。古代诗人王阳明曾说:"大抵童子之情,乐嬉游而惮拘检,如草木之始萌芽,舒畅之则条达,摧挠之则衰萎。"(王阳明《训蒙大意示教读刘伯颂等》)儿童在游戏中,满怀兴趣地模仿着周围生活以至成人世界的一切,他们和自然的、社会的、有生命的、无生命的一切事物进行对话,他们靠自己独特的想象方式,创造出一个天真烂漫的、奇妙无穷的、充满童话色彩的世界。在牧铃的《城里表哥和乡下表弟》中,两个来自不同生活环境的儿童一同享受着野外山林的广阔世界,他们醉心研究各种动物现象,发挥自己所学的知识,调动所有的想象力在自然中游戏,他们进山打野猪,研究卵生的蛇蛋,破解"虎斑蛾"翅膀上的密码,用"饥饿疗法"养小兔,各种奇思妙想发挥得淋漓尽致,将自己置身于自然中,结合着现代技术的手段和自然科学取得的成果,不断地去探索自然的奥秘,体会着自然造物的神奇。湘女笔下在山野中寻找南瓜的儿童、用凤仙花染指甲的儿童、采玉荷花的儿童、在怒江上溜钢索的儿童,他们在与自然的相处中处处享受着游戏的快乐。这种生存状态呈现出的是安宁平和的美,但又不乏生命的活力。牧铃笔下的丹珂暑假被迫去上各种补习班的生活,与她在爷爷家与乡下的小伙伴们下塘捉鱼的快乐生活形成鲜明的对比,"真怪,整个暑假那么长,她有印象的却偏偏只有过得飞快的那五天,湖上和湖滩的快乐似乎无限制地弥漫开来,充实了整个漫长的暑假。"(牧铃《丹珂的湖》)孩子们在渔村的芦苇荡里扮演游击队,捉鱼、采莲、抓野兔、采蘑菇,芦苇荡成了他们有趣的乐园,"到水边潮润的沙滩上升一小堆火,把成串的毛豆或没老熟的嫩玉米、花生煨在里面,那香味,真能把野猫都引来!运气好,到芦苇丛里转转,还能拾到成窝的野鸭蛋……"(牧铃《丹珂的湖》)这些儿童梦寐以求的游戏在作者的笔下散发着致命的吸引力。儿童是天生的学习者,在游戏和"玩"的过程中,儿童探索着、体会着属于他们的世界,这些与自然亲密接触的游戏生活让儿童的想象力、动手能力得到了提高,也让他们成为一个拥有健康身心的儿童。在曹文轩的《再见了,我的小星星》中,男孩星星就是一个在山野里肆意游戏的儿童,"为了撵上一只野兔,他能领着他的狗穷追不舍,全不顾地里的庄稼,把它们踩得七歪八倒。飓风天,他爬到村东那棵高得出奇的白杨树顶上掏鹊窝。"（曹文轩《再见了，我的小星星》）儿童在大自然中嬉戏玩耍，不仅是在认识自然，更是在体验和拥有自然，自然界的灵性在传递给儿童的同时，也在构成儿童本身。就像雅姐说的那样："等你学会爱太阳，你的画就画好了。"（曹文轩《再见了，我的小星星》）这个爱捏泥巴的男孩能够充分感受到自然每一刻微小的变化，体会季节的变迁，利用自然赋予他的灵力，用泥巴捏出了他心中的世界。还有邓湘子的笔下那个背负着心理重担的沙林，与他的同学定宝从头到尾在玩着男孩之间关于尊严的游戏，"沙林已经爬到有些摇晃的树尖，喘着粗气，留着热汗。看对面的树上，定宝也爬在相同的高度上，朝自己这边看。麻叶柳的嫩叶散发着浓浓的青涩味。"（邓湘子《清明》）他们比赛爬树、吃活泥鳅、走传说有鬼的夜路，这些行动有些幼稚可笑，却散发着浓浓的属于童年的气息，儿童们在这种贴近自然野趣的乡村生活中游戏，逐渐成长、成熟，变得平和、宽容，达到一种身体和精神健全的状态，正如王泉根所说：

> 游戏精神是人类原始心理的一种间接释放，在彻底的忘我的不再受制于社会化规则束缚的游戏中，人的生命于是就进入了另一个境界——返璞归真，回归自然。[①]

儿童的发展分为三部分：身体、心灵和精神，他们的身体对事物的敏感早于知识和科学对他们的影响，儿童的心灵与精神的发展正是由身体所承载的，所以身体接触自然的游戏生活是塑造一个健康的儿童的保证。因此，身体的感觉是儿童成长的重要基础，是第一生活，而书本知识的学习是建立在身体生活基础上的第二生活，没有第一生活，第二生活也难以成立。可以说，游戏恢复了儿童用自己的感性接触来对待世界的方式，让他们的童年生活更加完整。在彭学军的《水孩子》中，"我"是一个有些自闭的孩子，在玩沙子的时候才能释放自我，展开想象，"挖一个很深的坑，捡一些小树枝架在上面，再找几张废纸或塑料袋铺在上

---

① 王泉根：《人学尺度和美学判断》，甘肃少儿出版社1994年版，第122页。

面,轻轻地盖上一层薄薄的沙子。然后我闭上眼睛,自欺欺人地装着一无所知的样子朝前走去,每次都能准确地陷在沙坑里,我很意外地惊恐地大叫一声,然后自己嘻嘻哈哈地乐上半天。"(彭学军《水孩子》)游戏是生物进化过程中出现的一种现象,特别是在高等动物的成长过程中,游戏伴随着成长和成熟。这种属于童年本身状态的游戏和行为,填补了因为父母不在身边时心里产生的自闭状态,让"我"重新成为一个健康心灵的女孩。儿童全身心地投入游戏,在天地中创造了一个自己的世界,他们从生活的被动者变为行动的主导者,按照自己中意的方式安排游戏里的一切,从而在幻想中满足他们在现实中被压抑的愿望——希望自由,不受管束,希望按照自己的意志做自己想做的一切。在曹文轩的《远山,有座雕像》中,流篱与达儿哥这两个身体有疾病的儿童在一起快乐的放风筝、钓鱼、打球,这些游戏释放了他们被压抑的心情,满足了他们的幻想,"她在草地上尽兴地跑着,风筝在空中忽上忽下地转着圈儿。春光融融,一派温暖。不一会儿,她的脸上泛起红润,有点突出的额头上,沁出了一粒粒汗珠,两片苍白的嘴唇也有了淡红的血色"(曹文轩《远山,有座雕像》)。在作者看来,在与自然接触的游戏中,引导儿童产生大量的幻想,从压力和人们的思维定式中跳跃出来,儿童在这种游戏中,不再受到来自社会的和成人的约束,而是自由自在地体验属于自己的快乐活动,使他们的被压抑的性格得到解放,弥补了他们心理上的伤害。所以说,通过游戏不仅能使儿童的身体恢复健康,还能让儿童从现实的创伤中恢复,回归到一个完整的、轻松的生命状态,成为一个内心安静、情感富足的人。承认、尊重身体生活,也就是尊重歌唱、跳跃、嬉戏的孩童的生活方式。儿童通过游戏这一安全的场所回避现实的约束,补偿现实的遗憾,在游戏和现实的不断转换中,使心理处于一种平衡的状态,并在这个过程中,不断地进行自我完善。儿童生活的大部分时间都是处于游戏的活动情景之中,或者说儿童大部分活动的参与是以游戏的形式去进行的,因为游戏,儿童才拥有一个完整的童年,拥有一个完整的童年才能拥有一个健康完整的心灵,游戏是童年的标志性的生命活动,是儿童心理和生理的本能需要和释放。遵循儿童的成长规律,除了要尊重他们的成长状态以外,还要给他们以充足的时间和空间让他们在自然内探索，这种探索的表现之一就是游戏。环境伦理学家戴斯·贾丁斯曾在《环境伦理学》中讲述过这样的一个对话："在一个夏日的早晨，我驾车行驶在乡间公路上。四岁的儿子问：爸爸，树可以用来做什么？这是个家教的好时机，我慢慢地给他讲，作为生物，它们不必对什么事情有用，但树给许多生物提供了居所，树可以使空气干净，而且它们形象高大而美丽。但是，爸爸，我知道的比你还多，你忘了一件最重要的事，树可以爬。"（戴斯·贾丁斯《环境伦理学》）在儿童的心目中，自然中的一切对他们来说都是快乐的源泉，是游戏的场所，这样的游戏张扬的是儿童与生俱来的渴望自由、向往无拘无束、尽情翱翔的自我意识，体现了人类的未来指向，是对未来社会人的自由全面发展的深情呼唤，要想让儿童健康地成长，成年人必须理解和尊重童年的生活特点，理解游戏在童年生活中的作用和地位。作为生命物种之一的儿童，每一个发展阶段都有其自身的成长规律，当今生活在城市的儿童除了网络游戏之外没什么可玩的，除了获奖之外没有什么值得骄傲的，这样的生活是不适宜于儿童健康成长的。因此，儿童在每一个阶段的生命特征，都要让他们得到充足的发展，回归轻松的成长轨道。我们看到儿童在游戏和"玩"的过程中充分展现出的童真，看到他们和自然的、社会的、有生命的、无生命的一切事物进行对话，看到他们靠自己独特的想象方式创造出的天真烂漫的、奇妙无穷的、充满童话色彩的世界，更让我们体味到那种属于童年的幸福、自由和无忧无虑的快乐。一言以蔽之，只有通过健康的游戏，才能使儿童的生活丰富多彩，才能使儿童的体质、心智得到健康的发展。

  无论是对游戏的尊崇还是对身体接触自然的倡导，作家们都是以儿童的健康成长为出发点，为他们构建一个属于童年期的生活状态，让他们从学习的压力和成人的压力中解脱出来，找到属于他们自己的成长方式，"儿童文学如果以儿童为本位，它将看到儿童期并非仅仅是为了给成年期做准备才存在，而是同时也为了自身而存在，儿童不是匆匆走向成人目标的赶路者，他们在走向成长的路途上总是要慢腾腾地四处游玩、闲逛。当儿童不是一个为了达到预定目标的赶路者，而是一个自由烂漫的，在成长的路上游玩、闲逛的人的时候，这样的童年生活就是一种为了自身的存在而发展的正常成长轨迹。以儿童为本位的儿童文学反对为走向成人目标而缩略童年的功利行为,而是将浪费时间的游玩、闲逛看作是童年期里正当合理的一种生活态度。儿童本位的儿童文学给儿童以拥有自己人生的权利,鼓励儿童从容不迫的享受童年的幸福,满足并发展儿童的生命欲求和愿望"[①]。"自然感性"的发展在儿童的发展过程中是不可缺少的一个环节,而这个环节在被钢筋水泥包围的城市中、在被学习压力包围的生活中都是无法得到充分发展的,作家倡导的顺应儿童的自然成长的理念,是对儿童的尊重与重视,也是对当下儿童生活现状的生态思考。

二 自在心态的倡导

在进入现代化阶段之前,人们可以与充满活力的自然进行随时随地的交流,呼吸自然的空气,感觉自然的阳光,得到亲近自然的机会,而进入现代化社会之后,在经济、政治、文化集中的城市中,人们承担着生活、经济发展等各方面带来的压力,距离自然越来越远,同时也带来情绪上和心态上的一系列变化。特别是儿童被围困在充满功利主义的应试教育的栅栏里,面对潮水般涌来的书本里的那些灌输性"知识",其结果将导致内心的想象世界越来越逼仄。生活环境发生了变化导致儿童的心态也随之发生变化,一种急迫的、焦虑的、抑郁的倾向代替了原本属于儿童的好奇、愉悦、平淡的童年心态。遵循儿童的成长规律、对"儿童生活"的倡导都让儿童文学作家的目光聚焦于儿童本身,他们承认儿童与成人的不同,尊重儿童内在的心态感受,除了"自然感性"生活环境的倡导,他们还赋予了儿童面对生活、面对自然的积极的心态,让他们用儿童的心态去生活和成长,这对构建生态系统的协调、平稳前进有重要的意义。

因此,新时期的儿童文学倡导儿童在繁杂的世界中始终保持一种宽容平和的心态,作家们想要告诉儿童:虽然人的一生变幻莫测,但如果有一颗自然淳朴的心,保持一种与自然万物同兴同荣的心态,顺应自然,

---

① 朱自强:《儿童文学的本质》,少年儿童出版社1997年版,第11页。

遵从规律，就能够随时融入自然，发现自然的美丽，就能获得长久生存的勇气与智慧，只有忘我地、无目的地感受自然，人们才能感悟到越来越多、越来越奇特的自然美。"生态平衡并不仅仅只大自然，一个人的肌体，有数以亿计的细胞，其实也是个宇宙，对一个人说来，首先要有平和的心态，心态平和了，生理才能平衡。"（刘先平《生育大迁徙》）因此，作家笔下的儿童能够在快节奏的生活中沉静下来，保持从容平和的心态，即使面对贫困、饥饿、寒冷，儿童仍然可以感受到月光的拂照，可以闻到花的芳香，可以感受到内心对美的向往。

> 现在人们开始认识到保护自然环境的重要意义，但只是从人的生存角度，从物质的意义着眼，而很少从心灵的意义考虑。没有得到自然的足够陶冶的心灵是有缺陷的，尤其对孩子来说。①

在湘女的《喊月亮》里，月亮抚慰了儿童的饥饿，让他们重新鼓起生活的勇气，依旧用快乐的心去生活。面对月亮的形态，饿着肚子来喊月亮的儿童"恍惚间就闻到了淡淡的甜香味"（湘女《喊月亮》），"想到几天以后就会有新米饭吃，于是大伙儿又乐，又无忧无虑地和月亮嬉闹起来"（湘女《喊月亮》），凭借对神圣大自然的感悟，儿童仍然能够在艰难的时刻拥有快乐的心情，这种精神的富足和单纯的生存观念让作品散发出独特的魅力。还有她的《乡村花语》中，阿芳在城里上学，吃的是马蹄香香花饭饼，这个马蹄香香花饭饼虽然模样不好看，却带着阿芳对大山生活的热爱，她并没有因为同学们的嘲笑而减弱生存的力量，反而坚守着自在的心态，以一种来自自然的、宽容的、平和的态度面对五光十色的城市生活。作者期待的闲适的生活方式，应该是一种宁静和谐的生态与平静恬淡的心态，没有喧嚣、没有浮躁、更没有无穷的贪婪，回归到月光、绿树、溪流、鸟鸣之中，人只有在这种自然的、未受工业文明侵扰的环境里才能保持人的天性纯真，才能获得真正的快乐和身心

---

① 萧平：《眼中有孩子·心中有未来——90年上海儿童文学研讨会文集》，少年儿童出版社1991年版，第303页。

健康。秦文君的《会跳舞的向日葵》中，围绕向日葵会不会跳舞，主人公香草经历了一系列不被信任的成长危机，向日葵泛化成为一种存在于儿童心底的爱、希望、温暖的象征，就像香草每天清晨都和亲爱的向日葵诉说的愿望一样："花儿，花儿，你芬芳的花瓣多美丽……花儿，花儿，轻拉着我的手来唱歌吧。花儿，花儿，一起跳舞多快乐……她感觉那些向日葵袅袅婷婷，已经在风中开始翩翩起舞。莫非欢乐可以重现？一定不会？一定会的？"（秦文君《会跳舞的向日葵》）拥有平和、宽容心态的儿童才能发现自然最美丽的一面。作品中向日葵到底会不会跳舞这一类的问题，最后在儿童的心目中变得并不是那么重要了，就像爸爸告诉香草的那样："生活呵，就像植物一样，隐藏着巨大的迷。但是不管怎样，你要做好女孩，学会付出与接纳，然后再学思考和创造。"（秦文君《会跳舞的向日葵》）从生态批评的角度看，这部作品表现的不仅是人生选择的问题，而且是如何融入自然、顺应自然规律，如何化解人类对生态危机的恐惧进而追求一种超越物质和世俗的更简单、更诗意的生存方式的含义。秦文君把人性的关怀与感动融入平淡的细节，她笔下的这些儿童不仅温柔善良，而且还宽容平和，香草们有着植物一般美丽的名字，她们懂得爱，也懂得感恩，女孩特有的温柔、善良、耐心、细致的性格特征被表现得淋漓尽致。正如湘女曾说的："来，让我们带着一双远离喧嚣的眼睛，带着一颗滤去杂质的心，乘着风的翅膀，循着云的足迹，沿着一千条从天外飘来的小路，走进高远的边疆大山，融入飘渺的云雾深处。"（湘女《喊月亮》）

  接受和过着充裕的生活而不是过度的消费，文雅地说，将使我们重返人类家园，回归于古老的家庭、社会、良好的工作和悠闲的生活秩序；回归于对技艺、创造力和创造的尊崇；回归于一种悠闲的足以让我们观看日出日落和在水边漫步的日常节奏；回归于值得在其中度过一生的社会；还有，回归于孕育着几代人记忆的场所。在轻松的心情中，一切都是那么地闲适和喜悦。也许亨利·大卫·梭罗在瓦尔登湖边潦草地书写在他笔记本上的文字说出了一个真谛：一个人的富有与其能够做的顺其自然的事情的多少成正比。①

在《红蘑菇》中，梅姿继变成鹿的少年之后变成一只憨态可掬的小熊猫，并接替少年为树仙讲了一年的故事。从树仙那里回来的梅姿，也可以说是从动物变回人的梅姿，在体验了变为一个动物的生命形式后，不再刻意地去在意自己身体的胖瘦，能够以平和、从容的心态来对待别人的看法，语文朗诵水平突飞猛进，成为大家都喜欢的人。树仙在这里有更深的寓意，它象征着神秘悠远的自然，而变成了熊猫的梅姿更像是作为一个原始的生命存在，远离了城市的浸染的儿童，重新回到那个只有故事的单纯的环境中，反而能让自己找到纯净的灵魂，获得成长的力量。"只在夜深人静的时候，梅姿偶尔惊醒了，她会想起那个红蘑菇的电话亭，想起树仙，想起红羚羊，她明白，是这一切改变了她。"（彭学军《红蘑菇》）幻化为另一个自然的生命形式，回到自然，生命的创伤得以医治，扭曲的天性得以复原，化解了孩子们在现实社会中的压力与苦闷，让他们成为一个更加自信、从容的人。李丽萍的《蝴蝶妹妹》中，妹妹贝佳到底有没有真的变成蝴蝶飞走了，并不重要，重要的是所有的儿童都想变成蝴蝶飞走，而飞走的原因则是"我想像一只蝴蝶那样，生活在充满花香的世界里，扔掉沉重的书包，忘掉学校、补习班、老师的训导、爸爸妈妈的期待，忘记生活中一切让我感到沉重的东西。当我飞翔着，我就有了生机，我飞呀飞呀，一双翅膀善良飘逸。"（李丽萍《蝴蝶妹妹》）现实给了儿童太大的压力，他们无法承受的时候，只有想象着自己的逃离，像动物那样回到自然的怀抱，这种逃离的心态符合儿童的心理表现，正是通过这种渠道，他们才可以保持平和的心态来应对繁重的学业和各方面成长的压力。

遵循生态伦理思想，敬畏自然、保护环境、热爱生命，并不是要求人们去刻意追求苦行僧的生活或倒退到过去农耕社会的艰苦日子，这种"回归"并不是"倒退"，不是从来路上倒退回原点，而是提倡一种人们在物质、精神和社会需求三方面都不断丰富的健康的生活模式。人与自

---

① [美] 艾伦·杜宁：《多少算够》，毕聿译，吉林人民出版社1997年版，第113页。

然的共生互融达到的是一种内在和外在的和谐，童年生命的身心一元性特征决定了儿童的发展既要重视属于身体生活的"自然感性"，又要重视属于内心轻松愉悦的心态，只有让内在和外在相互融合，他们的身心才能得到充分的发展，才可以达到真正属于童年的生活状态。这个成长规律和成长阶段是不可忽视的，如果错过了、缺失了，在儿童以后的成长中永远无法弥补，儿童文学作家通过对内外两个状态的变化对以往的儿童文学作品作了进一步的延伸。

第三节　环保意识的生成

狄更斯在《双城记》的开篇曾说："这是最美好的时代，这是最糟糕的时代。我们的地球现在也是这样。"[1] 在工业化和城市化的发展中，资源过度开发、城市面积扩大、耕地被蚕食，一座座工厂取代了绿色的原野，机器的轰鸣声震惊着沉寂的群山，森林被砍伐得面目全非，生物物种数量急剧减少，野生动物的栖息地面积逐年缩小，还有土地沙化、大气污染、河流变质，这些都在严重威胁着人类的生命健康，恶化着人类的生存条件。但是人作为自然整体中不可缺少的一部分，作为自然生命中智商最高、最有理性的存在者，注定了他们会对自然、后代和自己担负起道德责任，"人类不仅要维护好自己的生存，而且更应该凭借自己的理性自觉维护生态环链的良好循环，维护其他生命的正常存在，只有这样，人类才能最终维护好自己的美好生存"[2]。人们逐渐意识到：只有通过自身的实践，维护自然的美丽与完整，维护生态自然的统一性、和谐性，人才能与自然达到一种和谐的状态，"人类达到这样的认识，其意义不下于文艺复兴时代和启蒙时代达到人是中心、人是目的的人道主义的认识"[3]。

在1972年的联合国人类环境会议上，参会的每个国家都以人类环境宣言的形式，把保护生态环境作为全世界人民都应当遵守的道德准则。

---

[1] 高歌、王诺：《生态诗人加里·斯奈德研究》，学林出版社2011年版，第1页。
[2] 曾繁仁：《生态美学导论》，商务印书馆2010年版，第308页。
[3] 何西来、杜书瀛：《新时期文学与道德》，山东教育出版社1999年版，第11页。

2001年我国公布的《公民道德建设实施纲要》中，也明确地以保护环境作为社会公德部分的重要内容。我们看到，"我们只有一个地球""地球是我们共同的家园"越来越多地出现在我们生活的周围，随着这些口号的提出，人类的环保意识正在觉醒。对儿童进行环保教育，增强他们保护自然、关爱自然的意识，意义重大而深远，只有具备了绿色环保意识的少年儿童，世界才可能有绿色的未来。20世纪80年代以来，儿童文学创作突破了各种禁锢，回到了作为审美创作的一个独立门类，从而走出了单纯以政治教育为己任的狭隘范围，作家们把目光聚焦于儿童成长与社会发展的联系中。随着生态危机的加剧，儿童生存环境日益恶劣，作家逐渐关注生态环境保护方面的内容，以及现代化过程中存在的环境污染问题，特别着力于构建符合当前社会发展的具有"生态人格"的儿童，这类儿童是指具备自觉生态意识，能够主动完善生态自我，主动承担生态职责的人。作家们把对环保理念和绿色生活的倡导融入文字中，自觉表现生态伦理意识下人与自然的道德对话，通过对触目惊心的环境污染和生态危机的描写，唤醒人们的道德良知，呼吁人类保护环境，不仅向儿童警示生态危机的临近，同时也引起儿童对生态环保的重视，促使儿童参与到保护地球、保护生态的行动中来。

一 树立生态危机意识

人们凭借先进的科学技术对大自然进行无度的开发，大大损耗了地球上有限的资源，破坏了自然界的生态平衡，污染了人类及其他生命物质的生存环境，已经给人类的基本生活带来严重危机。社会学家威尔森曾断言：

> 没有任何一种丑恶的意识形态，能够比得上与自然对立的、自我放纵的人类中心主义所带来的危害![1]

20世纪以来，气候变暖、物种灭绝、海洋污染、能源危机、化学品

---

[1] 王诺：《欧美生态批评》，学林出版社2008年版，第141页。

滥用，无不威胁着人类的生存，已报道的新闻和未报道的真相，强化着我们对未来的担忧。随着人与自然的关系日趋紧张，生态失衡愈演愈烈，生态问题已经成为威胁人类生存与发展的根本问题，"如果环境污染和恶化达到了某种程度，如果对地球生物圈的破坏超过了某种限制，我们继续生存的自然条件就会遭到不可挽回的破坏，我们也就注定要灭绝"[①]。儿童是自然保护教育的主要对象，他们的环境保护意识的认识水平将决定其将来参与环境保护的程度，在儿童的成长过程中确立地球生态意识和危机意识，有助于人类吸取教训，挽救日益陷入危机的生态环境，有助于人类将来的可持续发展，因此，保护自然的理念必须从儿童时期开始树立。从这一方面来看，儿童文学承担着不可推卸的重任。

活跃于新时期的儿童文学作家们，沈石溪、李子玉、蔺瑾、朱新望、金曾豪、梁泊、车培晶、萧显志、崔晓勇、牧铃、方敏等作家，一直致力于培养儿童珍惜自然资源、爱护动物的观念，促使他们从小就直视和参与环境保护活动，继而萌发出热爱自然、保护自然的情感。牧铃的《艰难的归程》等"牧场"系列小说，刘先平的《云海深奇》《呦呦鹿鸣》《千鸟谷追踪》《大熊猫传奇》等"大自然探险小说"，都具有强烈的动物关怀精神，广东作家饶远创作的长篇"绿色童话"：《蓝天小卫士》《马乔乔的童话》，东北满族作家陈玉谦的保护青蛙的长篇小说《蛙鸣》，北京作家保冬妮的昆虫童话三部曲《屎壳郎先生波比拉》等都再现了人类是如何征伐自然和污染的自然环境，作者们试图给儿童呈现出他们所不曾想过的真实的生态危机现状，将满目疮痍的大自然呈现在儿童面前。他们笔下有大批被屠杀的动物、被乱砍滥伐的原始森林、被污染的河水，还有干涸的水库、残破的矿山，这些人为破坏环境的现象揭示出了生态危机和生态失衡的原因，进一步激发了儿童对自然的生态人文关怀。

刘先平在作品中沉痛地写出了自然被破坏的现状："大片的湿地消失了，变成了农场，成了商品的基地。北大荒的形象概念是每年可提供北

[①] [美] 保罗·沃伦·泰勒：《尊重自然：一种环境伦理学理论》，雷毅等译，首都师范大学出版社2010年版，第131页。

京、天津、上海三市几千万人口的食粮还绰绰有余。但另一方面，是五百万公顷的湿地，现在只剩下了一百多万公顷，世界上三大黑土地之一的三江平原黑土层也在变化。……生态的破坏，使得洪涝、风沙、霜冻等自然灾害不断，双刃剑就是如此残酷。"（刘先平《生育大迁徙》）他还在作品中表达了对藏羚羊被杀害的痛心和对它们保护的急切倡导，让人读后深深动容："犯罪分子组织了武装盗猎，利用现代装备，一次就屠杀成百、成千只，惨不忍睹。"（刘先平《生育大迁徙》）盗猎分子没有宽容、没有仁爱，面对生命没有一丝一毫的敬畏之心，一切都是为了物质和利益的目的，人类文明正以加速度的形势发展，而生态系统中的自然物种却濒临灭绝，这是作家们对丧失了生态道德的人的批判，他们提醒着每个人：如果人类对自然生态不加保护，终有一天，地球将不再适宜人类生存和居住，人类会将自己毁灭掉。作家们对捕猎、迫害和杀害动物的行为予以强烈的谴责，这是出自有强烈历史责任感和社会使命感的作家的良知，也凝聚着作家对生命和价值、对精神家园的终极关怀。对这种人与自然二元对立关系的揭示，可以促使人们不断地反省和警惕，避免重走旧路。这些生态预警的作品向人们展示了生态危机的严重景象，揭秘在科技的推动下、利益的诱惑下导致的人们良心的泯灭、社会道德的沉沦和社会责任感的丧失。同样在他的《爱在山野》中，由于"原栖息地的森林遭到破坏，迫使黑麂到低海拔地区觅食"（刘先平《爱在山野》），被豺狗围攻受伤后误闯到分管林业和野生动物保护的县长家里去。写楠木林遭到破坏，以制作筷子为生的"老人思虑着生活，想着山野资源的破坏，枯竭"，猎人小张有着朴素的危机意识："林子没了，就没有了，飞禽走兽，闪耀崩塌，水要断源。人还有得吃，还有得喝？"（刘先平《爱在山野》）只有保护树林的存在、保护动物的生存，才能最终保证自己的生存。通过这些原生态的自然环境的呈现，动物们危在旦夕的生命、被蚕食和破坏的栖息地、被污染的河流、日益消失的原始森林……字里行间让读者聚焦生态环保以及现代化所带来的环境污染问题。"我想着大自然养育着人类，可无情的攫取之下，母亲不能永葆青春，乳汁总有干枯的一天。危情已经出现，谁来警醒人类？"（刘先平《爱在山野》）"一位摄影家对我说过，他是在抢时间为子孙们留下美。今天是一片五彩湿地，明天可能就要被开垦了；现在还是茂密的森林，明天就可能全都变成光秃秃的山岗；今天清亮的小溪，明天也许就变成了臭水；今天滔滔的大江，明天或许将被大坝截断……"（刘先平《爱在山野》）这些富有社会责任感和生态使命感的作家又何尝不是抢时间在儿童心中种下环境危机和生态保护的种子呢？陶醉于短暂的控制自然的"胜利"是愚蠢的，乞求以征服自然来张扬人的力量也是徒劳的，恶劣的环境带给人的是压抑和烦躁，对自然的占有和掠夺只能给人类自身带来毁灭性的灾难。作者在字里行间追问的是一种根深蒂固的征服和控制自然的人类中心主义思想，揭示出一种反生态的理念。人生于自然中，且依存于自然，人只有在与自然的和谐相处中，心灵才能获得自由和美的愉悦。当自然被侵害，动物被虐杀后，人类也就因为疏离自然而变成了没有灵魂的幽灵，失去活力，失去生命的意义。这样的景象让作家们感到心酸和失落，他们不禁扪心自问：没有了自然美、和谐美，没有了人类赖以生存的精神家园，人类将走向何方？刘先平曾在书中不无悲痛地写道：

  我曾立志要为祖国秀丽的山河谱写壮美的诗篇，但只是短短的二三十年，我所描写的山川河流不少都已成为历史和老照片。[①]

  刘先平对功利、过度消费、人的欲望的批判和预警，为人们价值标准的迷失提供了启迪作用。环境的被破坏，生活习惯的被迫改变，如少数民族作家黑鹤笔下那位被迫放弃了游猎和牧鹿的鄂温克族老人说的："我们的神山破了。"[②] 新时期的儿童文学作家们直视人类所面临的困境，对自然环境的惨遭破坏、现代人性的异化和身份危机给予了高度的关注和全面关照，他们对环境问题的正视并对人类的自残行为加以暴露和讨伐，这是一种进步，是作家责任感的体现。在金曾豪的《绝谷猞猁》中，绝谷象征的是一个封闭的自然环境，山清水秀，动物们和谐相处，但自从人来以后，对山石进行爆破、建化工厂排污，导致这里的环境发生了

[①] 刘先平：《走进帕米尔高原》，安徽少年儿童出版社 2008 年版，第 265 页。
[②] 格日勒其木格·黑鹤：《驯鹿之国》，中国少年儿童出版社 2010 年版，第 106 页。

巨大的变化，猞猁们死的死，伤的伤，它们的生存受到了严重的威胁。绝谷中的水由于被污染变成了红色的甜水，但这种甜水却能使动物陷入巨大的生存危机，因为喝了被污染的水，近两年来出生的小狐狸的听力普遍不好，缺乏了灵敏的听力，当动物逐渐丧失了它们赖以生存的能力之后，它们面临的只能是一步步走向死亡。饥饿没有让动物死亡，弱肉强食的丛林法则也没有让动物退缩，但它们却在被破坏的生态环境中一步步走向灭绝。儿童或许并不知道，当他们进入到原始森林中随手丢弃的包装袋和塑料袋，会引起动物们极大的兴趣，但它们"吃下去之后就会堵塞肠道，没有救治的办法"（黑鹤《驯鹿之国》）。人类所做的一些看起来微不足道的小事如果不注意会威胁到其他生命、整个森林甚至人类自己的生存前景，正如陈丹燕在散文《布朗克斯动物园》中借儿童的口说出这样的话："等我长大以后，肯定有好多本来好看的东西都已经死光了，我的孩子就看不到它们了。"（陈丹燕《布朗克斯动物园》）作家们将这些细节融入作品中，将生态被破坏的现状融入儿童对动物、对自然的情感中，就是要告诉大家：如果人类持续地破坏自然，仍然以人为目的、为中心，就必然会将自己的利益置于自然的整体利益之前，为自己的物欲、私利找借口，从而导致进一步的生态危机，并越陷越深。我们的儿童不仅没有好看的风景可看，甚至连生存也将受到威胁。我们可以清晰地看到，当人类对于自己的欲望无限放纵的时候，已经与自然环境的承受能力发生了冲突，如果不将人类的发展进行限制，这种冲突终将使人类加速灭亡。我们与自然是一体的，一旦污染了空气、水源和土壤，实际上也是在毒害我们自己的未来，作家们在精神生态维度上进行美学拓展的同时，进一步关注现代工业文明下人类与自然的冲突，对生命精神所受到的压抑和污染进行批判。王一梅的长篇小说《木偶的森林》等作品都触及了现代文明与自然之间的冲突、和解等话题，在对人类欲望进行批判的同时，也表现出对这种关系背后生存危机的思考，这些作品的主题与自然生态题材结合在一起，深化了儿童文学的精神，成为与当代的生态和经济、社会和文化变迁密切相连的文学精神，也成为当下文学创作领域受到特别关注的内容之一。

在生态伦理学看来，"包括人在内的生物环链之上的所有存在物，既享有在自己所处生物环链位置上的生存发展权利,同时也不应超越这样的权利"①。处于自然生物链的每一分子,都有自己特定的生存目的与意义,如同保冬妮在《屎壳郎先生波比拉》中所说的:"大部分的屎壳郎,来不及生儿育女,就断送在那些贪吃的家伙们的嘴里。正是这些敌人,掌握着阿鲁巴平原上屎壳郎的数量:让屎壳郎们不至于太多,而造成象粪的紧张;又不至于太少,而无法打扫干净平原上的粪便。"自然掌握着各种动物、各种植物的生存与发展,在这种平衡中,才得以延续生命,人类如果强硬地破坏了这种规律,就会造成生态失衡。因此,对自然的过度砍伐和利用、对物种平衡的人为破坏的反思和忧虑,成为许多儿童文学家极为关注的问题。作家牧铃则是依托自己对维护自然生态系统完整性的强烈使命感和对人类前途和命运的理性思考,把对生命和自然的终极关怀融入作品中去。在《艰难的归程》中作者用一种直接的方式将对草原生态链的重视和对狼的态度的转变呈现在读者面前。书中对于牧场自然环境的破坏进行了真实书写,"与此同时,距千道泉五十千米外,一处兔害最为严重的牧场上正召开一个现场会。组长们到齐后,场长招呼大家下马,跟着他走。这儿本是全场最茂盛的草场,可现在几乎看不到了绿色,只剩下一望无际的光坡秃岭,狂风起处,黄尘扑面。……过量繁殖的野兔不光啃尽了地面的草,还掘食草根,弄得这儿成了寸草不生的荒原;更为严重的是,它们不断地挖草根掘洞营巢,使原野上的表土被风吹雨洗层层剥去,又加速了土地的沙化进程。在缺乏天敌的情况下,一对野兔五年内繁殖的后代数以万计。……草场糟蹋到这个程度,它们在这儿也活不下去,早就向新的草场迁徙啦。不要多久,新的草场也会变成这样。"(牧铃《艰难的归程》)大量的野兔能够快速繁殖的原因在于自然食物链的人为破坏,人类打狼,导致了野兔没有了天敌,如此下去,草场被一步步破坏,人类也陷入了绝路。人们突然发现,破坏环境,就是破坏自身的生存条件,毁灭其他物种,逆天行事,也就是毁灭人自身。

---

① 曾繁仁:《生态美学导论》,商务印书馆2010年版,第309页。

试图保护被捕食动物不被捕食动物吃掉，在一个运行良好的生态系统中，就会给捕食动物造成伤害，而这反过来又会给被捕食动物造成负面影响，使其许多成员受到伤害。①

从整个生态系统的角度来看，狼的消失非但没有使人类受益，反而陷入了恶性循环的生存困境中。作者随后揭示出造成这种现象的根本原因："假如人类对草原上的食肉动物宽容一些，假如人类对那些偶尔侵犯牲畜的狼、狐狸和狸猫、土豹子不那样穷追猛打，鼠害兔害会如此猖狂、草地沙化的形势会如此严峻吗？"（牧铃《艰难的归程》）"要有足够的狼，你们三分厂的鼠害兔害会那么严重吗？咱们都该吸取教训啦。"（牧铃《艰难的归程》）整个生命世界是由各种相互依赖的关系组成的巨大的综合体，物种群体之间与自然环境之间相互作用，构成了一张紧密交织的网，"一个生物群体的生存状况或环境状况出现的某一特定变化会使得整个结构随之作出调整"②。此时的大自然已经没有了最初的和谐与安宁，狼的消失，兔子的猖獗，草地的荒芜正是这个网被破坏、结构被调整的表现，要让儿童认识到，如果不能保持自然的生态平衡，维护弱肉强食的生存环境，也就谈不上对自然的尊重，更谈不上挽救自然。揭示狼与兔子的生态关系本身并不是作者的目的，他的目的是让读者更加具体地认识到：生态系统中的所有生物之间都有着环环相扣的不可切断的关系，人类大规模地消耗甚至灭绝任何一个物种，都可能导致另一些物种的灾难，进而导致整个生态系统的紊乱和向系统的总崩溃的逼近。

事实证明，人类生活在一个动态的生态系统中，面对如此真实的生命存在环境，面对食物链本身的复杂和残酷，面对被破坏的生存现状，人类的发展出现了前所未有的危机。儿童本身对自然和动物生命就有着天然的亲和力，特别是"泛灵意识"更让他们对自然有深深的感情，儿童文学作品通过自然环境被破坏的直观体现，引发儿童的同情心，也让

---

① ［美］保罗·沃伦·泰勒：《尊重自然：一种环境伦理学理论》，雷毅等译，首都师范大学出版社2010年版，第43页。

② 同上书，第73页。

他们对破坏环境的行为更加痛恨。作家们通过对环境问题的揭示,向人们警示了生态危机的到来。在作家严婷婷的《没有鸟的天空》中,作者借儿童对有鸟飞翔的天空的向往,将如何维护物种生存条件,如何用正确的方式和态度来对待自然对人类的馈赠等深邃的内蕴寄寓于稍显沉重的笔墨中,蕴含了深沉忧患的生态意识,写得凝重而发人深思。这种忧患意识在乔传藻的《野猴》中也以饱蘸深情的笔墨得到富有情致的表现。人类最终是无法战胜自然的,无论他取得了多少让他自豪的胜利,无论他多少次用征服自然的方式证明了自己的力量,最终仍然会遭到自然毁灭性的惩罚。人对自然的破坏终究会报复到自己的身上,这是儿童文学中表现的另一个内容。在满涛的《孤海》中,爷爷发明了捕鱼的篓子,可人们却不顾鱼类的生存和自己的生存前景,对海里的鱼"斩尽杀绝","这喜悦却让爷爷的脸再一次拉长了,爷爷声音颤抖着断言说:鳖羔子们,老洋里的大鱼群没了,海湾里这点鱼你们也跟着眼红,迟早有一天,连这点也会绝种的。"(满涛《孤海》)"可别人不在乎这些,他们才不管什么大鱼的孙子还是重孙子呢,只要鱼篓子不落空就行。"(满涛《孤海》)作者书写了盲目捕鱼的后果,批判了人类对生态平衡的破坏。连 9 岁的丹坷看到龙虾爱好者们对龙虾的捕杀,也不由自主地考虑到"这么多人爱吃龙虾,不会把龙虾家族消灭掉吗?"(牧铃《丹坷的湖》)四川、福建两家少儿出版社在 2011 年曾联袂推出作家英娃的以环保为题旨的"20 册绿色童话系列"作品,作者以"环境主题"为旗帜,涉及环保问题和当今时代面临的许多生态忧患。其中涉及最多的就是偷猎给动物们带来的灾难,以及形形色色的污染,包括人类城市的扩建开发对动物们生存空间的挤压等。近年来出现了"绿色童话"和"绿色幻想小说"的创作高潮,是新时期儿童文学生态环保书写的新形势,很多作品涉及了气候变暖、能源危机、海洋污染、土壤污染、白色污染等自然环境危机。英娃的童话故事是充满时代感的,所有的道理都蕴含在字里行间,她带着小读者们一起思考:我们曾经拥有的一切,美丽的阳光、湛蓝的海水、洁净的空气、绿色的大森林,如果不加珍惜,就会统统失去,到时候,地球上将是一片荒凉,而人类,又将寄存到哪里?在英娃的《五月寓言》中,当看到大耳朵饱受噪声的虐待痛苦不堪时、当小水滴蓝星儿知道自己变成酸雨滴时、当龙蚯蚓悠悠挽救了一棵垃圾国里的希望树、当小狮子奥里奥为了自由和尊严挣脱马戏团的樊笼而勇敢走回草原……作者在作品中反复地告诉我们：如果人类不珍惜地球生态，未来的地球将遭受到重大的灾难，未来的我们将失去家园。如果生态危机加剧，草原、高山和泉水不复存在，我们将拿什么留给我们的子孙后代？如果后世子孙面对着人类文明的荒原，寸草不生，又岂能获得自然的审美体验？这些作品震撼着人们的心灵，阅读这些作品可以让儿童意识到自然环境作为人类生活的物质空间，如不注意保护和合理利用，就会导致土地沙化，空气污染，资源枯竭，动植物灭绝，而人类就会面临严重的生存危机。人类不尊重自然，不爱护自然，必将遭到自然的反击。生态伦理学告诉我们，地球是人类的家园，地球的完整性表明了地球变化与地球生命变化相互依存，协同进化。当今地球生态系统的异常特征反映了地球生态过程的异常变化，这种危机意识能够唤起我们的生态良知，从而激发潜藏于我们内心的生态意识。

当今人类所面临的生态危机需要人类刻不容缓地立即行动起来，重新认识自己，认识自己在整个生态系统中的位置和作用，这是人类寻求自救的必经之路。1997 年的《环境伦理汉城宣言》曾指出：

> 我们必须认识到：现在的全球社会危机，是由于我们的贪婪、过度和利己主义以及认为科学技术可以解决一切的盲目自满造成的，换句话说，是我们的价值体系导致了这一场危机。如果我们在不对我们的价值观和信仰进行反思，其结果将是环境质量的进一步恶化，甚至最终导致全球生命支持系统的崩溃。[①]

而正是这些生态图景的大规模展示，才使儿童从另一个角度更加清晰地看到了地球生态目前所处的阶段与境况，盛世危言的预警才不会是杞人忧天。著名的生态主义者、美国前副总统戈尔曾在他的《平衡的地

[①] 徐嵩龄：《环境伦理学：批评与诠释》，社会科学文献出版社 1999 年版，第 125—126 页。

球：生态学和人的精神》里指出：

> 对我们这个地球环境的最大威胁，不是那些威胁本身，而是人们对那些威胁的认识不足，是大多数人还没有意识到生态危机发展下去绝对会把人类引向坟墓。①

文明的进步伴随着人的自然性的失落，而先进的科技同时带来的是对自然的过度掠夺和破坏，社会的飞速发展窒息了人的精神空间，割裂了人与其生存环境应有的和谐，人类在自己制造的困境中越陷越深。

二 强化可持续发展的环保理念

随着生态问题的逐渐严重，20世纪90年代日趋恶化的生态环境引起了全社会的关注，耕地的大量减少、水流的干涸、森林的枯竭……生态问题已经蔓延到几乎所有的地方。生态危机造成了资源的枯竭和生存环境的被破坏，既然人类还不可能脱离生态系统存活，既然人类暂时还无法找到可代替地球的星球来存活，那么人类就只剩下一个选择，那就是选择一种可持续发展的生活方式，提倡节约、环保的生活理念来维持这个星球的总体生态状况的平衡发展，保护万物的生命和它们的栖息地。泰勒提出"补偿正义规则"的概念，就是"当道德主体受到道德代理人伤害的时候，重新恢复道德代理人和道德主体之间的正义平衡"②。因此作为道德代理人的人类在面对被破坏了的自然环境、被打破了的自然平衡现状的时候，人类要主动承认由于自己的错误行为给自然带来的恶劣后果并作出弥补，并积极寻求解决的办法，对自己的行为负责、对自然生态环境负责。正如美国环境科学家康芒纳所说的：

---

① 转引自王诺《欧美生态批评》，学林出版社2008年版，第5页。
② [美]保罗·沃伦·泰勒：《尊重自然：一种环境伦理学理论》，雷毅等译，首都师范大学出版社2010年版，第119页。

地球上所有的生物中，只有人类才有能力去有意识地改变我们的所作所为。如果说我们和地球之间应该达成和解，要行动的只能是我们。①

面对地球生态环境的人为破坏，树立可持续发展的生态观念、保护生态环境的协调发展才是人类造福子孙后代的唯一选择。1991年，联合国环境规划署等国际机构在制定《保护地球——可持续生存战略》时指出，"进行自然资源保护，将我们的行动限制在地球的承受能力之内，同时也要进行发展，一边是各地能享受到长期、健康和完美的生活"。人们普遍认识到，在改造和利用自然的活动中应该建立一种可持续发展的环保理念，遵循生态自然规律，建立道德约束，合理地开发和利用自然，使人类的活动保持在地球的承载能力之内。

良好的生态环境是人和社会持续发展的根本基础，而儿童是祖国的未来和希望，他们的环境保护意识的认识水平将决定其将来参与环境保护的程度，将决定未来我国环境状况的好坏和可持续性发展的战略进程，会进一步促进当代成人社会绿色环保意识的提高，所以应该让他们从小树立正确的自然观和生态观。正如托尔斯泰所说：

孩童时代的印象，保存在记忆里，在灵魂深处生了根，好像种子撒在肥沃的土地中一样，过了很多年，他们在上帝的世界里发出他的光辉，绿色的嫩芽。②

所以，要对人们所处的岌岌可危的生存困境加以整治和疗救，首先就应唤醒儿童的环保意识。儿童文学是培养儿童生态智慧与生态世界观的不可忽视的力量，可以让他们精神更加充实、人格更为完善，可以遏制人类日益严重的生存困境。进入新时期以来，富于社会责任感、生态使命感的儿童作家们并没有无动于衷，他们主动承担起自然生态与人类

---

① ［美］巴里·康芒纳：《与地球和平相处》，王六喜译，上海译文出版社2002年版，第5页。

② 鲁枢元：《生态文艺学》，陕西人民教育出版社2000年版，第211页。

灵魂的守护神应当承担的历史使命，不仅仅让自己的创作停留在对危机的展示上，还试图唤醒儿童自觉爱护自然、保护环境的生态意识来解救陷入危机中的人类与自然。对作家来说，他们书写的目的和出发点不是要将一个混乱不堪、危机四伏的自然世界呈现在儿童读者面前，而是试图传递一种构建和谐生态的理念。他们认为，现在的环保教育和生态保护必须要从儿童抓起，要在他们幼小的心田里撒下种子、埋下深根，等他们长大后开出没有任何污染的花。作家们这种生态整体意识和保护自然生态的强烈使命感深深地体现在他们的思想和作品中，一些儿童文学作家近年间已先后写出了一些颇具环保意识的作品，诸如金曾豪的《苍狼》、梁泊的《虎啸》、朱新望的《秃尾狮子》、牧铃的《艰难的归程》和《丹珂的湖》、沈石溪的《宝牙母象》和《鸟奴》等，这些作品无论是题材内容还是思想的深度或是表现的形式，都达到了前所未有的高度和深度。

　　作家们从生态整体主义的视角来审视自然万物和人类的活动，具有强烈的历史责任感，他们热情歌颂正在形成和发展的生态理念，为批驳科学理性和工业革命带来的人类中心主义，捍卫自然生态和谐，拯救人类美好天性，复归人类失去的精神家园吹响了号角。在刘先平的作品中，字里行间倾注着对自然的热爱和对环保的热情，他一方面倾听着自然的教诲，为保护自然而奔走；另一方面，充分利用作品，加大环保的宣传力度，树立了很多治理污染、保护生态的人物形象，为正在建立健全生态环保意识的儿童们树立了榜样。自然有了绿的希望，人也就有了生的希望。在《美丽的西沙群岛》中，他对于西沙群岛重视提高官兵和群众的生态环保意识的行为大加赞扬。在他的笔下，西沙群岛的战士们每个人都肩负着对环境保护和宣传环保的责任，他们收集美丽的贝壳，研究海参和珊瑚，放养海洋生物，这一切的工作，都是为了同一个目的，就是让生态环境更加和谐、美好。那里的码头上树立着众多的标语牌，写着"提高军人环保意识，建设一流生态军队"（刘先平《美丽的西沙群岛》）"军港环境保护，是强国富民安天下的大事"（刘先平《美丽的西沙群岛》）"善待地球，就是善待自己"（刘先平《美丽的西沙群岛》）。在《爱在山野》中，猎人小张放过怀孕的猪獾，发现发情期的黑麂后，先让雄鹿交配完，留下后代再捕捉，尽管书中一再强调捕捉国家一级保护动物黑麂是为了更好地研究和保护它们，但捕获成功后，听到远处的雌鹿依依不舍的呼唤，依然"思绪翻涌，分不清其中的状况……放掉金毛的冲动，激得我不安……"（刘先平《爱在山野》）"也就是近二十年的事，岛上的人多了，鱼也少了，虾也少了。再不保护生态，就会毁了自己的家园。文明就是文化。文化是一个民族的灵魂。只有文化素质提高了，才会自觉保护生态。就像你刘老师说的，必须树立生态道德。"（刘先平《爱在山野》）法律是外在的影响力量，只有人内部的深层的道德呼唤才能每时每刻地监督、约束自身的行为。作者呼吁人们放下掠夺和压迫，在复杂的自然环境中学会共生和合作，从而实现生态多样性和共生性的最大化，确保所有存在个体的自我实现。人类生态伦理意识认识的提高，促使人类不断调整人与自然关系，从而使之走向和谐。因此，刘先平坚定地认为：只有生态伦理意识的建立，人们有了生态道德的修养，以其自律，才有可能行动起来，去维护自然共同体的利益。他的《呦呦鹿鸣》以一个野生动物保护小组寻找失踪的梅花鹿为叙事线索，以保护小组的追踪考察活动和与打鹿队的周旋为主要情节，最终以成功阻止和说服打鹿队、保护了大雄鹿为结局。人类虽然具有许多优于其他物种的特性与能力，但不等于人类在自然界中拥有绝对的优先权，可以随意剥夺其他物种的生存权利。《大熊猫传奇》中更是把国宝大熊猫作为书写的对象，书写了科学家和保护者对于大熊猫的保护和对妄图倒卖熊猫的不法分子进行斗争的过程。在刘先平看来，自觉保护自然、维护生态平衡就是保护包括全人类在内的地球生物圈这一永久栖息地，也是维护人类的精神家园。在王一梅《木偶的森林》中，作者书写了工程师阿汤在修建铁路的时候教育工人们要有工作守则，不能破坏动物的生活环境。在牧铃的《城里表哥和乡下表弟》中，表哥一来到村里看到有人打野猪就"把行李包扔给我，就要去找村长。他说他绝不能眼看着别人破坏生态平衡不管"，这是一种从小建立的生态情感，就像表哥说的："全世界的中小学生跟科学家一起进入了格罗布计划你知不知道？格罗布计划就是号召每一个人都关心爱护我们的地球，我们的生存环境，你知不知道？"（牧铃《城里表哥和乡下表弟》）作者用儿童的思维方式来对生态环保意识进行思考，深入浅出，娓娓道来，将自然规律和人与自然的关系融入其中，进一步加深了儿童对于生态环保理念的理解。在面临严重生态危机的今天，敢于为保护濒临绝境的物种、为阻止灭绝性掠夺、为制止污染环境、为重建生态系统的平衡而做出自己的努力的行为，正是儿童文学作家们所倡导的。

在周锐的《拯救伶仃草》中，作者巧妙地用未来的儿童与现在的儿童对话的形式，为儿童们立体地呈现出环境保护的重要性。蜜枣是一个生活在2100年的儿童，她的腿因为缺少一味草药而无法得到医治，这种草药和"许多不能适应环境变化的动植物一起，灭绝在污染严重的21世纪中期"（周锐《拯救伶仃草》），为了保护这种草药，"我"四处搜寻，并大范围地种植，"我"立了一块碑，提醒后人保护伶仃草，正是有了这块碑的保护，也让蜜枣也在百年后神奇地找到了这种草药。"爱草如爱人，人在草不倒"（周锐《拯救伶仃草》），这句刻在碑上的话也刻在了儿童的心里，这句话中所透出的坚定地保护生态的决心，是伶仃草能够生存下去的希望，也是人类生存下去的希望，这两个相隔百年的儿童用接力种植伶仃草的行为，表达了自己保护生态的决心。今天的行为能够拯救明天的自己，这也正是作者想要传递给儿童关于环保行动的意义。黎云秀的长篇环保童话《动物大使波彼》用童话的荒诞形式，为儿童呈现了一个关于环保的美丽故事，塑造了一个机智和具有强烈环保意识的儿童形象。一个滥杀青蛙的小男孩波波被罚而变作黑斑蛙，直到一年以后才回到亲人和朋友的身边，这一年的经历让波彼深切领悟到了动物与人的关系，于是他和同学们成立了"绿色营"，为大家宣传保护环境、保护动物的理念。

环境教育旨在确立人对环境的正确态度，建立正确的行为准则，并使每个人获得保护和促进环境的知识、价值观、责任感和技能，以期建立新型的人与环境协调发展的模式，而对自然生态环境的审美态度也成为当代人类与自然环境亲和共生的最重要、最基本的态度之一。①

很多作家经历了经济的飞速发展,也经历了生态环境的被破坏,作家们沉思后选择用笔来倡导孩子们都参与到保护环境的行动中去,饶远、周俊儒、黎云秀等作家都创作出了优秀的具有生态伦理意识的作品。周俊儒曾说:

> 只要能引起青少年及更多人对环境保护的重视,让下一代活得更为理智,我做的这一切也就有价值了。②

作家们怀着强烈的社会道德和责任心来进行创作,他们把希望寄托于心灵未被污染的儿童,充分调动儿童的生态保护热情,用儿童充满生机的环保行动来增强他们的生态伦理意识。正是通过他们的作品,保护地球家园、关爱与人类共生共存的其他生命的理念才得以被儿童知晓,并使儿童文学创作融入国际儿童文学共同的生态主题中。

曾永成指出:

> 具有生态人格的人,指的是具有生态意识和生态文明修养,在人格构成上符合人性生态规律,既充分发展自我的个体独立性、独特性和创造性,又具有真诚的社会和人类关怀,对自然、他人和社会能主动合作的人。③

塑造儿童的生态人格,不仅要使他们建立生态环保意识,同时还要在这种意识的指导下产生实践的行为。人对自然环境采取的环保措施有两种:一种是限制和纠正自己的行为,另一种是在满足基本利益的基础上不伤害和不干涉动物的行为。在沈石溪、刘先平、乔传藻等作家的笔

---

① 曾繁仁:《生态美学导论》,商务印书馆2010年版,第363页。
② 郭立:《一位童话作家的环保情结》,《沿海环境》2001年第9期。
③ 曾永成:《文艺的绿色之思——文艺生态学引论》,人民文学出版社2000年版,第31页。

下,他们为儿童呈现出具体的环保实践的方式和人类对于环境保护已经做出的努力。这种表现之一首先体现在建立属于生命共同体的独立的栖息地上,也就是用建立自然保护区的方式来对动物的生存进行保护和原生态的还原,"依靠这种方式,世界上至少有些野生生命共同体才得以在较为自然的状态下持续地生存下去,因此得到地球自然环境利益的相应份额。通过分配地球表面的一部分给它们,我们就具体地表达了尊重它们的态度,即把它们看成是这样的实体,它们的善同我们一样值得考虑"①。这在边境作家的笔下更多地体现出来,在乔传藻的《夜客》中,人们专门为了大象建立保护区,"岩那赶着马帮,从山外边驮来好些盐巴、谷子、甘蔗;驮来一挂挂黄熟的野芭蕉,一筒筒含淀粉很多的董棕树心,这些都是大象最喜欢吃的食品"(乔传藻《夜客》)。"枯雨季节,自然保护站的同志为大象从山林深处引来泉水;竹笋和青草盖满山洼的时节,人们又在象路上放了很多盐巴,大象吃竹叶青草吃多了,嘴淡,见了盐巴,快活得直吹鼻子。"(乔传藻《夜客》)在保护区里,我们看到了无数自然生命的生存环境得到改善,生活质量得到提高,人与自然的关系得到改善,各种濒临灭绝的动物数量在逐渐恢复、野性也在逐渐恢复。即使大象损害了地里的庄稼,人们也开始用给大象录音的方式来驱逐它们。在牧铃的《艰难的归程》的最后,作者借阿蓬的眼睛书写了牧场加强环境保护的一系列措施:"实施大面积退耕还林后,牧场又推行了高密度放牧和轮牧制,把森林和休牧期间的大片草场都让给了野生动物,由它们来遏制繁殖过量的鼠兔,使山林草原在回归自然的过程中重归生态平衡。"(牧铃《艰难的归程》)人与自然关系的改善,主要是靠人类对自己行为的管束,对生态环境破坏的遏制,作家们提出了通过维护生态平衡的行动来达到环境保护的目的。杨美清的《捕鹿记》和张祖渠的《白象》等作品将人类对自然的忧患化为对自然实施保护的行动,都传达出强烈的保护地球家园的责任感和使命感。这些作品凭借人对大自然的关切,为绿色丛林中的生命群体燃起生存的希望之光。

---

① [美]保罗·沃伦·泰勒:《尊重自然:一种环境伦理学理论》,雷毅等译,首都师范大学出版社 2010 年版,第 119 页。

对于自然来说，环保既是一个宏观的问题，更是一个微观的问题，它是与人们的生活息息相关的。对于儿童来说，可以从细小的事物入手、从微小的生活习惯入手，揭示环保的必要性，会取得良好的效果。因此，一部分儿童文学家在创作时，不仅仅借助一些重大的触目惊心的生态事件为原型进行宏大叙事，还要结合儿童的日常生活，采用点滴渗透的方式，从儿童日常生活中的细微琐事出发，逐渐改变儿童的审美观和道德观，唤起儿童参与环保行动的积极性与主动性。短篇小说《小溪流，你的歌儿呢》描写了一个少年追寻严文井创作的《小溪流的歌》的故事。在他的课文中，小溪流不分日夜地向前奔流，并为人民做有益的事，歌颂了一种自强不息、永不停步的精神。这条小溪流哗啦啦啦奔流的声响像音乐一样留在少年的记忆，他长大了，怀着美好的追忆去寻找小溪流的时候，却发现由于环境的恶化，小溪流已经干涸了，给少年留下的不仅仅是茫然和遗憾，记忆的流水声激发了少年要栽绿荒山，让小溪流重现。作者营造了一种建筑在心痛的基础上的理想追求，不断启迪儿童保护环境、维护生态平衡的责任。除了小说，儿童文学还用儿歌等形式为不同层次的儿童宣传环保理念，《谁丢弃了塑料袋》中："小树叶嘟着嘴巴/不高兴地说/谁不爱卫生/随便丢弃的塑料袋/飘挂在树枝上/弄脏了我的绿衣裳。"（佚名《谁丢弃了塑料袋》）诗中用朴素的童言稚语提出了乱丢弃塑料袋造成的环境污染问题，同时也找出了解决的方案，"啄木鸟说/我把它摘下来/装捉来的蛀虫/这叫废物利用哎"（佚名《谁丢弃了塑料袋》）。儿童是每个家庭的未来，更是祖国的未来，他们的环境意识和行为将决定未来我国环境的状况和可持续发展的战略进程，通过这种符合儿童审美接受的书写创作，儿童可以更直观地感受破坏环境带来的危害，用简单的方式参与到日常环保的行动中去。在石婷婷的儿童诗《树》中，抓住儿童的泛灵意识的特点，简单的话却有着不同的震撼效果："拔掉一棵树/根上黏着土/我看见地球爷爷/疼得直发抖/栽上一棵树/根儿多培土/我听见地球爷爷说/谢谢小朋友。"（石婷婷《树》）儿童式的语言，通俗的话语和丰富的想象，让环保的理念深入儿童的脑海中。而在《马乔乔和他的小伙伴》这部作品中，作者塑造了一个儿童环保小卫士的形象，他对生态环境恶化的担心使他自觉地肩负起拯救地球生物和人类未来的使命，与破坏自然的一切展开反抗，这些行为是具有生态价值和生命价值的，这场战争也是对地球的环境保卫战。

百万字生态环保童话集《马乔乔和他的小伙伴》，是儿童生态文学的一座鲜明的里程碑，具有新时期中国生态童话创新开拓的重要意义。①

此外，还有黎云秀的环保童话《动物大使波彼》、周俊儒的《绿色童话选》等图书，以丰富的艺术想象、生动的人物（或动物）形象、鲜明的生态意识，成为生态童话的代表作，这些作品以优美的童话、精美的画面和儿童能够理解的方式，讲述了"环保"这个严肃话题，让儿童从小学习"环保"知识，关心人类的生存环境，在日常生活中积极地参与到"环保"当中去。这些作者的作品中体现出的关爱环保与生命、地球与未来的话题，在播种地球家园绿色希望的同时，也必能在儿童读者心里播下浓浓柔柔的绿意。

小　结

随着近年来世界人口的迅猛增长和人类活动范围的无限扩张，随着文化发展与科技水平的不断提高，昔日相对平衡的自然生态已惨遭破坏，而且许多珍稀动物已达到濒临绝种的境地，人类在对物欲的追求中迷失了自己，陷入了生态危机和人性危机的双重困境之中。生态环境的破坏，不是自然界强加给人类的，而是人类在对待自然的观念上的偏差、非理性的行为和社会的不健全生活方式所造成的，在当今的世界，人们对于自然的掌控性、对于动物的优越性的思想根深蒂固，要从心理上建立一种全新的道德理念并不容易，人类为此要付出巨大的努力。

人类生命是由天地自然所赋予的，人对自然界应该有一种崇敬之心，这种崇敬感同时也赋予人以现实的使命感，这就是热爱和保护大自然，

---

① 王泉根：《高扬少年环境文学的绿色文化旗帜》，《光明日报》2001年5月31日。

与大自然中的一切生命保持和谐。而达到这种和谐的主动权就掌握在人的手上,"人们会认识到,他与所有随着时间的推移而进化了的各种动植物物种一样,都是地球生命共同体中的一员。他们也会意识到,与我们星球上的所有其他生物一样,他们的生存取决于自然生物系统基础的稳定性和完整性。"① 要想继续生存下去,去维护这个生命共同体的稳定和完整,仅靠科学技术的投入、制度法规的建设是不够的,我们还必须通过影响和改变人们的价值观念来增强保护生态环境的自觉性,激发人们保护生态环境的道德责任感,保证人类与自然和谐共生,并在与自然和谐相处中持续生存和发展。就像刘先平在作品中说的:

> 强调生态道德,在于强调、突出它比之于其他道德的鲜明特点。我们急需建立对于自然、环境应有的行为规范,以调节人与自然之间的关系,消解环境危机,建设人与自然的和谐。这是时代向我们提出的重大课题。②

尽管在追求自己的文化和个人价值的时候,我们不能避免会对自然环境造成一些破坏,但如果时刻约束自己,就可以给自然生态系统带去最小的伤害。倡导简单生活的儿童文学作家们期盼着人类彻底改变现有的生活方式,改变人类和儿童的价值观,他们由衷地希望看到对于金钱和奢侈的生活的追求不再是光荣的标志,相反过度消耗自然资源的行为是人们纷纷指责的,不再令人羡慕。

目前,通过各方面的大力宣传,特别是 2011 年日本核电站的爆炸导致的核泄漏与核污染对周边环境造成的破坏、2012 年冬天席卷全国大部分地区的雾霾天气对人身体造成的伤害,让危机意识时刻警醒着人们,让环保理念进一步深入人心,促使人们生活方式不断改变。"儿童文学"作为主要的有效载体和传播平台,在宣传环保意识方面具有不可推卸的责任。作家们将自然所处的危机和即将面临的灾难真实的再现,让儿童

---

① [美]保罗·沃伦·泰勒:《尊重自然:一种环境伦理学理论》,雷毅等译,首都师范大学出版社 2010 年版,第 26 页。

② 刘先平:《呦呦鹿鸣》,安徽少儿出版社 2008 年版,第 438 页。

直面人类曾经犯下的错误,让他们从小就能树立生态道德和环保意识。儿童文学作家试图通过作品,让隐藏其中的绿色生态知识伴随着活泼可爱的虫、鱼、花、草走进儿童幼小的心灵,在儿童心底浸染,当他们爱护绿色的意识增强了、生态行为规范也逐渐建立了的时候,才达到了塑造真正的生态人格的目的。

第四章

博爱精神的张扬与凸显

在当下的中国社会中，工业化和科技的进步把理性推到至高无上的地位，导致了人类对自然的冷漠与无情，导致了人的信仰迷茫、精神迷失、情感受到压抑，那些曾经神圣的理想和价值观，在金钱的腐蚀下也已褪色。作为社会契约关系的重要基础，情感的力量对人类的言行有巨大的推动、控制和调节作用，是一个重要的自我监督力量。现代心理学、生理学都认为，人的行为走向是受情感控制的，如果人类对大自然采取冷漠、敌视甚至仇恨的心态，就必然会遭受自然的反作用力，被自然惩罚，"人类精神世界中价值取向的偏狭，才是最终造成地球生态系统严重失调的根本原因"[1]，所以把爱施给自然界的生命，可以让人类自身的道德水平也得到提升。"生态中心主义倡导对自然敬畏、谦卑、负责任和关怀的美德"[2]，这种自然的情感不仅包括人与人之间、人与群体之间的情感，也包括人与自然万物、与整个生态圈之间的情感，作为一种超越人类自身之爱的大爱，这种情感是淳朴的、真诚的，更接近人的本性，是人类把握自身、理解世界的深层方式。这种博爱的情感需要有一个宽广的心胸去容纳自然万物，爱自己的同时也爱别的生命，明白给予和获得的关系，在这种无私的情感指引下，人与自然的关系才能走向更长久的未来。依靠这种品质和精神进一步指导人类处理与自然的关系，可以让人类走出自我的狭隘空间，在把自己的情感投射到自然万物身上，是一种博爱的深度情感表达。因此，作为自然万物中的一份子，作为生态系

---

[1] 鲁枢元：《生态文艺学》，陕西人民教育出版社2000年版，内容提要。
[2] 王诺：《欧美生态批评》，学林出版社2008年版，第98页。

统中的一个生命存在，人类应当把自由、平等和博爱的伟大原则推广到所有存在物的身上去，尊重和包容每一种生命存在，把自然的生存权利作为判断人类行为善恶的标准，"通过获得自己所缺乏的那些美德，培养那些目前自己已经具备但却不牢固的美德，来改变自己的品质"①，"我们可以把好品质看成是自我主宰和自我控制的能力，这种自我主宰和自我表现控制力给人们意志力去履行自己的责任，尤其在那些没能履行自己的责任主要是由于意志薄弱的情形中"②。所以，生活在如此恶劣的环境下的儿童，要复归到人与自然的和谐状态，达到人性美与自然美的和谐统一，需要借用情感的力量来平衡理性的力量，用博爱的情怀来对抗现代文明中冷漠与自私的心态。

  道德信念的内核是情感而不是认知，而爱是儿童文学最基本的美学元素，"它让孩子自由而充满诗意感受生活的激情，让孩子沐浴在诗性的智慧里，教育孩子向真，趋善，求美"③。儿童眼中的自然，不仅是客观的自然界，还是一个带有温情的充满感情的世界，正因为有了这些情感的维系，儿童在与动物、植物、山山水水的互动中不知不觉地与自然融为一体，相互爱护与关心。作家从儿童自身的原始生命的情感出发，把爱的种子播撒在儿童幼小纯洁的心灵中，让他们在对人性美的追求中培养爱父母、爱家人、爱朋友、爱自然的情感，以此为基础建立儿童与他人、社会、环境之间的和谐关系，促使儿童人格的不断健全。这不仅沟通了人与自然的联系，培养了儿童对自然的情怀，还关照着人类的生存状况和前途命运，塑造着人类的精神家园。作家们在作品中带着深厚感情保护动物以及一切生命体，带着一种对生命的普遍的慈悲和怜悯之心，以"慈心于物"的生命道德情怀去善待他们，关爱他们，他们笔下的这种充满博爱的叙述净化了纷繁世故的思想和心灵，使儿童文学作品散发出温暖而坚强的力量。儿童文学作家坚信只要人类对自己的错误行为能够正确认识，怀着忏悔之心去做出弥补和努力，就可以重新拯救自己的

---

① [美]保罗·沃伦·泰勒:《尊重自然:一种环境伦理学理论》，雷毅等译，首都师范大学出版社2010年版，第137页。
② 同上书，第127页。
③ 包鹏程:《童话中的诗性智慧》,《儿童文学研究》1999年第3期。

灵魂，改变地球的明天。这是从整体来感悟自然的情感表达，与"生态整体主义"所倡导的人与自然应该和谐相处的本质是不谋而合的。

第一节　仁慈与关爱的精神导向

人作为动物，具有动物自私的本性，但人与其他动物相比，这种自私的本性更加强大，人类在与自然相处的过程中，只考虑人类自身的利益，无视其他动物存在的权利和利益，人类变得贪得无厌，其他动物、植物无不成为人类贪婪欲望的牺牲品，正是人类的这种自私的欲望，导致了人与大自然的对立。想要挽回在自私和理性中迷失了的人们，就要用一种仁慈和关爱的力量来实现，正如卢梭说的那样：

> 人应该听从良心这种自然情感的引导，因为理性总是欺骗人们，良心才是人类真正的向导。仅用理性来建立道德的基础是不可能牢固的。理性使人过分自爱而变得自私，天然良知却能使人克服自私之心而倾向于公共利益。作为天然良知的理性是情感和智慧的结合，亦即良知和自然是道德的真正基础和自由的来源。[1]

仁慈与关爱是所有情感的基础，是博爱情怀的重要组成部分，人生活在自然中，不应该只爱自己，还应该将仁慈与关爱之心扩大到所有的生命中，怀慈心于微小的生物。这代表了一种宽广的情怀，可以让人不再以自己的利益为标准，不再为自己的私利作为行动的出发点，而是更多地去考虑别的生命的处境与感受，这是人产生幸福和美满感觉的情感根源。因此，对于儿童来说，他们人格的完善、情感的完整更需要用"善"的力量来引导和恢复，"将仁爱精神和悲悯情怀扩大到其他物种，力主关爱其他物种，反对破坏自然和虐待动物的不人道行为"[2]。

儿童具有热爱动物的天性、有关心弱者的天性，而文学是对人类的

---

[1]　[法]卢梭：《爱弥儿》，彭正梅译，上海人民出版社2007年版，第15页。
[2]　曾繁仁：《生态美学导论》，商务印书馆2010年版，第311页。

心灵进行关怀和抚慰的,给人类的精神生命以本质上的关爱,所以作为有责任感的新时期儿童文学作家,他们有必要在儿童狭隘的情感基础上不断将之扩大和延伸,引导儿童在爱自己同类的同时,更要爱世界上所有的生灵,更包括非生灵在内的高山和流水等存在,通过"爱自然"来进一步达到更高境界的"爱人类"。儿童文学中这种珍贵的情感表现为一种博爱的、整体的关怀态度,传达出新的道德秩序与规范的道德人格建构意向,使儿童始终保持以正确的目的和合理的理由去做正确的、维护自然和谐的事。

一 "善"的引导

善恶的观念是道德规范中的一个重要衡量尺度,在伦理学上所谓的善,是指符合一定道德原则和规范的行为和事件,而所谓的恶是指违背一定道德原则和规范的行为和事件。作为生命个体的人具有理性和意识,具有辨别是非善恶的能力,伦理学是人类关于善、恶价值判断的理性认识,是人们关于自身道德生活的理论升华,它要求人们生活在"德性"之中。中国自古就把尊重生命、长养生命、维护生命作为人的"大德","天地之大德曰生"(《易传·系辞》)。作为现代新型的社会意识形态,生态伦理学不仅要求人们合乎"德性"地对待动物,而且要求人们从道德的角度出发,把人类的同情心扩大到整个自然存在中,合乎"德性"地对待世界上的一切。所以,"无论人类以前对于自然生态的态度如何,只要一心向善,改变观念,善待自然,就具立地成佛的可能,这对于鼓励人们改变态度,树立正确的生态观念,具有积极的意义。"[①] 儿童亲近自然,在自然中得到了对生命本质的关怀和共鸣,他们的内心是向"善"的,作家们的职责就是守护这个倾向并保持下去。所以新时期儿童文学中所表现的"善"并不只是单纯的善良之意,而是指人对自然的关注与包容,对所有生命的尊重与关怀,是一种对自然的整体观照之情,具有鲜明的生态伦理意识。对于生活在物欲横流的社会现实中的儿童来说,阅读带有如此情感的作品可以让内心充盈,得到的不仅是心灵的净化、

[①] 曾繁仁:《生态美学导论》,商务印书馆2010年版,第259页。

境界的拓展、人格的提升，同时也提高了生态意识和环保理念。

童年是塑造人生情感倾向的重要时机，"人们可以不同程度或不同水平地实现人格，这取决于他们童年受到的待遇、所得到的发展自主性合理性能力的机会、不受严重的精神和感情失调之苦的程度"①。一个人的成长就如一棵树，只有它的幼苗是健壮的、笔直的，它才能长成一棵挺直的参天大树。因此，在儿童阶段，充分利用他们这一特点，培养他们对自然的关爱，对他们以后的成长、对他们健康人格的构建、对生态伦理学的完善都有重要的意义。在牧铃的作品中，作者将对生命的爱护的情感在儿童身上体现得淋漓尽致，充分表达了他们对自然的向"善"之意。在《丹珂的湖》中，丹珂是一个关爱自然、尊重生命的小姑娘，她从小就养成了一种关心别人、热爱自然的美好品性，面对人类以外的生命存在，她总是抱着一种关心和爱护的心态，甚至走路的时候，"她的动作也尽可能放松。千万、千万别再惊扰那些躲藏在绿叶中的小动物"（牧铃《丹珂的湖》），丹珂对于自然的态度就是一种积极地维护人与自然的关系的态度，作家塑造的丹珂形象的目的就是引导儿童建立尊重自然完整和尊重生命存在的情感。从生态伦理批评的视角来考察牧铃的作品，我们会发现这是生态伦理的审美倾向，这种对自然的呵护体现着儿童身上与自然和谐共生的原始理念，饱含着一种对和谐精神生态的向往。正如奥尔多·利奥波德说的那样：

> 当一个事物有助于保护生命共同体的和谐、稳定和美丽的时候，它就是正确的，当它走向反面时，就是错误的。②

这也可以说，当一个人愿意维护生命共同体的和谐、稳定和美丽的时候，它就是向"善"的，当走向反面时，就是向"恶"的。不同于牧铃直接的表现方式，湘女的作品在对生态审美的表述中更为婉约和含蓄，

---

① ［美］保罗·沃伦·泰勒：《尊重自然：一种环境伦理学理论》，雷毅等译，首都师范大学出版社2010年版，第21页。

② ［美］奥尔多·利奥波德：《沙乡年鉴》，侯文蕙译，吉林人民出版社1997年版，第213页。

更多地书写了自然环境下儿童情感的自然流露，并通过这种儿童的原始情感来循序渐进地引导他们走向一种更为宽广和宏大的情感世界。童年是人生情感生成和完善的关键时期，所以作家们以儿童的特质为切入点，在作品中倾力塑造出一系列关心动物生命存在的儿童形象。在《竹娃娃》中，竹笋在每一个人的眼中，就是一个个真实的生命存在，儿童本身就具有"泛灵"的意识，对待如同自己生命一样的竹笋，自然饱含了关切之情。"我"和孩子们在竹笋刚刚露头的时候会挑选一个最胖最壮的竹娃娃小心地呵护它，看着它一天天长大，这些竹娃娃在他们的眼里，是可爱的、柔弱的、充满生命力的，孩子们围着它们游戏，也对它们时刻充满牵挂。而当看到学生家长砍下那棵被儿童们呵护的竹娃娃做成香甜的饭菜的时候，"那孩子眼里噙着泪，噘着嘴坐在饭桌前，久久不肯动筷子。我端起碗，眼泪吧嗒吧嗒直往碗里掉"（湘女《竹娃娃》）。当一个人对其他生命都可以善良、慷慨，愿意尽最大的努力去帮助那些需要帮助的生命的时候，也会因为自己帮助了别的生命而感到欢乐和满足。竹娃娃在儿童的心目中除了食用的价值，还是和自己一样鲜活的平等的生命存在，都是自然的孩子。儿童认为竹娃娃也有价值，也是需要被尊重的，所以他们会尽可能多地考虑竹娃娃的感受，即使自己饿着肚子，也不愿意看到竹娃娃被砍掉。儿童对竹娃娃被烹饪的悲伤，正体现了儿童对自然生命的仁慈之心。在金曾豪的《绝谷猞猁》中，当猞猁依依的野性恢复后，它偷吃了很多养殖场的鸡，而收养它的林家却没有因此而责罚依依或者因为依依的行为而禁锢它，而是"在赔偿了特种养殖场丢鸡的损失之后将依依放归了山林"（金曾豪《绝谷猞猁》）。尊重生命的本来习性，尊重生命的野性价值，关心生命的长久生长，这些行为是符合自然的生存规律的，是"善"的行为。而被关在动物园中的两只浣熊却没有这么幸运，在动物园中，对生命的冷漠让游人经常对弱小的动物实施游戏性的侵袭，动物们无处躲避，只能惨遭厄运。"三个青年游客中的一个用金属的伞尖刺中了母浣熊的尾骨根部。这一刺的力量很大，可能伤及了脊髓神经，虽然没见多少血，但两条后腿却在立时不听了使唤。……母浣熊拖着两条麻木的后腿爬到笼子深处几块石头后面趴着，痛苦地低声呻吟。公浣熊爬到石头上嗥叫着，除了愤怒，嗥叫声里还有一种无可奈何的悲哀。"(金曾豪《绝谷狷猁》)人类为了自己的一时取乐,做出伤害动物的行为,导致了动物不可逆转的伤害,这次的伤害也是母浣熊在动物园塌方时死亡的直接推手。"公浣熊回到母浣熊身边时发现母浣熊已经死去。它悲哀地呜咽着,俯下身子,用鼻子在同伴尸体的各个部位一遍一遍地拱着拱着,想以此来唤醒对方。在狂风暴雨中,公浣熊久久地重复着它的抢救动作,不肯停下来。"(金曾豪《绝谷狷猁》)浣熊之间的深情震撼着阅读者的内心,同时也打动着儿童敏感、柔弱的神经,如果没有之前的伤害,这对浣熊夫妇应该可以利用动物园的塌方而逃出人类的禁锢,回到它们梦寐以求的山林中去,但是一切都在人类的恶性中化为泡影。作品中流露出的哀伤能够引起儿童对于伤害动物行为的反感与批判,与林家人放归依依的保护行为形成了鲜明的对比,对儿童来说,选择什么样的行为才是有利于动物生命的行为已不言而喻,作者用这种对比的方式引导着儿童的情感走向。在张炜的《养兔记》中,将动物作为与自己相同的生命存在来呵护的情节也随处可见。锅腰叔在儿童眼里虽然是一个神秘的存在,但他同儿童一样关心和热爱所有的小动物,当村头把他当孩子养的兔子当成下酒菜后,他发自内心的悲痛之情让人动容:"那霸道家伙宰了我的兔子当下酒菜,杀一只又一只。我是当孩儿一样养大了它们啊!"(张炜《养兔记》)锅腰叔和儿童一起藏兔子以躲避它们被杀害的命运,这些人身上体现出的对动物的关爱之情与村头和老憨爸为了吃肉换酒对兔子的漠视之情形成了鲜明的对比,物欲下的丑陋嘴脸给儿童留下了深刻的印象,坚定了他们将兔子放生的决心,也坚定了他们爱护动物生命的决心,也坚定了作者守护儿童对自然的向"善"之心的决心。作者以此为视角,进一步深入到深远的社会关怀中,把儿童"小我"的爱过渡到面向自然的"大我"的爱,用这种精神构建着儿童美好的心灵。

  对一切的生命,我们都应怀有一颗关爱的心,只有在对别人、对别的生命付出关心的同时,才能收获别的生命对自己的关心与爱护。在王一梅的童话中,作者表现出的是一种普通生命之间相互关心、相互依存的美好状态,让儿童充分感受到无论是在人与人之间,还是在人与动物之间,或是动植物之间,相互关心、相互爱护的情感是最基本的,正是有了这些情感的联系，才使得生命之间的相处更加融洽、自然更加和谐。在她的作品《马丽奶奶的圣诞节》中，只有一只脚的马丽奶奶细心地为村子里的动物们都编织了袜子作为圣诞礼物，而动物们也在马丽奶奶为自己编织的袜子里放上了数也数不完的圣诞礼物，可见当一个生命珍视与别的生命的亲密关系时，对方也会回报同样的情感，而且在这种付出与收获中，他们之间的心灵充满愉悦。这种人与动物之间互相关怀、相互尊重的精神成就了他们之间充满爱的和谐关系，这才是人与动物共存的基础。同样的情感体验也体现在她的《鸟窝里的树》中，鸟太太在孵蛋的过程中窝里长出了一棵树，它们带着一种博爱的情感，用欣赏的眼光看待小树的成长，它们把这棵小树当成自己孵化出来的宝宝，而不是挤占它们宝宝生长空间的入侵者，即使鸟太太的窝随着小树的成长面临被破坏的危险，它们也依然不愿意伤害小树。正是怀着这种对其他生命的爱，保持并延续下去，才使小树与小鸟可以一起成长，最终达到和美的意境。"在鸟先生、鸟太太的精心的照顾下，鸟宝宝和小树苗一起长大了。当四只小鸟学会飞行时，这棵从鸟窝里搬出来的树上开出了粉红色的花"（王一梅《鸟窝里的树》）。相信这种充满了温馨、和睦的审美感受带给儿童的是不一样的情感体验。在湘女的《豆豆花儿》中，作者同样也采取了清新婉转的笔调来书写儿童种植豆豆花儿的过程中的心理变化与始终不变的对豆豆花儿的关切之情。豆豆花在儿童眼中是柔弱的，当豆豆花儿被春天的霜冻摧毁的时候，孩子们的"心很疼，那是一种怎样的痛苦啊，眼看着希望的梦在碎裂，面对着心爱的美在消亡，你却那么无奈和无助"（湘女《豆豆花儿》）。当他们发现了豆豆花儿一丝生命的痕迹的时候，他们的兴奋溢于言表，"那一瞬间大家多么高兴，不等我开口，孩子们就七手八脚忙开了，有的剔去死去的枝叶，有的扶起倒下的豆架，有的剪掉干瘪的豆蔓……而那根绿意淡淡的豆枝，被轻轻系在一根细竹竿上，很精心地保护起来"（湘女《豆豆花儿》）。儿童面对豆豆花儿被冻死的悲伤，面对发现活着时的喜悦，面对一棵小花而表现的关怀和爱护，都让我们感受到他们敏感、善良的一面，拥有这样的情感的儿童，在未来将会成为一个人格完善的、热爱自然的、关心他人的人。当看到一朵花的绽放与儿童的健康成长交相辉映的时候，人也会感激博爱的情怀所带来的美好的世界。

从生态伦理的角度来说，自然和人类以外的其他生命对人类而言并非是一个可有可无的存在，而是必不可少的存在，当它们一个个被人类毁灭，离人类而去时，人类必将会深刻地感受到"唇亡齿寒"的道理，而那时，人类可能离自己的末日已经不远了。生态伦理思想家史怀泽说：

> 善就是保持生命、促进生命，使可发展的生命实现其最高价值。恶就是毁灭生命，伤害生命，压制生命的发展。这是必然的、普遍的、绝对的伦理原则。[①]

在这一原则的指导下，新时期的儿童文学作家们在作品中表达出了尊重生命、热爱自然、保护环境的向"善"趋向，展现出人类与自然彼此依存、体贴和关怀的行为，目的是让儿童感悟到：当每一个生命愿意为了维护自然的和谐与完整而付出努力，为了另一个生命的生存而付出努力的时候，才可能真正实现人与自然的和谐统一。

二 大爱的感悟

人与自然的联系并不仅仅体现在物质上，同时也体现在情感和心理的层面上，对自然情感的不同，带来的是人对自然的态度和行为的不同。当人与人之间的爱扩大为对所有生命的爱的时候，一方面带来的是整体利益的提高，另一方面也带来了精神的升华，有利于增加价值认同感和凝聚力，在彼此的相互关爱中感受生命的价值和尊严，体会生活的美好与幸福。儿童纯真的天性具有向善的能动性，但一个封闭、不会爱的心灵是不会成为一名诗意的栖居者的。少年儿童时期是养成道德规范和思考能力形成的时期，如果不注意对儿童的博爱情怀进行引导和培育，这种最初的情感或许会毫无知觉地被淹没在匆忙的成长道路上。曹文轩、梁泊等很多作家对于自然的热爱，就源于他们儿童时期与自然的亲密接

---

① [法]阿尔贝特·史怀泽：《敬畏生命》，陈泽环译，上海社会科学院出版社1996年版，第9页。

触而形成的对自然的爱，这让他们坚信正是源于内心深处培养的对自然的热爱之情让成年后的自己无论身在何方依然与自然是一体的，依然能够发自内心地感受自然、亲近自然，所以才能在创作时无意识地流露出对自然的尊重之情和亲近之意。在当代中国，许多儿童的生活已经疏离了自然的怀抱，人与自然的冲突也越来越触目惊心，受此影响，他们面对自然常常抱着冷漠与残酷的态度。因此，儿童文学更应该担当起一个启蒙者的角色，让儿童在童年时期就保持对自然的爱，引导儿童用一种感性的情感表达方式来传递对自然的深情。这样的作品符合儿童的审美特质，能为儿童带来心灵的启迪、审美的愉悦和理想的憧憬，激发出儿童对自然最深沉、最淳朴的热爱，在成长过程中自发地对环境进行关注与保护。

将自己的爱扩大化变为对其他所有生命的爱，可以让生活更加幸福，生命之间的关系更加和谐，这在吕丽娜的《从前的从前》中表达得尤其明显和直接，在作品里作者塑造了一个小小的世界，在这个世界里"所有的东西都可以走来走去，互相拥抱：山和山拥抱、树和树拥抱、河和河拥抱、花和花拥抱、草和草拥抱……"（吕丽娜《从前的从前》），它们在彼此的拥抱中可以消解孤独，获得温暖、幸福和更为强大的力量，但这种同类之间拥抱的方式让它们彼此拥抱的时候要花费很多的时间，克服很多的障碍，还可能"枝杈往往会在拥抱的时候缠绕在一起"（吕丽娜《从前的从前》）或者"有许多的叶子和花瓣因此被挤掉"（吕丽娜《从前的从前》），直到一个小姑娘说："从现在开始/山不光要和山拥抱/还要和树拥抱、和花拥抱、和草拥抱，和河拥抱……/树也一样，不光和山拥抱/还要和山拥抱、和河拥抱、和花拥抱、和草拥抱……/总之谁都不要只拥抱同类/而是要互相拥抱！"（吕丽娜《从前的从前》）从对自己同类的拥抱扩大到对所有的自然存在的拥抱，是一种爱的拓宽与升华，让世界更加美好的同时，也变得充满幸福和温暖。对自然怀有的情感和态度决定了一个人的价值取向，当一个人是热爱自然的时候，他必将认为自然是具有特定的价值的，而更加珍惜与维护，当一个人以自己为中心，以自己的利益和欲望的满足为前提的时候，也必定会认为自然是为自己服务的，则会冷漠的看待自然。以刘先平为代表的书写自然探险内容的作家，对大自然充满了赞美和热爱，在他们的笔下，我们可以充分感受到饱满的对大地山川、动物植物、春风秋雨的深情，他们笔下的自然环境美丽无比，他们用诗一般的语言赞美天空、高山、森林、草原以及溪流河水，展示给读者一片美丽而灵动的原生态景色，抒发了他们热爱、尊敬大自然的情感，让儿童产生对自然一种伟大和整体的爱。在刘先平的《银杉王》里，当"我"见到银杉王的时候，"我跑了上去，喘着粗气，伸开双臂抱住了它，心里涨满了喜悦与激情，就像见到了一位从未晤面，但已心交很久的朋友"（刘先平《银杉王》）。追踪马鹿、探寻银杉树、寻找原始的胡杨林，在对自然的考察中，对于自然的热爱之情和崇敬之情不断增强，"海上的满目树干，和浮在海上的树冠、参差相映，排列成无数奇怪形状的画面。大海是如此奇妙地生出了森林！任你有着怎样丰富的想象力，也难以勾画出海上森林的多彩多姿的形象"（刘先平《夜探红树林》）。在刘先平的笔下，一种炽热的爱国主义情感渗透在作品之中，他热切地期盼青少年"热爱祖国的每一片绿叶，每一座山峰，每一条小溪"（刘先平《山野寻趣》），并由此"升华为对祖国的热爱"（刘先平《山野寻趣》）。他试图引导儿童走出狭隘的自我感受，走向一种更为宽泛的、整体的、爱自然的情怀，不仅仅只爱自己，更应该爱别人、爱自然、爱国家，读者跟随他的脚步，领略到了大自然的美好景色，与主人公一起参与到保护动物、保护自然环境的行动中去，因为动物的快乐而快乐，因为动物的悲伤而悲伤，在心底点燃了对祖国、对自然的热爱之情。在杨保中的《蜜蜂·苦荞·熊瞎子》中，爷爷对待熊的态度平和而又宽容，尽管熊偷吃了人种下的粮食，但是整篇文章都展现出的是人的温和与包容，以及在这种温馨的情感下人与熊之间的和睦关系，"爷爷与我在小茅屋里静静地往外瞧，又是那头大棕熊，它那急不可耐的样子真让人又生气又好笑，爷爷边笑边闪出泪花，今年的收成又让它给糟蹋了……"（杨保中《蜜蜂·苦荞·熊瞎子》）这篇作品的不同之处在于：当人类面对熊的破坏行为时，没有像以往那样带着认为动物是在侵犯人类、是在破坏人类的粮食，对它们选择肆意地驱赶或猎杀，而是选择了哭笑不得地看着，把动物的行为还原成一种动物本身的生理行动，体现了爷爷尊重、爱护另一个生命存在的态度。即使是熊毁坏了人的庄稼，与人的利益发生了冲突，也会让人舍弃自己的利益而选择保护动物的生存，这种保护突破了人类中心主义的狭隘情感，表达了一种高尚的爱护之情。这种情感的改变同样也还体现在班马的《小绿人》中，在作者班马笔下小绿人们是一群即将消失的生命，人类对于环境的破坏迫使他们离开，小绿人们的处境是危险和急迫的，但是去寻找和拯救小绿人的路也是艰难的，但正是因为有了以三姨沈雪为代表的科学家们，有了以薇薇为代表的儿童们对其他生命生存状态的关注与尊重，有了他们心中对另一生命的爱护之情，才有了他们孜孜不倦地寻找小绿人的行动，无论成功与否，这种行动本身就是爱的正能量的体现。在经受着如此爱的洗礼中，儿童才感悟到成为一个人所应该拥有的基本的情感，这种情感在引导他们对自然、对其他生命存在付出自己的爱，引导他们从"小我"走向"大我"，他们的人格会更加完善，自然也会给予人类同样的尊重与关爱，人与自然的关系正是在这种情感交融中得到升华。正如金波的《追踪小绿人》中女孩小晓所说的那样："就在我感受人的爱，也想用同样的爱回报时，我走向了人，变成了和小叶子一样的人。"（金波《追踪小绿人》）在黑鹤的《冰湖》中，年迈力衰的索米娅老人，在天寒地冻的天气里独自一人在光滑的冰面用绳套救助被困的黄羊。她在恶劣的天气下选择为一群黄羊付出，却没有让我们看出她的一丝犹豫和恐惧，在这个行动的背后，我们看到的是索米娅老人因为把黄羊看成与自己的生命一样重要，把它们看成与蒙古族人一样世代生息在这片辽阔的草原上的存在，与人一样具有相同价值的存在，才会义无反顾地伸出援手。这是一种天底下最淳朴、最博大的爱，是一种人性中最率真、最纯洁的情感，无须再多的阐述，我们通过文字的表述就能深切感受到索米娅的自我牺牲之情，感触到索米娅胸膛中跳动着的真心和爱心。只有当人们真正意识到自己与自然之间的密切关系，并使自己与自然重新建立起根本性的联系，才能使自己获得生命和灵魂安妥的根基。人性的最高标准并不是通过人类理性来获得，而是蕴含在神秘美丽的大自然中，只有与自然能够和睦相处才能达到人性的最高标准和最终归属。

爱的力量是巨大的，可以温暖和感化一颗冰冷的心，人类用自己的爱去感化别的生命，不仅拯救了其他生命，同时也在温暖和感化的过程中，拯救了自己，人类自己的情感也获得了升华。王一梅在她的创作中从不对反面人物痛下杀手，而是采用温柔的方式去融化他们冰凉的心，使他们也被感染得善良起来，读这样的作品我们会从头至尾沉浸在爱的暖流中。在她的童话《木偶的森林》《住在雨街的猫》等作品中，面对木偶人罗里，工程师阿汤和图书馆的阿灿姑娘用关心和爱护融化了他因为仇恨而冰冷的内心，被感动的木偶人解救了动物们，实现了生命间的和谐。阿灿姑娘看到了木偶人仇恨背后孤独、无助的一面，她给他做了新的衣服，"阿汤先生被阿灿姑娘征服了，是因为阿灿的聪明，更是因为阿灿的善良。他梦想依靠修建道路来拉近自然与人类之间的距离，而阿灿没有任何言语，就能走到别人的心里去。"（王一梅《木偶的森林》）"罗里的脸上突然也露出一个笑容，这是罗里成为木偶人以来第一次微笑。他穿上了绿色的衣服，就像一棵绿色的树。"（王一梅《木偶的森林》）在这篇童话作品中，我们从生态伦理的角度来解读可以看出，罗里是一个木偶人，代表着被人类伤害的自然，阿灿代表着具有仁慈之心和关怀之心的人类，铁路象征了科技社会的工具，只用冷冰冰的工具是无法连接人与自然的情感的，反而会对自然造成破坏，只有用人类对自然真正的尊重和爱，才能温暖和消解自然对人类的仇恨，才能共同回到最初的快乐时光。"阿汤先生想，如果人类都像阿灿，而动物都像黑熊一家，彼此相处起来会是多么好啊。"（王一梅《木偶的森林》）正像阿灿说的："罗里，和人类和好吧，灾难已经成为过去。"（王一梅《木偶的森林》）在这样的爱与被爱的情感基础上，人与自然的灾难才能成为过去，走向一个更遥远的未来，从而表达了作者向往自由、平等和博爱的思想。新时期的儿童文学在以其特有的关于爱的叙述方式传递着这些做人的道德规范，对儿童道德情感的形成产生了积极影响。作家们期待以感性的审美标准来代替科技理性的冷冰冰的理性世界，以一个诗意的精神世界超越现实世界的种种罪恶，从而为生命的存在找到一个终极的价值根基。黑鹤在获奖感言中曾说：

> 我想告诉所有的孩子，当你们必须面对成长时，我正努力呈现

给你们一个接近完美的世界。①

他笔下《美丽世界的孤儿》中驯鹿幺鲁达在柳霞的舍命保护下，回到了那些爱着它的人身边，尽管它从小失去了动物母亲的保护，却仍然在人类世界里找到了相似的被呵护、被保护的安全感，这种与驯鹿之间的爱更加深沉和宽广，赞扬了人类的博爱情怀。黑鹤为那些生活在钢筋水泥中的儿童展开了一个正在远离他们视野的自然世界，引导着他们用正确的情感来处理人与自然的关系，没有语言的说教，但是儿童却可以从这些作品中领悟到万物相交相容的真正含义。

史韦兹强调：

> 我们已经扩大了伦理活动的范围。我们意识到：伦理不仅于人，而且于动物也有关，动物和我们一样渴求幸福，承受痛苦和畏惧死亡。那些保持着敏锐感受性的人，都会发现同情所有动物的需要是自然的。这种思想就是承认：对动物的善良行为是伦理的天然要求。②

对于儿童来说，关心爱护别的生命是他们自然的天性，如果丧失这一点，人类就很难拥有彼此友爱的情感和与自然相处的智慧。

> 在世界大同的福音中，每个人感到自己同邻人团结、和解、融洽，甚至融为一体了。③

生态伦理认为，善是保存和促进生命，使生命达到最高度的发展；恶是阻碍生命、损害生命、破坏生命、毁灭生命的发展。因此，作为新

---

① 丘睿:《关注动物本体的人文思想——论格日勒其格·黑鹤作品的生态意蕴》,《牡丹江教育学院学报》2009 年第 1 期。
② [法] 阿尔贝特·史怀泽:《敬畏生命》, 陈泽环译, 上海社会科学院出版社 1996 年版, 第 9 页。
③ [德] 尼采:《悲剧的诞生》, 周国平译, 三联书店 1987 年版, 第 7 页。

时期的儿童文学作家来说，在作品中大力倡导这种善，保存并使儿童长久地拥有它，就是一种积极地维护人与自然的关系的态度。

第二节 怜悯与同情的道德关怀

面对科技的发展，工具理性充斥着我们周围的世界，生活节奏的加快、生存范围的缩小、网络世界的包围已经让今天的儿童处在一个瞬息万变的环境中，人与人之间、人与自我之间、人与自然之间日渐疏离，儿童用一双本该在自然中发现美好的眼睛在驳杂的现代社会里艰难地寻找自己成长的道路。今天的儿童与昨日的儿童相比，无论从生理上还是心理上都起了明显的变化，但在他们的心灵深处，有一些东西是不会轻易改变的，那就是面对自然、面对生命时人类内心深处潜藏着的悲悯情怀，这是人类最原始、最本能的一种"原生态"情感，包含了同情、哀怜、悲人所悲、痛人所痛的感觉。这种感觉把对人类的道德关怀推广到所有的自然存在中去，强调是用一种博爱和慈悲的目光来关照人世间的苦难，用感同身受的方式来表达自己关心和怜悯的心情，这也正是生态伦理学所积极倡导的，正如爱因斯坦说：

我们今后的任务就在于扩大悲悯情怀，去拥抱自然万物。[1]

进入商业化时代，儿童文学的发展让评论者们褒贬不一，商业大潮所推崇的价值观念正试图改变着儿童文学一贯的审美观和价值观，儿童文学到底应该怎么走、如何发展才能既符合时代的潮流，又不失去自己的立场与原则，这些都是需要研究者们思索的。

艾特玛托夫曾提出，作家是时代的良心、社会的良心，作家的任务就是把自己关于精神价值的概念，关于什么是好，什么是美，什么是坏的概念传达给读者，促使读者思考人的道德的重要价值、

---

[1] 王诺：《欧美生态批评》，学林出版社2008年版，第103页。

责任感,即一切能使人成其为人的东西。①

以快乐为原则的儿童同时采取宽容的生活态度。这种宽容的生活态度与喜欢划分等级的成人社会格格不入。成人社会将人类封为宇宙的精华,万物的灵长,在人类等级之下的是动物,然后是植物,最后是其它叫做什么东西的物质,儿童既没有成人面对自然界的妄自尊大,也没有成人面对人类自身的那么多偏见。相反,儿童将自己旺盛的生命力化作同情,分赠给世界万物。儿童甚至会怜悯路旁的一块小石头,因为它总是孤零零地躺在那里。在儿童的宽容心面前,成人苦心经营的等级制度往往会顷刻瓦解。②

进入新时期,坚持以"儿童本位"的儿童观让儿童文学作家们通过作品为儿童呈现出了一个因为友善和同情而日趋和谐、充满希望的世界,同时也表达了对工业社会下大自然被人类强势掠夺的同情和批判。

一 对万物的同情感受

同情是一种对其他人和其他生命不幸遭遇产生的共鸣,以及对其行动表现出的关心、赞成、支持的情感,它能使人设身处地地理解另一个生命的愿望和需要,进而给予相应的关怀、支持和帮助。因此,作为一种高级的社会性情感,同情心与一个人的认识、态度、动机、行为等都有着紧密的联系。而就儿童的道德品质的发展而言,在道德品质教育,特别是儿童利他行为的培养过程中,同情心的作用是举足轻重的。可以说,同情心的形成与发展是儿童产生利他行为的前提条件。生态社会学家布克钦指出,"人类的用概念思考和深深的同情感来认识和体验整个世界生命的能力,使他能够在生态社会里生存,并恢复、重建被他破坏了的生物圈"③。作为一种基础的情感表达,对自然万物的同情感受可以让人尽快地转变人类中心主义思想,改变以往人类自大的心理,对自然存

---

① 杨素梅、闫吉青:《俄罗斯生态文学论》,人民文学出版社2005年版,第218页。
② 朱自强:《儿童文学的本质》,少年儿童出版社1997年版,第111页。
③ 王诺:《欧美生态批评》,学林出版社2008年版,第114页。

在都抱着相同的尊重之情,在不伤害的原则关照下,最终实现人与万物的共存。只有充分理解这一点,人类才能用新的视角去理解和感受这片古老的土地。在儿童身上,由于他们独特的泛灵意识,其他生命的遭遇和处境更容易引起他们情感上的共鸣,所以这种情感的互通性在他们的身上表现得更加明显和自然。作家们在作品中充分利用这种优势加以引导和完善,使之成为一种更具有整体性和生态伦理意识的情感表达。

我们可以看到牧铃作品中小主人公的身上所表达的对动物遭遇的相同感受与怜悯之情,在《丹珂的湖》中,丹珂可以了解龙虾、小鱼等动物的快乐与悲伤,甚至连失去了伙伴的小鸭的叫声,"丹珂也听懂了,小鸭是在哭。丹珂就陪着小鸭流眼泪。这只失去伙伴的小鸭子快要伤心死了。"(牧铃《丹珂的湖》)小鸭子被丹珂看作是自己的朋友,是要同喜同悲的伙伴,所以她会努力地想办法去安慰小鸭,直到想出照镜子的办法,看到小鸭快乐的进食,她才感到心里的安慰,才能放心地去上学。作家在作品中所表达的是对动物的同情与怜悯,在更深层次上看还有对理性的时代造成的人类中心主义的否定与批判。在丹珂的眼中,小鸭、龙虾都是跟自己一样有尊严、有感情的生命,它们虽然相对人类来说是弱势的存在,但却是一个独立的生命存在形式,人类应该从它们的角度出发来思考如何更好地与它们相处,如何让每一种生命在自然中得到尊重和充分的发展。

> 替他者着想就是对他者的善具有一种特殊的关怀,这种关怀使得具有这种美德的人,一旦知道自己的行动会给他者造成伤害,就会停止行动。①

丹珂喜欢湖里的鱼,让爷爷为她抓一条回家养,相信这在儿童的身上是普遍存在的,但作者通过爷爷的话来提醒和启发了儿童的无意识的自我意识。他说:"我想,要是湖里的鱼把你抓了去,关在湖底下的一只

---

① [美]保罗·沃伦·泰勒:《尊重自然:一种环境伦理学理论》,雷毅等译,首都师范大学出版社2010年版,第132页。

气箱里,给你吃好吃的,给你换气,你会不会快乐?"(牧铃《丹珂的湖》),丹珂和爷爷把对动物的感受推己及人,饱含了对其他生命的关爱,在这里,人们的"自我"已经被延伸,作者把关爱人类自己拓展到关爱一切生命中去,充满了仁爱精神与悲悯情怀,通过儿童生活世界的视角透露出鲜明的生态伦理意识。同情不是可怜,可怜虽然也是一种感情的真诚表露,但是,可怜对于被"可怜者"来说是不平等的,有种屈辱的感觉。在这里怜悯和同情作为一种基础的情感表达,使人类在尊重每个生命的基础上能够超越自身的视野、经验和利益的局限去认识和关怀万事万物。同样,我们也在方敏的作品中读出了作者同情其他生命被人类迫害的感受,《大绝唱》中的河狸死了、男孩大眼睛死了、花狗死了,人虽然取得了暂时的胜利,但却抹不去心中在这种凶残、血腥的胜利后的孤寂与落寞,他们在悲伤中又踏上了旅途,失去了自然依靠的人类,缺少了鲜活生命陪伴的人类,又是多么的悲哀。河狸不断地退让、搬家,它们的家越来越拥挤,其生存的家园不断地被人类破坏,河狸们出于自保进行的反抗、出于无奈进行的牺牲行为,与人类霸占河狸家园的残暴行为形成了鲜明的对比,使儿童在阅读的同时产生对河狸生命的同情感受,以及对人类惨无人道的霸占行为的批判。在班马的《小绿人》中,儿童是怀着对于小绿人的怜悯与同情之心作为行动的出发点的,当薇薇仅听说小绿人坐在叶子上被农药熏得直咳嗽的时候,就已经眼泪汪汪地觉得他们"好乖,好可怜"(班马《小绿人》)了,正是这种对于小绿人生存状态的担忧,才促使几个少年从小绿人的角度来思考它们的生存危机,促使他们想要快一些去探寻小绿人的秘密,力所能及地用自己的力量帮助他们摆脱困境。在王一梅的童话《米粒和蛤蟆城堡》中,为了满足自己的私欲,安迪在野外把逮到的虫子带回城市,米粒却着急地说:"你就没有想过,虫爸爸、虫妈妈不见了,虫宝宝会多么着急?"(王一梅《米粒和蛤蟆城堡》)儿童把小虫看成是具有独立生命状态的存在,而作家利用儿童对父母的亲情依恋和儿童的泛灵意识来书写动物生命的遭遇,更能引起儿童对这些生命状态的关心,进而产生同情的感受,可以促使儿童站在小虫的角度思考自己的行为,在情感上取得一致和共鸣。普鲁姆伍德在《人类中心之外的道路》中曾说:同情心能够"将我们置于他者的立场上,在一定程度上从他者的角度看世界,考虑他者的与我们自己相似和不同的需要和体验"①。正是有了这种同情的感受,我们才能将自我扩大,超越狭隘的自身利益,作家把对其他生命的关爱融入作品中,让这些情感潜移默化地将儿童引入一种新的精神境界。

在曹文轩的作品中处处充满了悲天悯人的情感,《细米》中的梅纹把自己的感受赋予其他的生命,怀着同情和怜悯一切的心态来看待自然中的生命存在,"风雨天,一只过路的鸽子被打湿了翅膀,掉在了荷塘里,被细米捞上来后,她固执地要了去,然后用一条干爽柔软的毛巾包上它,将它羽毛上的雨水吸干。那只鸽子怯生生地望着她,浑身哆嗦。她安慰它:天很快就会好起来,天一好起来,我就放你走。一连下了好几天雨,她就一天一天地将它挽留在她的屋里,给食喂水,精心地伺候着。等天好起来时,她就总是不放心:它要飞向哪儿呢?哪儿才是它的家呢?"(曹文轩《细米》)对小鸽子的怜悯之情正是她内心中丰富情感的表现,梅纹把受伤的鸽子的生命看得与自己一样,她怀着一颗同情关爱的心去帮助它,她对鸽子去向的追问同时也是对自己生命去向的思考。曹文轩正是怀着这样悲悯的情怀想要"将人物打亮,将思想打亮,将所有的一切统统打亮"②,让人的尊严在懵懂中清晰耀眼起来,让自然逐渐与人亲近起来,让美好的人性随着对自然情感的复苏而蓬勃生长,充分体现出生态伦理情感的本质特征。还有在赵书花的《顺子》中,当小主人公得知与他相依为伴的小狗顺子被杀了卖钱筹集学费后,痛彻心扉地呼喊:"娘,我不上学了。我不想上学了。我不上学,你还我的顺子。可是,再也没有人能叫醒我的顺子了,顺子再也不能背着我的书包跟我一起走了,再也不能为我捉鱼了。如果,我不想上学,你就不会被杀了,被卖了。我不上学了,你活过来啊。"(赵书花《顺子》)看似一声声的自责,却是在呼唤人们对其他生命的尊重之情,虽然上学是"我"梦寐以求的事,但如果用顺子的生命来交换,却是儿童无论如何也不能接受的。当利益与其他生命的权利发生冲突时,毫不犹豫地选择抛弃自己的利益,这种

---

① 王诺:《欧美生态批评》,学林出版社 2008 年版,第 114 页。
② 曹文轩:《小说门》,作家出版社 2002 年版,第 87 页。

牺牲愿望的背后潜藏的是对其他生命的尊重之情。在方敏的《大绝唱》中，女孩面对河狸一家的灭亡，那种发自心底的悲痛让人动容，"女孩尖嗓子专心地唱啊唱啊，两滴眼泪不知不觉地流进嘴里，又苦又涩"（方敏《大绝唱》），女孩无力阻止成人对河狸的侵犯，只能用自己的歌声来表达，这是女孩对河狸们奋力保卫自己生存家园的同情，对自己无能保护和尊重河狸的哀伤。

> 我们在丰富的生态系统中看到的人类福利，已不再是人类中心主义定义的人类福利，人们判断生态系统为好或坏，已不再是从人类中心的短见出发，而是从一个扩大了的视野来加以判断。[1]

从自私和欲望中解脱出来，用一种悲悯的心态来关照世间的生命，这种情感本身也能使人变得更加高尚。

道德发展心理学一再强调，同情心是人类道德发展的基础，是个体道德情感的核心要素。而同情心是孩子在社会交往中最早获得的一种情感反应，新时期的儿童文学认同这种情感，并倡导在儿童身上发展这种感受，作家将之作为生态伦理意识重要的组成内容融入创作中去，让这种同情的感受作为情感基础和行动导向参与到建立生态文明的社会、构建具有生态人格的儿童中去，从而实现人与自然的和谐发展。

二 对弱者的尊重维护

在自然万物的生存规律中，弱肉强食和适者生存是不变的定律，但这里所说的对弱者的尊重和维护是指用一种整体的情感来关照自然中的所有存在，在尊重自然规律的基础上保持人性中的美好方面，并非是让人重新回到那种为了保护兔子而打死狼的违反自然规律的情景，也不是人类中心主义那样对自然万物的狭隘的情感，而是在共同的发展中推动社会的进步、自然的和谐，这不是人类的退步，而是一种更为完善的人

---

[1] ［美］霍尔姆斯·罗尔斯顿：《哲学走向荒野》，刘耳、叶平译，吉林人民出版社2000年版，第28页。

性表达。对待弱者的态度，可以说是区别人类情感是否向"善"、是否维护自然的和谐稳定的最重要的标志。儿童身上有对弱者的天然的保护欲望，如何引导这种朴素的情感并使之为人与自然的和谐做出努力，是需要作家们在创作时探索的。新时期的儿童文学作家们期待着儿童怀抱尊重、爱护的心态，可以将自己的情感赋予自然万物，尊重自然界中相对弱势的生命的生存状态，力所能及地提供帮助，重建人与自然和谐共生的生存空间。

作家们用一种满怀悲悯的情怀关注着动物在现实世界中的生存状态，让儿童在阅读中感悟人生的意义和价值，唤起他们对生命强烈的热爱，更有助于儿童对生命产生深层的理解。如同牧铃笔下的小女孩丹珂，她会用一种儿童的单纯行为来试图保护龙虾、小鱼、小鸭这些生命，她用自己力所能及的方式维护它们的生存。龙虾在成人看来是一种可吃的食物，但在丹珂看来，却是一种美丽平等的生命，"这些从远方来安家落户的漂亮动物，这些一点儿也不懂得人类的轨迹、一点也不会设防的傻东西，干嘛不搬到湖里去呢？湖那么深，又有风有浪，人们肯定不容易抓到它们，龙虾就能在那儿长成庞然大物啦……"（牧铃《丹珂的湖》）她把龙虾放到浅滩、放入深水中，真心地祈祷龙虾可以躲开人类的捕杀。尽管她的很多想法和行为在成人看来是可笑且无用的，但她愿意为别人、别的生命着想，尽自己所能来维护其他生命的生存权利和生存环境，这种行动本身就折射出她对每一个生命的尊重与爱护，触动着阅读者的内心。

> 关于不伤害的义务，一个最主要的美德就是替他者着想，就是愿意关怀他者，这种意向表现为关心并挂念着他者的福利。[①]

黑鹤在《古谣》中为我们讲述了草地深处的人们为一只拒绝哺乳的母羊唱起古老的《劝奶歌》的故事，当牧人巴图弹起马头琴的时候，老

---

① ［美］保罗·沃伦·泰勒：《尊重自然：一种环境伦理学理论》，雷毅等译，首都师范大学出版社 2010 年版，第 132 页。

额吉的歌声在空中回荡的时候，人类呼喊母羊对小羊的爱的过程也是呼唤着所有的生灵心中潜藏的爱的过程，牧人们怀着对小羊的关爱一遍遍地唱起《劝奶歌》，是人类柔情、博爱、悲悯天下的重要情感表现。同样是在黑鹤《姐姐的鹤》中，男孩小鹤的姐姐为了救助一只陷入泥潭中的受伤的鹤失去了年轻的生命，我和小鹤不顾寒冬用粮食救助饥寒交迫的大天鹅，面对柔弱的动物生命，人类对它们的帮助让人与动物之间有了微妙的联系，不仅拯救了动物的生命，也拯救了人类的心灵，有鲜明的生态伦理色彩。对于姐姐的离去，丹顶鹤们也心有灵犀地发出哀鸣："它们在那里盘旋着鸣叫，叫声在沼泽地的上空传得很远。鹤一般不那样叫，只有在自己的朋友或是亲人死去时才会那样悲伤地鸣叫，那是丹顶鹤在哭泣。"（黑鹤《驯鹿之国》）丹顶鹤是为帮助自己的人而哭，姐姐是为了帮助丹顶鹤而死，人与动物间的情感因为人迈出的这一步而变得格外融洽。"你们愿意人怎样待你，你们也要怎样待人"[1]，同样，你怎样看待别的生命，选择怎样的方式与自然相处，自然也会用同样的方式回报人类。所以作品的最后对于小鹤选择将来也留下来保护丹顶鹤的决定，正是作者想要传达的自己对于儿童守护弱者、尊重弱势生命行为的赞扬，包含了一种生态伦理精神。

  对于弱者的守护情感并不仅存在于人类的身上，同样也存在于其他生命身上，在刘先平和沈石溪的笔下，动物们虽然经历着严酷的自然淘汰法则，但它们对于弱小生命的维护和勇敢让人动容。刘先平的《七彩猴面》中，金丝猴与大嘴鸦之间发生了战斗，没有一只猴子退缩，它们都奋力应战，是为了保护那个初生的生命。正是有了这样的意念，金丝猴才有了一代代的传承，有了生命的延续。在金波的《追踪小绿人》中，作者提出了一个"为什么要变成小绿人"的话题，"我爱那些小绿人，从发现他们的那个晚上，我就下决心保护他们，因为他们很弱小。我想和他们有一样的心。我要用心去保护他们。我想变成小绿人，就为了保护他们。"（金波《追踪小绿人》）这种对"小绿人"的保护之情，充分表

---

[1] ［英］摩根：《马太福音——摩根解经丛卷》，张竹君译，生活·读书·新知三联书店2011年版，第125页。

达了儿童对于其他弱小生命得到的关怀，在这种道德意识的关照下，人才能与自然完成真正地融合相处。对于万物的同情和对弱者的保护是人类一种珍贵的情怀，但这种情感是以维护生态、尊重其他生命的整体观为基础的，因此这种情感表达突破了以往那种为了保护羊而杀光狼的狭隘情感方式，是符合生态伦理的思想的，人类为了帮助某一种弱势动物的生存，或是为了自己的某种喜爱而去铲除一些动物天敌的行为是人类中心主义思想的表现，是不符合生态伦理本质的行为，是一种恶或者是道德上的缺陷，一系列被打破的生态平衡事件正是这种行为的真实写照。"这种偏袒被看成是一种恶或者是道德上的缺陷，因为它会使人们做出违背不干涉义务的举动"①，这不是对生命真正的维护，也不是对于自然的尊重，恰恰体现了对自然的不尊重。

冷漠的行为跟成长过程中爱心、同情心、宽容与接纳等情感培养的缺失是分不开的，以金钱为衡量标准的现代社会，人们变得自私，而在崇尚个性自由发展的今天，孩子的某些个性也在不适当地膨胀起来，他们变得冷漠而残忍，他们是独生子女，身上聚集了家人和社会太多的关注和爱，却不懂得怎样去尊重生命和关爱别人。在生活中，他们往往会以自我为中心，而不考虑别的生命的感受，当看到别的小朋友摔倒了，他们会哈哈大笑；看到路边的蚂蚁，会毫不犹豫地踩踏；看到小花，会顺手折断。对于一切有生命之物抱有的同情感受和对弱者的尊重，是一个人道德情感的基础表达，一个人满怀同情，就会避免伤害人、损害人、使人痛苦，如果能宽容地对待他人、尊重他人、宽恕他人、帮助他人，那么他的行动将会带有公正和博爱的印证，对人如此，对自然更应如此。

第三节　忏悔与救赎的人格完善

生态问题的根源其实是人性的问题，科技的发展张扬了以人类为中心的价值观，也使得环境问题更加严重，所以扭转生态危机的关键，就

---

① ［美］保罗·沃伦·泰勒：《尊重自然：一种环境伦理学理论》，雷毅等译，首都师范大学出版社2010年版，第134页。

在于改变以人类自己作为中心来看待生命、自然和世界的情感导向、思维方式、价值观念和文化传统。丹纳曾说：

一个无论如何完美的躯体，必须有完美的灵魂才算完备。①

完美的灵魂的实现，就靠人类对自己行为的不断反思和调整，如何面对自己曾经对自然犯下的不可逆转的破坏，这些都是具备完美灵魂的基础条件。

自然生态惨遭破坏的现实折射的正是人类精神病态的症状，精神生态的形势迫使人们思考理想生态人格的形成要素和过程，而生态人格的构建正是对自然生态平衡的尊崇和对精神生态顽疾的克服。②

忏悔与救赎的精神正是人类自我精神的补救，在这种补救的过程中，人们的人格才能够进一步完善，人类才能获得长久的生存。生活在独生子女时代的儿童往往缺少对人类情感精神世界多样性的体验，也缺少对各种美好境界的感悟，无论在自然之中还是在与人的交往之中都体会太少，特别是当下成长在城市中的儿童，与自然环境的疏离和精神危机的加剧都导致了他们在情感上有着某种"残缺"，缺少一种自我完善的勇气。班马认为当前中国儿童文学创作界有一个严重的误区，即认为儿童文学作品的核心艺术特色就在于写"现实中的儿童"，因此过于关注"人与人""儿童与儿童"的写作，而缺失幻想的星空、缺失海洋、缺失动物，缺失人与自然的更本性也更博大的儿童哲学和儿童生存内容，"而这些也是30多年来，中国儿童文学始终未能表现出跟随世界上生态主义的写作热潮的重要原因之一"③。因此，儿童文学的审美与创作应该从儿童

---

① 丹纳：《艺术哲学》，天津社会科学院出版社2004年版，第548页。
② 龙其林：《生态文明的呼唤——中国当代生态小说研究》，硕士学位论文，湖南大学，2007年。
③ 郗云雁：《警惕当前儿童文学作品的四大缺失》，《中国教育报》2010年11月11日。

的情感本质出发，从儿童的生存现状出发，展现给儿童不同的情感表现，有美好、还有邪恶，有同情、还有忏悔，让儿童通过不同的情感体验来获得成长的感悟与经验。

一个人在性格完善的过程中，特别是在生态人格的形成过程中，忏悔和救赎精神都是必不可少的，从伦理学的角度来看，忏悔与救赎的精神反映了行为主体道德上的自觉，是主体的道德自律，是追求道德上自我完善的表现。在新时期儿童文学中，作家塑造了一系列的人物形象，当他们看到因为自己的行为造成对自然的伤害、对他人的伤害、对其他生命的伤害的时候，开始不断反思自己面对自然的态度，展现出他们内心滋生的反思和忏悔的情绪，这样的情感也促使他们不断地改变自己、净化自己，力所能及地去弥补。在这种具体的反思与实践中，我们看到了人性的伟大，看到了自然的希望，以及人在与自我的斗争中显示出的生命张力。

一 心灵的忏悔

随着经济的高速发展，生态环境的严重破坏已经显露出越来越严重的后果，不仅资源枯竭、水土流失严重，同时也带来了人文精神的失落，拜金主义和享乐主义逐渐成为人类精神的向导，对于物质利益的追求也被置于所有的精神追求之上。这些日益恶化的生态环境问题和精神问题引起了人们的焦虑，人们开始对自己的做法进行忏悔和反思，"当做错了事，由于这错误而造成了对别人的伤害，造成了某些难以挽回的后果，当行为主体发现了这错误，这伤害，这后果，以图有所弥补、有所改进时，就会产生一种反省的意识，就会有所忏悔。"[1] 忏悔意识根源于基督教文化的一种"原罪"的理论，是人类的一种向"善"的内在心理活动和自我约束机制，也是一种道德上的自觉和灵魂的发现，是人类社会发展必不可少的自我完善行为。在新时期的儿童文学作品中，这种忏悔的意识往往表现在人们的物欲追求面对生命高尚的情感和行为时的自惭形秽，表现在人类在面对被破坏的生态环境所表现出的悔恨之情，这种反

---

[1] 何西来、杜书瀛：《新时期文学与道德》，山东教育出版社1999年版，第52页。

思和忏悔展现出作家对生命意义的追求，是儿童精神净化的过程，也是儿童生态意识的形成过程，更是构成博爱、自由、平等等核心价值观的要素之一。

人类在面对正义、面对善良、面对为了成全别人而牺牲自己的精神的时候，那些忘却的已经被内心美好情感又重新被唤起，被理性和物欲所埋葬的生命的纯真又再一次地主宰着人的精神世界，他们的心灵得到净化，在对自己行为的全面反思中，开始按照自然生态的伦理法则去重新梳理和建立自己的社会生活，重建人与自然和谐共在的伦理道德观念。在沈石溪的笔下，我们面对其他生命行为所带来的爱的触动，更直接地洗涤人类的心灵。在《再被狐狸骗一次》里，狐狸一共骗了"我"两次，一次是"我"无意被狐狸骗，而另一次是"我"有意地被狐狸骗走，在这两次被骗的过程中，"我"被狐狸对幼子的爱和守护深深地感动着。当狐狸第一次骗了"我"后，"我"是恼怒的，因为在"我"看来，人的无所不能怎能被一只小小的狐狸骗到，"焦急吧、失望吧，那是你自找的。你以为脸皮白净的城里来的学生娃就那么好骗吗？看你以后还敢不敢小瞧我这样的知识青年！"（沈石溪《再被狐狸骗一次》）"此时此刻，我偏不去追公狐狸，让骗子看着自己的骗术流产，让它体会失败的痛苦，岂不是很有趣的报复？"（沈石溪《再被狐狸骗一次》）这是一种极端自负的人类中心主义思想的表现，狭隘、自私又缺乏宽容，让人与动物的关系呈现出对立的状态，但当"我"发现狐狸是为了转移幼子而骗我的时候，公狐狸不惜牺牲自己的生命，不惜用自残的方式来加深对"我"的吸引的时候，"我"的心理也发生了变化，"我自己也不知道为什么，心里头堵得慌，有点不忍心再继续趴在树洞口，就站了起来。"但"我"最终面对狐狸将自己的膝盖咬断，清晰地听到骨头被牙齿咬碎的咔嚓咔嚓声的时候，"我觉得这是世界上最有害的噪声，听得我浑身起鸡皮疙瘩。"（沈石溪《再被狐狸骗一次》）狐狸对幼子的爱深深地感动着"我"，也让"我"对自己的行为心生忏悔，"面对这种骗术，我虽然能识破，却无力抗拒；我觉得我面前的树洞变得像口滚烫的油锅，变得像只令人窒息的蒸笼，我是一秒钟也待不下去了。"（沈石溪《再被狐狸骗一次》）"我"只能顺从狐狸的骗术，来让母狐狸有充足的时间转移它们的孩子，对于公狐狸行为的顺从，是人放弃物欲、放弃自私的情感走向一种对于动物生命的爱的行为，净化着"我"的心灵和读者的心灵。同样的震撼与忏悔还出现在沈石溪的《斑羚飞渡》中，当斑羚被猎人逼到悬崖边上的时候，老斑羚选择了牺牲自己来保全整个种族的生存，它们把自己当成跳板来换取年轻斑羚的飞跃："一对对斑羚凌空跃起，山涧上空画出一道道令人眼花缭乱的弧线"（沈石溪《斑羚飞渡》），在这个弧线的滑动中，有生命的离去，也有生命获得新生，这样的牺牲行为是壮烈的，也是让人感动的，"我看得目瞪口呆，所有的猎人都看得目瞪口呆"（沈石溪《斑羚飞渡》）。同样在他的《母熊大白掌》中，母熊因自己的白掌而遭到人类的追杀，面对被捕获的小熊，母熊"只要有一线希望能救出小熊仔，哪怕是刀山火海，它也要闯一闯"（沈石溪《母熊大白掌》），受伤后的母熊"在陡峭的山坡上留下一条长长的血痕，这是一条用生命开辟出来的辉煌的血路"（沈石溪《母熊大白掌》），当母熊"跨到悬崖边缘，用最后一点力气站直起来，金色的阳光洒在它身上，黑色的体毛像披了件金斗篷，晨鸟鸣叫，仿佛是在为它轻轻吟唱一曲断肠的挽歌"（沈石溪《母熊大白掌》），母熊身上所绽放出的生命的光辉引发了猎人们深深地思考："我思绪万端，既钦佩母性的坚毅勇敢，也觉得打猎是充满血腥味的世界上最残忍的游戏"（沈石溪《母熊大白掌》）。作者通过书写动物的高尚行为来批判人类为了追逐利益不择手段的行为，他在用动物生命的遭遇引导人类情感走向的同时，也在引导人们不断地反思自己的行为，作者的用意在于让人类在斑羚们用死亡做桥墩架设起来的桥面前，在母熊留下的犹如红绸带似的长长的血痕面前警醒，面对这些与人类伦理相背离的动物的一幕幕悲剧，来拷问自己的灵魂，感动人们封存已久的内心，洗涤人类的心灵，让人类在与动物四目对视中得到体悟和警醒，"人类需要忏悔，消弭因为无视其他生命的存在、对动物滥捕狂杀沉积的仇怨，才有可能树立起生态道德。道德具有伟大的力量"（刘先平《七彩猴面》）。还有在黑鹤笔下的《驯鹿之国》中，那个因为看到被自己打死的羚羊肚里刚成形的小羚羊而发誓放下猎枪的猎人，他们都被其他生命所带来的感动承受着自责的煎熬，这种煎熬更是一种以善制恶的力量。作为心灵的一种内在活动，生态意识中的忏悔意识主要包括主体内省和反思之后对自我进行的谴责与否定，在城市中待得久了，在物欲的社会中陷得深了，或许就迷失了自己，迷失了生命最初的纯真，而只有重新去找回作为一个人的责任，找到能够平等对待其他存在的心灵，才可以继续走下去，正如黑鹤说的，"一个真正的鄂温克猎人走进森林，并不是为了猎物，而是去看看自己的心罢了[①]"。作者借这类主题告诉人们，只有对自然心存感激和敬畏，恢复对待其他生命的真心，才能得到幸福，谁破坏了人与自然的和谐关系，谁就会受到惩罚。猎人们脱离了自然之根，他们通过猎杀动物试图主宰自然、奴役自然，想成为自然的主人，然后，在动物面前，他们反思自己的卑劣行径，在自然面前，最终选择臣服。只有真正的忏悔才可以使人类强烈而深刻地认识到自己对自然犯下的罪恶，才可以摧毁那种人类中心主义的虚妄、傲慢，忏悔意识显示了人类对自己的伦理道德状况的认识和焦虑，通过对于现代文明所带来的负面影响的否定与拷问，人们审视自己的罪恶，重新树立信仰，回归淳朴、本真的状态。

金波在作品中直接书写了人类对自己行为的悔恨，用这些直白的语言直达儿童的内心。在《追踪小绿人》中，孩子们让小绿人去小叔的饭店里倒酒却让小绿人受到其他人的轻视和指使，小主人公陷入深深地自责中，"我想起那个小绿人一家人在我家绿园里生活的场景，多么宁静、多么自由、多么快乐。可是，这里，这种嘈杂污秽的环境，还有那些拿小绿人取乐寻开心的人们。小晓不停地用纸巾擦眼泪。看得出，她又后悔、又伤心。这一切都让我惭愧。我怎么会让小绿人来这里？在这里，我怎么还能吃得下去饭？"（金波《追踪小绿人》）一连串的反问表达了儿童心中对于自己行为的忏悔之情，人们看待小绿人，并没有将他们作为与自己同样的"人"来看待，而是当成了取乐的工具，儿童看到小绿人经受的委屈，他们认为这是对自己与小绿人友谊的亵渎。面对小绿人的质问，孩子们也陷入了对自己内心的剖析中："是啊，我们为什么不能平等地看待他们呢？包括我在内，为满足我的好奇心，我也曾急不可待

[①] 格日勒其木格·黑鹤：《更北的北方（序）》，载《驯鹿之国》，中国少年儿童出版社 201 年版，第 106 页。

地想见到他们。我为什么会帮助小叔说服小绿人去当服务员呢？我一次次反省自己。我真后悔做了一件蠢事。"（金波《追踪小绿人》）在这种反思和忏悔中，儿童的精神境界得以提升，生态伦理的意识不断加强，学会了尊重生命和完善自我，正是这种反思和忏悔建立起儿童与小绿人之间真正和纯粹的友谊，成为人与自然和谐相处的情感基础。在王一梅的童话《木偶的森林》中，木匠来到森林里砍伐了一棵会说话的树做成了木偶，木匠无视大树的苦苦哀求，认为自己的行为带给木偶的是快乐和自由，但木匠的这种自以为是造成了木偶冰冷、悲伤的内心和对人类的仇恨，当木匠意识到自己的错误后悔了的时候已经无力挽回，造成了日后动物们的悲剧。工程师阿汤修建的铁路，将动物带入了困境，他也陷入深深的悔恨中，"他想：白黑黑一定是因为森林里铺了铁轨，通了火车，才乘坐着火车来到这里的，说不定原本就是来找他的，这原本是多么好的事情啊。但是，如果他们到了城市里，人们没有保护他们，而是伤害了他们，那么，城市对于他们来说，是不安全的，把他们带进不安全的地方，那阿汤就会觉得自己错了。"（王一梅《木偶的森林》）木匠和阿汤是由于自己破坏了生命的原生态，为它们从美好的生活陷入痛苦的生活的行为而忏悔。在杨保中的《蜜蜂·苦荞·熊瞎子》中，熊的存在可以保护人们的庄稼不受猴子的损害，所以在村民的眼中熊是保护神一般的生命存在，当与熊相遇后，老木为了自保只能选择将熊杀死，但这种杀戮却带给老木深深的愧疚，"老木猛地拔出匕首，用尽全力向熊的心脏刺去，他的手抖脚摇脸发青，好像死的不是熊，而是他自己，他的心像在流血"（杨保中《蜜蜂·苦荞·熊瞎子》）。而他杀死熊的行为也遭到了全村人的唾弃，作者在作品中谴责了"我"只是为了满足一时的好奇而造成的对人、对熊一系列的伤害，这里的"我"可以泛化为所有带着自大的心理的人类本身。"直到离开大山，老木都不愿再见我，是我愧对他呀，我就这样带着深深的惭愧离开了老君山。"（杨保中《蜜蜂·苦荞·熊瞎子》）这种惭愧和自责的情绪反映出了主人公对野生动物被伤害的心痛，是对自己行为的反思，在这样的情感中，人获得了自我心灵的净化。而在陈丹燕的《我的妈妈是精灵》中，精灵们来到人间是寻找感情的，他们认为感情"是人的世界里最好的东西"，它会让人的心"越来越结实"（陈丹燕《我的妈妈是精灵》），精灵们生活在都市中的一棵大树上，每当黄昏的时候他们会在树上唱歌，而那些内心纯净的人就会听到这种歌声。但是现实中，人们匆匆忙忙地赶路，心已经被物欲所蒙住，谁也不会为了一首歌声而停下脚步，树上精灵们的纯净与树下匆忙赶路的人们形成了鲜明的对比，妈妈带"我"穿过人群飞向大树，飞翔的过程也是儿童看清人的生存状态的过程，是让儿童在目睹现状的同时进行深刻反思的过程，作者对于人们目前的生活状态是一种反思和批判的态度，通过对人们无视精灵歌声的行为深深地反省，引起儿童对这一现状的重视。

在动物生命面前，在生态环境面前，人类拥有武器，会借助工具使自己变得更加强大，于是人类就自以为是地认为自己是强者，自然和其他生命都不放在眼里，随意地杀戮和摆弄，但随着人类恶行的累积，自然终究会用自己的方式报复人类，面对自然报复的时候，人类却束手无策，所以，人类需要从全新的角度来界定自己所拥有的能力以及自己在自然界的位置，事实证明，对自然拥有自责和忏悔的心态，不仅不会降低人的高贵和尊严，反而使人在道德上更具责任感，这种责任感是人对自然产生尊重态度的基础，会时时提醒人类反思自己的言行，避免人类在错误的路上走得更远。在班马的《小绿人》中，几个小学生们对于小绿人的遭遇深感同情，对人类破坏生态环境的行为痛恨追悔，薇薇的作文最后有这样急迫的感慨："我们人类真不好。我们对不起小绿人！快找到这些小东西吧，对他们说：我们爱他们。"（班马《小绿人》）这些话直击人心，震撼着书中的每一位科学家，也触动着书外每一个读者的灵魂。机器人金龟子最后对人类的背叛更加提醒着人类放下自己救世主的心态，正面所发生的一切，正面自己的能力，不要高估自己，也不要低估任何生命，"记住：你们（人类）所见有限。我是一只具备金龟子一切能力的金龟子。我是一只动物的金龟子。我已获启示该帮助谁。"（班马《小绿人》）一个机器尚能选择有意义的生活，人类更应该反思自己的行为并进行忏悔。我们可以看到，金龟子的这些话拷问着科学家们和儿童们的行为，他们究竟怎样做才是对小绿人的爱，"两个女孩十分难过，她们哭着说过这样的话：我又想回来，又不想回来，我不知道该怎样做？

怎样才是对小绿人好？"（班马《小绿人》）"懊悔和痛苦的感觉实际上是希望对那些受到不公正对待的生物进行补偿的心理表现之一①"。女孩的难过与哭泣正是对人类所作所为的一种忏悔的表现，小绿人消失的地方是一片白森森的森林，"它的确还是那么白惨惨地恐怖，像是森林中的一座墓地"（班马《小绿人》），面对这些如同坟墓一般的景象，小绿人的消失暗示着人类的一切手段都那么苍白无力，在这种苍白无力的情感体验中读者再一次地感受到自然的神秘和人类的渺小。当树上的最后一片叶子飘落在儿童的手上，也寓意着未来的希望在儿童的手中，这片像极了地图的叶子，告诉了孩子们该努力的方向。方敏的小说在情景交融中书写着人与自然关系的变迁，书写着人类为了满足自己的物欲而对其他生命、对生态环境造成的破坏，同时也写出了人类在意识到自己行为后对自己行为的忏悔。在《大绝唱》中，男人长腿最后矛盾的心理正是他不断自我反省的过程，"但是现在，一边是自己相依为命的同胞，另一边是可爱可怜而又无辜无助的河狸，而九曲河的水却只有那么一点点，你让男人长腿怎么说怎么做？"（方敏《大绝唱》）他最后的妥协是对人类中心主义的妥协，也是对人类的欲望和自私心态的妥协，这种妥协也让他接受了自然的惩罚，面对用生命较量的河狸他幡然醒悟，最后选择了离开霸占的土地，走上一条与之前不同的道路。忏悔是一个人对自己的思想、意识、行为所造成的恶劣的后果或负面的影响所进行的自觉的反省与承担，并通过多种的方式求得心灵的解脱与自我良知的宽恕。男人长腿的行为表现了他对自己犯下的"恶"的忏悔，这是他出走的原因，也是他对自己行为进行反思和纠正的原因，在这种忏悔中他才能够得到解脱，内心得到安宁。一个人如果有了忏悔之心，他的思想才能实现最终的博大和深刻，同样，一个社会的文明程度也是跟忏悔意识的多少有着紧密的联系的，要想实现生态文明的"中国梦"，不仅需要对自然美的颂扬，需要对环境保护的关注，同时还需要人带着忏悔的意识来不断反思自己的行为，并对以后的行为加以修正。忏悔不是逃避而是担当，不

---

① ［美］保罗·沃伦·泰勒：《尊重自然：一种环境伦理学理论》，雷毅等译，首都师范大学出版社2010年版，第132页。

是死亡而是再生，不是绝望而是希望，这种积极的自我修正的精神正是作家想要表现给儿童们的。

可以说，人类社会的发展过程与忏悔意识的发展变化过程是相辅相成、紧密相关的。我们看一个社会的文明程度，就要同整个社会成员的忏悔意识联系起来。新时期儿童文学真实展现了人类面对被伤害的自然或被伤害的生命时的愧疚之情，用多样的情感表达方式达到促进儿童的心灵纯净和道德完善的目的。对人类行为的反思和忏悔，拓展了人类的自我审视和批判，警示人类以更广博的胸襟包容存在的万物，弃绝盲目的自我中心主义，重新皈依淳朴与清新的自然生态之中，这也是新时期儿童文学的书写目的和义不容辞的责任。

二 灵魂的救赎

真正的忏悔，不仅仅是抱歉和道歉，更不仅仅是自责和懊悔，而是反思之后的具体表现，所以才有了人类对自己行为和精神的救赎，可以说救赎是忏悔的延伸和考验，是人对所忏悔的所犯恶行的疗救和补偿。当人类意识到自己已经对地球的生态造成了不可逆转的破坏的时候，意识到自己的行为已经让其他生命存在在地球上濒临灭绝的时候，意识到自己的精神已经开始逐渐被扭曲和异化的时候，人类开始不仅仅停留在对自己的行为进行反思和忏悔的地步，而是选择更进一步地通过多种渠道来弥补自己犯下的错误，拯救自己丧失在私欲和物欲中的灵魂和信仰。面对如此的生态危机，儿童文学并不只停留在茫然或是忏悔中，而是从人类深层文化的根源出发，直面生态危机的产生根源。作家把对人类灵魂的救赎作为实现人与自然关系改善的途径之一，通过忏悔与救赎的结合而达到救赎灵魂、追求信仰，实现内心的平衡、自我道德的完善，让人在人性危机和沉沦中得到了救赎，体现出儿童文学所具有的在终极意义上的对人类、对儿童的关怀。

刘先平的作品对人类自己的救赎精神进行了大量的书写，在他的笔下，我们可以看到可可西里的藏羚羊的生存在短时期遭受的灭顶之灾，仅仅是因为它们身上的绒可以被织成围巾获得暴利。为了满足物质上的盲目追求，藏羚羊付出了血的代价，盗猎者们埋伏在母羊产崽的路上，利用他们手中的武器一次枪杀上千只藏羚羊,残忍至极。面对这种杀戮,每年有大批的志愿者不惧艰险地去拦截盗猎者,这些志愿者的保护行为和积极筹建保护区的行动与盗猎者的杀戮形成了鲜明的对比,"那里的保护区人员,在那样严酷艰难的条件下,能坚持下来,就很伟大,就是英雄!志愿者参加巡护运动,实际上是一场生动的生态道德启蒙和教育。"(刘先平《生育大迁徙》)志愿者的行为源于人的补偿的意识,这是人对自己精神的救赎,代表了人类对陷入自私和物欲的灵魂的抵抗,是一种心灵的净化,拥有救赎的精神,才能避免人类在困惑、无理性或有偏见的倾向中走得太远,即使很多错误已经不可逆转,也仍然是人性中最宝贵的一个方面,在这种自我救赎的精神引领下,人与自然的关系正在悄然改变,理想中的诗意的栖居地也在向自省的人类召唤。金波创作的《追踪小绿人》中,用虚实结合的梦幻场景为儿童们呈现了一个个"小绿人"的纯美的生命状态,孩子们对于"小绿人"的发现和寻找,正是在找寻自己的天真的本性,找寻着向往自由和快乐的成长道路。小绿人生活在自然中,他们的生活是简单的,却也是美好的,他们每个人都是诚恳的,他们的心像诗一样明净而澄澈。他们是弱小的,但又是坚强的,他们很容易去相信别人的真诚,原谅小叔一次次地为了金钱而出卖他们,他们生活在自然中,每天感受的是花的轻言、树的慢语,这样的生命状态没有受到世俗的污染,是儿童所向往和期盼的。在作家的笔下,人通过对自然的尊重与敬畏,通过对自然万物所包含的神性的感悟,通过与自然感官上的直接对话与交流,实现了灵魂的净化和人性的复归,使人摆脱工业文明和科技理性对灵魂的压抑和扭曲,回归到远处自然本真的状态,恢复人的淳朴和睿智,恢复对自然的原有想象和敏感。作者对纯真人性的探索,对人、自然与社会共生的思考,彰显了一种精神生态的价值追求,表现出了一种超越历史发展的现代生态整体主义智慧,引导儿童探索人生真谛的同时,净化着儿童的灵魂与情感。在《听,野人的声音》中,野人的声音引起了儿童的好奇,也引起了代表着现代文明的科学家们的好奇,虽然山谷的野人、白枝鸟、鬼脸石头都抗拒着进山寻找野人的"科学家",但"我"却被鬼使神差地迷住了,我不顾阻拦地带领他们进山,最终爷爷用生命砍断了科学家们进山的绳索,唤醒了迷失了自己的"我"。野人或许并不存在,而是自然本身对科技和现代文明的抵触:"在科学家没来之前,我和爷爷奶奶不也是住在丁巴山上,这个世界不也是照样存在吗?"(车培晶《听,野人的声音》)没有所谓的"科学家"来打扰的丁巴山,没有了利益的纠纷和争执,又重新恢复了往日的宁静,从而凸显了自然的灵性对人性美影响的这一生态思想,也凸显了作者在挖掘和表现儿童心灵深处所蕴藏的善良的品性和向上的精神。人类面对危机所做出的挽救与弥补都是一种勇于承担责任的人格自觉,在这个纠正和补偿的行为过程中达到了人格的升华和道德的完善,同时也能够激起读者精神上的共鸣。

对于自己迷失在物欲中的灵魂,儿童们带着矛盾的心理在成长和探求着,他们不断地否定和纠正自己对于自然、动物的看法,也在不断地鼓励自己勇敢地去探索真理,正是在这样,他们的人格在否定和肯定中不断完善,人生观和价值观不断被修正,生态伦理意识进一步增强。在《林燕的梦想》中,当林燕最终决定将来回到乡村当一名教师的时候,这个愿望是对她迷失在城市私欲中的灵魂的净化,让她的心变得清透起来,像乡村的人们那样笑得真实而快乐。

> 美育不应仅仅着眼于美的领域,它还应对智力的开发和道德领域产生深远的影响,最终落实为审美心理结构的成熟。①

通过林燕的心理变化,我们看到了成长和成熟中的林燕,也相信林燕最后的决定可以为有相同心理的儿童带来希望和启示。而在汤素兰的《阁楼精灵》中,巫婆格里格在打算吃掉精灵奶奶的过程中,每天与精灵奶奶坐在湖边的山坡上看夕阳,"在那一刻,格里格觉得自己的心仿佛融化在夕阳里,她的生命仿佛糅入了夕阳的光辉,和夕阳在一起铺然在群山万壑之间,铺染在每一棵草上,每一粒沙上,每一个生灵身上。"(汤素兰《阁楼精灵》)此时的格里格被精灵奶奶同化了,自然的静谧和精灵奶奶的善良让格里格心中正义的力量压倒了邪恶的力量,唤醒了她向往

---

① 滕守尧:《审美心理描述》,四川人民出版社1998年版,第321页。

安静、善良的内心,所以当她把精灵奶奶架到锅上准备吃了的时候,"格里格突然号啕大哭:不,我不干了,我做不到,我不干了……"(汤素兰《阁楼精灵》)她对自己行为的抗拒让她的灵魂得到了拯救,即使她为此变成乌鸦,也让她问心无愧。在王巨成的《她就是马菊花》中,秦苏玲是一个积极向上的城市小姑娘,有着城市儿童爱慕虚荣、不愿吃苦、性格娇弱的很多特点,她会为了去海南玩而拼命地学习,会为了得到钱和手机而被迫去乡村体验生活,但来到乡村后,随着她对乡村生活的了解和熟悉,她越来越爱上了这里的人,特别是聋哑女孩马菊花,她和她妈妈以及周围小伙伴身上那种天然、质朴、诚恳的特质,让她深深地感动着、感悟着,她从嫌弃脚下的鸡屎到主动拿起工具来清理,从想要"离开这个鬼地方"到依依不舍地离开,从初到时面对摄像机的侃侃空谈到临走时的哽咽不语,都是她一点一滴的收获,"在走出门的刹那间,秦苏玲心里蓦地被拽了一下,那是牵挂。她牵挂什么?秦苏翎看看这个简陋的农家,看看这一家朴素的人,似乎想为自己找出一个答案。"(王巨成《她就是马菊花》)虽然在乡村度过的生活是简朴的,可是这样的生活和这里的天性淳朴、宽厚的儿童带给这个城市姑娘的是从未料到的心灵成长、成熟,她在这里发现了一个个远离城市喧嚣的纯真的灵魂,没有对金钱的欲望、没有浮躁的心态,她也找到了自己最初的对生活的热爱与向往,六天的时间转瞬即逝,而留给这个城市姑娘的将是一辈子的宝贵经历。在鹿子的《遥遥黄河源》中,少年路晔跟随妈妈在城市中漂泊,同样陷入物欲的横流中,为了房子和金钱被自私的舅妈们排挤,他逐渐变得不相信任何人,不相信有不为私利的人,他为了获得一点"实惠",走向青藏高原,他带着实用的、卑微的愿望来寻找父亲,最初的路晔"一双眼白发青的眼睛,看什么都微微斜视着,透出揶揄和疑惑,好像一切都看不惯,都不信任,都在脑子里画上了一个问号。"(鹿子《遥遥黄河源》)但在经过父亲后来娶的妻子门巴的无私帮助,听说了父亲的事迹和对高原的深情后,这一切都让他的心思辗转,唤醒了他对以父亲为代表的人们的人格的尊敬,也唤醒了沉睡在他心底的灵魂,相比在内地城市中那些暗淡的、凡庸的生活,在苍茫、空旷的大地上,面对豁达和爽朗的藏族大叔,他不断反思自己之前的想法与态度,他的灵魂也随之不断被升华，这些都在深深地颠覆着他来高原的初衷。他看到了采金人为了利益而进行的血战，也看到了父亲和父亲的战友在高原上无私忘我的奉献精神，于是路晔从最初进入高原时拒绝陌生人的搭讪到后来愿意主动去帮助同学梅梅逃离采金场，从他固执地认为父亲抛妻弃子的薄情到被草原上陌生人浓浓的温情和关心所包围，这些情感一点点地使他成长为一个精神高尚、人格健全的人，让他整个人呈现出一种开阔的特征，他在黄河的尽头找到了父亲的"魂"，也找到了自己的"魂"，找回了自己。黄河是中国的母亲河，是中华文化的发祥地，黄河源头的清清黄河水孕育了一个纯净的天堂。为黄河源奉献一生的父亲是中华文化宽厚、博大、无私、开拓的代表，远离中华古老文化、被都市文化污染的路晔重回黄河源，面对自然的源头，找到了自己生命最初的真诚与淳朴，他接受了黄河源头水的清洗，建立了纯净的人生观和价值观。

  一切的救赎都是为了最大限度地去维护地球生态系统的稳定、和谐与美丽，在这种生态伦理意识的引导下，这种补偿的心态也并不是按照人类的公平意识和喜好来完成的，而是根据尊重自然的思想进行权衡，更加客观公正。正如班马的《小绿人》中，小绿人最后的消失那样，几个少年的精神得到了一次升华，改变了他们以往心中对于帮助这个行为的看法，从单纯和狭隘走向更加客观和宏观的角度来看待其他生命的存在，更加尊重自然，尊重生命，进一步认识自己，凸显了鲜明的生态伦理意识。金波的小说常常用一种简单和直接的方式来完成人物对自己陷入歧途的精神的救赎，在他的《追踪小绿人》中，如果"我"是害小绿人被伤害的间接推手的话，"小叔"则是伤害"小绿人"的直接责任人，他为了得到金钱做了一系列破坏小绿人生存环境和利用小绿人的事，但在小绿人的感召下，在儿童与小绿人的友谊的影响下，小叔开始反省自己的行为，"不知什么时候，小叔也跟来了，他俯身在花丛里，很久很久，他什么也没听到。人们问他都听到了什么，他竟像一个孩子似的哭了：我没有真诚地爱这些花草，我也没有真诚地爱小绿人。"（金波《追踪小绿人》）他开始默默地关心小绿人，会不顾自己的安危去帮助小绿人脱离险境，用自己的实际行动来挽回与小绿人之间的友谊，"小叔把手臂伸进瓦砾中，轻轻地探寻着。他的手臂被划伤了，流着血，但他全然不顾，身体贴着瓦砾，一边刨挖，一边寻找着"，"就在那紧急的一刻，小叔把自己健硕的身躯拱进了瓦砾堆中，用肩膀和脊背顶起了倒塌的房梁，抱住小绿人，站立起来。从他的头上、脸上、肩上，不断地有瓦块、灰土洒落下来。他在用自己的身体保护小绿人的生命。"（金波《追踪小绿人》）这种补偿和赎罪的心态让他意识到自己不再是为了钱才这么做的，而是为了小绿人才这么做的，没有了个人利益的掺杂，"小叔"真正做到了尊重自然和尊重小绿人，也赢得了孩子和小绿人对他的尊重，人与自然的关系重新得到修正。在对小绿人的拯救行动中，"小叔"的灵魂得到了升华，可以说，只有经过内心忏悔和自我救赎的人，最终都会变成灵魂崇高而纯洁的人。如同在董宏猷的《十四岁的森林》中，他笔下的一群年轻的生命那样，在原始林海中，在生理和心理双重磨炼的过程中，在对森林和精神的双重修补中，他们完成了自己人格的塑造。通过这些书写，让作家在道德层面上实现了对人性的救赎。

人类追求幸福的生活过程中，也必将对自然中的每个成员的生存与发展予以尊重与关爱，这不仅是社会的伦理责任，也是人类的人文精神的最高体现。或许走过弯路，或许已经造成伤害，但只有心存敬意，不断地反思自己的行为，努力去挽回，终究会赢得人与自然关系的和谐，永久的和平与安宁的诗意的家园也终会建立。无论是忏悔的精神，还是救赎的行为，都是一种博爱的精神，儿童文学对于这些情感的表现和引导，突破了人类中心主义对自然的控制理念，精神上的反思与救赎具有震撼人心的力量，超越了以往作品的审美境界和精神境界，为儿童树立了一个正确的人生导向。

小　结

人类获得真正的爱并不取决于技术的进步，而在于整个生态系统内的彼此尊重与相互关怀。人类自身的发明创造并没有错，但一切发明创造必须以尊重自然法则为前提，以自然的承受能力为界限标准。纵观工业革命以来的生态文明发展，正是一种无节制的技术进步加剧了人类爱的情感的毁灭，而缺失了爱的人类最后只能依赖技术进步走向未来。如何使技术进步变成一种充满人文关怀和与自然协调统一的技术进步，这是人类这个生命物种出现以来的一直难以解决的问题。回到最初时人与自然和谐共处的氛围，端正人的生存态度，调整人与自然的关系，在保障人们一定生活质量的前提下尽可能地避免不必要的奢侈和浪费，在生活中不断丰富和提高自己的道德修养和精神境界，注重关爱自然、关爱生命，对自然界的一切存在物都像对待人类自己一样，以"善"的理念去谋求人与自然的和谐共处与发展，这将是人类生存的唯一出路，也是人类对生存精神的一次自我超越，而人类固有的博大和高尚正是在与自然的相互依存和与动物的相濡以沫中得以完整的体现。

作为人类，应该对自然有一种敬畏之情、对生命价值有深刻的体会，这些都必须以爱心和同情等情感作为基础，"大量的有机体、种群和生命共同体可能由于人类的利益而被毁坏，假如我们采取关怀和远视的态度，地球上人类生命的未来仍可得到保证"[1]。这种关怀和远视的态度，正是人类对自然的一种博大的爱，无论是"善"的导向还是同情与关爱，还是忏悔与救赎，都是人类道德上的自我完善，体现了人类对终极真理、道德感化和崇高理想的深刻领悟和把握，是一条通向理想人性的道路。儿童正处于心灵迅速成长的阶段，儿童文学的精神引导可以将他们培育成健全的社会一员，"儿童本位"的特点就是从儿童的心理和生理特点出发，让成人与儿童一起把握生命的真谛，寻找在成长过程中丢失的人性中最宝贵的对自然、对生命的朴素情感。新时期的儿童文学作家们在作品中不再以分数的高低和拥有生存技能的多少来衡量一个人的人生，而是以培养他们情感上的协调发展为努力方向，以自然为主题探索着对人性纯真与善良的回归，作家们用一种对万物的同情和爱护来遏制冷酷和麻木心理的萌生，让儿童体会到这种爱世间万物的博大胸怀是人类最伟大的情感，是形成人与自然共存的情感基础，他们号召儿童面对自然，打开全部的心灵与感官，让内心虔诚而丰满，并学会去爱其他的生命，

---

[1] [美]保罗·沃伦·泰勒：《尊重自然：一种环境伦理学理论》，雷毅等译，首都师范大学出版社2010年版，第165页。

只有这样，才能够形成对这片土地敏锐的感受力和洞察力。我们也可以相信，在成长过程中拥有这样情感和价值观念的儿童，不仅成为心理健康的一代人，还能够从容、客观地处理人与人、人与自然之间的关系，他们将成长为生态文明建设的主力军。

结　语

为了我们共同的未来

　　21 世纪是现代化的世纪，随着科技和物质文明的发展，生存问题和环境问题已经成为无法回避的全球性问题。世界上的每一个国家几乎都在努力向着现代文明迈进，在这个过程中，物质的丰富和文明的进步使人们的生活水平得到了提高，但同时也为人们带来了诸多负面的影响：城市的不断兴起和繁荣导致人类向自然世界侵占的活动空间越来越大，却与自然接近的时间越来越少，与自然接近的地方越来越少，自然在工业社会的压迫下不断被破坏，每天都有物种从地球上消失，生活在城市的儿童无法触摸到属于自然的气息，只能在动物园里感受那些磨没了野性的动物气息，他们与自然的关系受到了严重的阻隔。脱离了正常成长轨道的儿童沉迷在网络或游戏中，理性至上、科技至上、消费至上的观念正在一点点蚕食和破坏儿童的原始思维，扭曲他们的"泛灵"意识，这是不符合儿童正常的成长规律的，长此下去儿童们失去的将是更多的自由和贴近自然的本性，人类失去的则是一个个活泼可爱的孩子。一方面是科学技术的进步、工业的快速发展、物质生活的富足，都市的繁荣；另一方面是生态环境的破坏，精神的贫瘠，面对两种情况的对立，人类在发展中如何取舍已经成为亟待解决的问题。

　　但 21 世纪同时也是生态文明的世纪，生态理念作为一种生存智慧已经逐渐渗透到社会的各个领域，面对自然的疯狂报复，人们普遍开始思考人在宇宙中的位置、与自然的关系等问题。面对如此的生存境遇，只有在肯定人的主体性、独立性的基础上，本着对自然和子孙后代负责的态度，改变人类的传统的思维方式，运用生态智慧来处理人与自然的关系,才是适合的发展道路。于是人们开始运用生态思维,从生态学的视角观察自然与人类的生存状况,反思长期以来在思想领域一直占据着主导地位的"人类中心主义"思想。从美国女作家蕾切尔·卡逊的《寂静的春天》问世以来,越来越多的作家将创作目光投向生态学的视野。自然环境的破坏、功利物欲对人性的异化、传统道德伦理标准的丧失,这些都触动着儿童文学家们的创作理念。

> 对自然生态、动物的重视,儿童文学比之成人文学似乎觉悟的更早。毕竟世界的未来是属于儿童的,而儿童的天性又更接近自然,将动物世界、植物世界与人的世界一起纳入创作视野。①

让儿童成为一个怎样的人,怎样才能让儿童重新亲近自然,怎样长期葆有少年儿童作为"自然人"生命的基因和力度,如何继续坚持"儿童本位"的创作原则,已经成为新时期儿童文学关注的诸多课题。

人类在现代化的进程中重新发现了儿童,儿童的发展代表着人类的发展,面对生态危机的压力和儿童的精神现状,儿童文学家们怀着对自然、对人类的终极关怀,试图重新调整被理性与工业技术扭曲的人与自然的关系,用这样的书写来促进人类重新认识自己的现代化的进程,为人类的发展提出了参照,也为儿童的成长指明了道路。20世纪80年代后,新一代儿童文学作家继承和发扬了鲁迅"首在立人"的主张,"从人类整体生命的至高点上,为少年儿童提供生命力奔放与灵魂提升的艺术载体,重在自然人格、生命人格、原始人格的启悟与烛照,使儿童在走向社会人的同时,葆有自然人生命的基因和力度。"② 儿童文学的美学特质和精神内涵使它在儿童精神的建构方面注定发挥重要的作用,因此,随着生态危机的加剧,对于儿童文学作家来说,就要在创作中以拯救人类灵魂、促进社会和谐发展的生态整体主义思想为价值标准进行理性思

---

① 王泉根:《中国动物文学大系·总序》,载蔺瑾《冰河上的激战》,湖北少年儿童出版社 2011 年版,第 6 页。

② 王泉根:《当代儿童文学作家九人论》,载氏著《现代中国儿童文学主潮》,重庆出版社 2000 年版,第 341—342 页。

考，在创作中遵循一种"儿童本位""尊重自然"的态度，在衰败的自然、荒芜的人类精神中不断地去发掘希望，用儿童文学构建一个和谐、轻松的人与自然的和谐关系，这样的书写才能使儿童文学创作适应社会发展趋势、适应国际文学的发展趋势，保证儿童文学的健康发展方向。

　　刘先平、沈石溪、黑鹤、牧铃、金曾豪、王一梅等作家敏锐地把握当下儿童的生态人格与道德情感走向，在创作时利用丰富的想象力、敏锐的观察力表现鲜明的生命形象，用广阔的生态视角，艺术地再现了自然的生机与活力，描绘人与自然的亲密和谐。在作家们眼中，自然是有感情、有灵性的，是人类栖息的理想家园，人在自然中可以陶冶心灵、发现自我、完善自我。他们以自然为主题，歌颂自然的美好，强调人与自然和谐相融的重要，批判人类肆意掠夺自然的功利主义，向人们展示了一种工业社会下正确的自然伦理标准。作家们深入儿童的心灵，把对人与自然关系的根源挖掘融入故事叙述中，表现了生命力的张扬和对生命的虔诚与敬意，把对自然美、生命美的体验、对人类生存环境刻骨铭心的反思渗透到作品的字里行间，为儿童提供多样的情感体验，并凭借这种情感的沟通和震撼不断唤醒和激发儿童心灵中潜在的追求自由和真善美的天性。虽然每一位作家在艺术表现方式和自然形象的选取角度都不相同，但我们可以从字里行间感受到作家对生态整体的关注以及对儿童处境、命运和前途的理性思考。儿童文学中的生态伦理书写为成长中的儿童营造了更为宽松自然的成长氛围，给儿童提供了从整体上来看待和反思历史文化、生活方式以及个人的价值观的机会。这种书写内容和形式颠覆了以人类中心主义思想为主导的人与自然的相处模式，作者们怀着对自然崇敬的心态，以积极的实践态度，从儿童的生命意识、生态情感、环保理念等方面还原了生命在自然中的生存状态及生命原色，试图通过生态情感的共鸣来达到道德人格的净化，提升生态人格，使儿童从中感受到环境、家园与生命的永恒意义。可以说，儿童文学中生态伦理意识为工业化时代人类面临生态危机、人性危机时的价值取向提供了道德标准，为儿童"提供了一张自然界的总体地图，它使我们能够看到我们所处的位置，以及我们是如何融入这整个格局中的。它把自然和生命领域描述为人类生活的环境"①。通过阅读、体悟这样的主题的作品，有助于改变现代社会中那些遗忘了自然的儿童，也有助于修复当今失去了生态平衡的世界。斯洛维克说：

> 生态视角的重新解读和评价，目的是丰富传统文学的生态含义或揭示传统文学的生态局限，但绝不是以一个新的亮点。②

作为解读的一个途径，对于儿童文学的生态伦理视角的分析能够进一步丰富和完善儿童的生态意识书写，推动人类的文化变革和生态文明建设，可以进一步发现儿童文学更多的闪光点，指引新时期儿童文学走向更辽阔的未来。

新时期的概念不是一个时间点，而是一个持续不断的过程，儿童文学的发展也是动态的，现代化进程中的每次起落都给儿童文学的发展带来了机遇、挑战，对儿童文学产生了深远的影响，以儿童为本位的儿童观让中国的儿童文学走向了现代化，而儿童文学也以自身的力量改变着现代化的进程。新时期以来的儿童文学所面对的群体是思维多元、开放的一代人，改革开放的大潮、网络的普及使周围的人文环境发生了很大的变化，他们的生活状态、精神面貌、价值观念都与之前有了很大的不同。特别是在当前形势下，经济发展与自然资源之间的矛盾、人与自然之间的关系走向让目前的社会发展处于关键的转折点，而且是一个关系人类生死存亡的转折点。所以对于生态现状的关注、人与自然关系走向的关注、儿童教育的关注都让儿童文学的现代化进程进入了更深的层面。面对如此状况，人类应该怎样重整旗鼓，找回丢失的精神？自然万物怎样才能历尽劫难、逐渐复苏？儿童文学应该如何更加深入儿童的内心，满足当下儿童的审美期待视域？儿童文学作家怎样才能在全新的文化语境中保持其现实关怀精神，进一步开掘儿童文学的现代审美品质？这些问题都已经成为关乎儿童文学乃至儿童健康发展的重大的、紧迫的命题。

---

① [美] 保罗·沃伦·泰勒：《尊重自然：一种环境伦理学理论》，雷毅等译，首都师范大学出版社2010年版，第99页。
② 王诺：《欧美生态批评》，学林出版社2008年版，第70页。

随着国家对生态意识、生态文明的重视程度和宣传力度的不断加大,儿童文学是对儿童宣传生态伦理意识的最好手段和形式,因此作家们应该充分把握这个机遇,正确看待儿童文学与现代化的发展的关系,伴随着现代化进程中出现的新情况和新问题而不断调整自己的前进方向,坚持以儿童为本位的儿童观对儿童文学的指导作用。中国现在有怎样的儿童,将来就面对怎样的命运,曹文轩曾说:"儿童文学担负着未来民族性格塑造的重任"[1],而含有"生态意识"的儿童文学,还应在深入研究人与自然关系的基础上,努力确立和传达符合社会发展规律的新的生态价值观和发展观,以自身的主体能动性,作用与影响中国的社会现代化进程,重建自然与儿童的联系,为人类的未来找到出路。新时期儿童文学的创作中,对于生态伦理意识虽然已经涌现了不少佳作,获得了广泛的社会反响,但是仍以中短篇小说为主,优秀的长篇力作还很少。作品中人物形象塑造很多,但仍缺乏大量生动感人的人物形象,存在着不少制约其发展的因素。从根本上走出这些创作中的误区,使儿童文学获得更长足的进步与发展,需要在未来的创作中,注意以下几个方面:

第一,坚持生态伦理的书写探索,继续进行下去。人与自然关系的疏导是一个长期的过程,对于在儿童心目中建立生态伦理意识也是一个长期的过程,金钱名利的诱惑、拜金拜物的崇尚,面对外界的欲望诱惑,随着网络时代的到来,人的生活方式,尤其是少年儿童的生活与生存环境已经进入一个全新的文化阶段,所谓后现代、日常生活审美化、网络文化、娱乐精神、快乐主义等命题已经逐渐渗入到少年儿童的生活之中。儿童文学肩负着帮助儿童成长的重要任务,面对生态失衡和人类的精神危机,儿童文学生态伦理书写需要进一步从整个自然系统及其内在规律来看问题,以生态系统的整体利益为终极尺度来衡量和约束人类的活动。作为有责任感和使命感的儿童文学作家,或许专业的局限使他们并不能真正地投入到生态环保的实践活动中去,但他们却可以依靠自己的长处来为生态危机的警醒、生态理念的提倡、生态知识的普及、生态文明的构建做出自己的贡献。正如刘先平说:

---

[1] 曹文轩:《中国八十年代文学现象研究》,北京大学出版社1988年版,第309页。

正是大自然的呼唤，让我冒着种种危险，艰难跋涉在野生动植物世界中探险。无论是描写滇金丝猴、梅花鹿、黑叶猴或是红树林、大树杜鹃，都是为了歌颂生命的美丽，但是总也避免不了目睹生命的悲壮——它们在人类的猎杀、压迫下苦苦挣扎。……这使我无限忧伤、愤怒，更加努力地呼唤生态道德的树立，也更寄希望于孩子。[①]

所以在未来的创作中，仍然需要作家结合社会发展实际，不断总结和反思，进一步强化生态观念，坚持用生态整体观来指导自己的创作，吸收国际生态伦理发展的新知识，不断调整和充实自己的理论。以人、自然与社会的和谐发展，以生态整体的良性建构为最高目标，向自然、地球、生态审美等方面倾斜，以情感的和形象的方式引导儿童的生态伦理走向，让他们去感受自然界中万物存在的灵性，不断领悟生命的意义、世界的和谐以及人类对同类级自然万物的道德责任。因此，儿童文学作家要将生态整体观作为一种长久的创作指导理念，将生态自然和人类社会的平衡、稳定、和谐与持续视为最高的利益，倡导人类将自己的需要限制在生态系统所能承受的限度之内，随时调整，这样才能使作品具有更深的意蕴，更加具有符合时代发展的现实意义。

第二，正确看待科学，引导儿童正视科技与人类、科技与自然、理性与感性等社会发展过程中出现的问题，保持一颗热爱自然、热爱生活的内心。人类文明的发展和进步离不开科学，现代化进程赋予科学以巨大的认识世界和改造世界的力量，科学技术亦被看作现代文明的组成要素和内在原动力，人们的生活越来越多地依赖科技的力量，但同时我们也看到了科学技术的发展为人类和地球所带来的不可逆转的负面影响，看到了科学和科技的发展并不能解决人类所面临的所有问题。当下的儿童生活被高科技所环绕，而未来掌握高尖端科技的主要力量也在于青少年，他们的科技观决定着未来的科技走向，也决定着人类的发展前途。

[①] 刘先平：《呦呦鹿鸣》，安徽少儿出版社2008年版，第56页。

因此作家在辩证地看待科学的同时，更应该让儿童建立绿色的科技观，认识到科技是把双刃剑，防止他们的心灵被机械化，让他们明确只有朝着有利于人与自然共同发展的科技才是未来科技的发展方向，才能让科技进步更长久地为人类服务。既然现代化的发展是不可逆转的选择，作家们也无力阻拦社会的发展和科技的创新，无法抹杀科技对儿童的吸引，但作为有着强烈责任意识的作家，更应该从现实出发，去反思那些一味想通过对自然的技术统治来增加人们物质享受的价值观，反思现在的这种生活状态和疯狂的科技观能否为人类、社会、儿童带来内心真正的平和、幸福和高尚的感觉。在新时期的一些儿童读物中，也出现了重知识、重科学等倾向的作品，并不是要阻挡这些内容的出现，而是需要作家在创作中一方面大力向小读者介绍科学技术相关内容，让他们能够正面了解、从中受益；另一方面注意到科技的负面影响，采取辩证的态度，避免他们对科技的狂热追求，引导儿童热爱自然、尊重生命，保持积极向上的心态，建立正确的科技观、生态观，在满足人类基本生存的基础上实现人与自然的共存共荣。这些方面都是需要作家在未来的儿童文学创作中思考并付诸实践的。

儿童是人类的未来，儿童与自然的关系也决定了人类的未来，目前中国正处于前所未有的现代化运动中，尽管生态文明的建立还有一段漫长而艰难的旅程，但是所有心灵上的进步都是由不自觉变为自觉，并进而征服自己的思想和行为而取得的，正是沿着这条路，人类的文明才不断前进，儿童才可能与自然万物一起，一代又一代幸福地生活在大地上。1987年，联合国环境与发展委员会向联合国提交了一份题为《我们共同的未来》的报告，明确提出了人类对自然的态度应该既满足当代人的需要，又不对后代人满足其需要的能力构成危害的发展。2012年11月18日，"美丽中国"这个颇具诗意的概念被写进党的十八大报告中，从树立尊重自然、顺应自然、保护自然的生态文明理念的角度勾画出了中华民族的发展图景。要想实现"美丽中国"的理想，就需要我们每一个人付出努力，需要我们从内心的最深处去认同、去实践。面对生态环境的恶化，以建设生态文明的和谐社会为目标的中国，人与自然的和谐成为社会发展的重要基础，坚持维护生态的稳定性和完整性不仅是生态伦理的原则，也是维持人与自然和谐相处的必要条件，是新时期所亟待建立的一种人生观和世界观。随着国家和社会对生态问题的逐渐重视，儿童文学作家更有责任用笔来唤起当代青少年保护环境的良知，对儿童进行生态智慧与生态世界观的培育，培养他们成为新世纪环境保护和治理的主人，这对日益严重的环境问题的解决起着重大的作用。所以，从儿童出发，为儿童提供并继续提供具有生态伦理意识的儿童文学，对于构建儿童健康的人格、构建可持续发展的社会都具有重要的意义，从这方面来说，儿童文学中的生态伦理意识的书写仍然是大有可为的。

参考文献

[1]［德］阿尔贝特·史怀泽：《敬畏生命》，陈泽环译，上海社会科学院出版社1996年版。

[2]［英］安东尼·吉登斯：《现代性的后果》，田禾译，译林出版社2000年版。

[3]［美］奥尔多·利奥波德：《沙乡年鉴》，侯文蕙译，吉林人民出版社1997年版。

[4]［美］巴里·康芒纳：《与地球和平相处》，王六喜译，上海译文出版社2002年版。

[5]班马：《儿童文学理论的批评与构想》，湖北少年儿童出版社1990年版。

[6]班马：《前艺术思想》，福建少年儿童出版社1996年版。

[7]［美］保罗·沃伦·泰勒：《尊重自然：一种环境伦理学理论》，雷毅等译，首都师范大学出版社2010年版。

[8]［美］贝克：《儿童发展》，吴颖等译，江苏教育出版社2002年版。

[9]［俄］别尔嘉耶夫：《人的奴役与自由》，徐黎明译，贵州人民出版社1994年版。

[10]曹孟勤：《人性与自然：生态伦理哲学基础反思》，南京师范大学出版社2006年版。

[11]曹日昌：《普通心理学》，人民教育出版社1987年版。

[12]曹文轩：《二十世纪末中国文学现象研究》，作家出版社2003年版。

[13]曾繁仁：《生态美学导论》，商务印书馆2010年版。

[14]曾繁仁：《转型期的中国美学：曾繁仁美学文集》，商务印书馆

2007 年版。

[15] 曾永成:《文艺的绿色之思——文艺生态学引论》,人民文学出版社 2000 年版。

[16] 陈伯吹:《儿童文学简论》,上海少儿出版社 1959 年版。

[17] 陈晓明:《现代性与中国当代文学转型》,云南人民出版社 2003 年版。

[18] [美] 大卫·雷·格里芬:《后现代科学——科学魅力的再现》,马季方译,中央编译出版社 1998 年版。

[19] [美] 大卫·雷·格里芬:《后现代精神》,王成兵译,中央编译出版社 1998 年版。

[20] [美] 道格拉斯·凯尔纳、斯蒂文·贝斯特特:《后现代理论——批判性的质疑》,张志斌译,中央编译出版社 2004 年版。

[21] [德] 狄特富尔特等:《哲人小语——人与自然》,周美琪译,生活·读书·新知三联书店 1993 年版。

[22] 丁海东:《学前游戏论》,山东人民出版社 2001 年版。

[23] 杜传坤:《中国现代儿童文学史论》,中国社会科学出版社 2009 年版。

[24] 方卫平:《儿童文学的当代思考》,明天出版社 1995 年版。

[25] 方卫平:《中国儿童理论发展史》,少年儿童出版社 2007 年版。

[26] 方卫平:《成长的滋味》,明天出版社 2009 年版。

[27] 方卫平:《直到永远》,外语教学与研究出版社 2010 年版。

[28] 方卫平:《最好听的声音》,外语教学与研究出版社 2010 年版。

[29] 方卫平:《会跳舞的歌》,明天出版社 2012 年版。

[30] [德] 福禄倍尔:《人的教育》,孙祖复译,人民教育出版社 2001 年版。

[31] 盖光:《文艺生态审美论》,人民出版社 2007 年版。

[32] 高歌、王诺:《生态诗人加里·斯奈德研究》,学林出版社 2011 年版。

[33] [德] 海德格尔:《人,诗意地安居》,郜元宝译,广西师范大学出版社 2000 年版。

[34] 韩德信：《中国文艺学的历史回顾与向生态文艺学的转向》，人民出版社 2007 年版。

[35] 何怀宏：《生态伦理——精神资源与哲学基础》，河北大学出版社 2002 年版。

[36] 何西来、杜书瀛：《新时期文学与道德》，山东教育出版社 1999 年版。

[37] 胡志红：《西方生态批评研究》，中国社会科学出版社 2006 年版。

[38] 华爱华：《幼儿游戏理论》，上海教育出版社 1998 年版。

[39] 黄奇：《儿童创造力发展心理》，浙江教育出版社 1993 年版。

[40] [美] 霍尔姆斯·罗尔斯顿：《环境伦理学》，杨通进译，中国社会科学出版社 2000 年版。

[41] [美] 霍尔姆斯·罗尔斯顿：《哲学走向荒野》，刘耳、叶平译，吉林人民出版社 2001 年版。

[42] 江山：《德语生态文学》，学林出版社 2011 年版。

[43] 蒋风：《中国儿童文学大系》，希望出版社 1988 年版。

[44] 蒋风、韩进：《中国儿童文学史》，安徽教育出版社 1998 年版。

[45] 蒋风：《中国儿童文学发展史》，少年儿童出版社 2007 年版。

[46] 金波：《和树谈心》，江苏少年儿童出版社 2007 年版。

[47] [加] 居伊·勒弗朗索瓦：《孩子们——儿童心理发展》，王金志译，北京大学出版社 2007 年版。

[48] [美] 卡洛琳·麦茜特：《自然之死》，吴国胜等译，吉林人民出版社 1999 年版。

[49] [奥地利] 康拉德·洛伦茨：《文明人类的八大罪孽》，徐筱春译，安徽文艺出版社 2000 年版。

[50] [美] 拉尔夫·瓦尔多·爱默生：《论自然》，吴瑞楠译，中国对外翻译出版公司 2010 年版。

[51] [美] 拉福莱特：《伦理学理论》，龚群译，中国人民大学出版社 2008 年版。

[52] [美] 劳伦斯·布伊尔：《环境批评的未来：环境危机与文学想象》，刘蓓译，北京大学出版社 2010 年版。

[53] 雷毅：《深层生态学思想研究》，清华大学出版社2001年版。

[54] 雷永生：《皮亚杰发生认识论述评》，人民出版社1987年版。

[55] ［美］蕾切尔·卡逊：《寂静的春天》，吕瑞兰、李长生译，吉林人民出版社2004年版。

[56] 李培超：《自然的伦理尊严》，江西人民出版社2001年版。

[57] 李强：《自由主义》，中国社会科学出版社1998年版。

[58] 李淑贤、姚伟：《幼儿游戏理论与指导》，东北师范大学出版社1995年版。

[59] 林红梅：《生态伦理学概论》，中央编译出版社2008年版。

[60] 刘金花：《儿童发展心理学》，华东师范大学出版社2001年版。

[61] 刘湘溶：《人与自然的道德话语——环境伦理学的进展与反思》，湖南师范大学出版社2006年版。

[62] 刘晓枫：《沉重的肉身——现代性伦理的叙事纬语》，上海人民出版社1999年版。

[63] 刘绪源：《儿童文学的三大母题》，少年儿童出版社1995年版。

[64] 刘众：《游戏的当代理论与研究》，四川教育出版社1988年版。

[65] 楼必生、屠美如：《学前儿童艺术教育研究》，北京师范大学出版社1997年版。

[66] ［法］卢梭：《爱弥儿》，李平沤译，商务印书馆1978年版。

[67] 鲁春芳：《英国浪漫主义诗歌的生态伦理思想》，浙江大学出版社2009年版。

[68] 鲁枢元：《生态文艺学》，陕西人民教育出版社2000年版。

[69] 鲁枢元：《猞猁言说——关于文学、精神、生态的思考》，社会科学文献出版社2001年版。

[70] 鲁枢元：《精神生态与生态精神》，南方出版社2002年版。

[71] 鲁枢元：《生态批评的空间》，华东师范大学出版社2006年版。

[72] 鲁枢元：《自然与人文：生态批评学术资源库》，学林出版社2006年版。

[73] 鲁枢元：《心中的旷野》，学林出版社2007年版。

[74] ［美］罗伯特·米尔德：《重塑梭罗》，马会娟等译，东方出版社

2002年版。

[75] 梅子涵:《中国儿童文学五人谈》,新蕾出版社2001年版。

[76] 苗福光:《生态批评视角下的劳伦斯》,上海大学出版社2007年版。

[77] [美]纳什:《大自然的权利—环境伦理学史》,杨通进译,青岛出版社1999年版。

[78] [美]纳什:《大自然的权利》,杨通进译,青岛出版社2005年版。

[79] [美]尼尔·波兹曼:《童年的消逝》,吴燕莛译,广西师范大学出版社2004年版。

[80] [瑞士]让·皮亚杰:《儿童的语言与思维》,傅统先译,文化教育出版社1980年版。

[81] 邵建:《文学与现代性批判》,江苏教育出版社2005年版。

[82] 沈石溪:《动物小说的艺术世界》,少年儿童出版社2010年版。

[83] 孙建江:《文化的启蒙与传承》,甘肃少年儿童出版社1994年版。

[84] 孙建江:《二十世纪中国儿童文学导论》,江苏少年儿童出版社1995年版。

[85] 孙周兴:《[德]海德格尔选集》,上海三联书店1996年版。

[86] 谭旭东:《成长的书香》,河北少年儿童出版社2008年版。

[87] 谭旭东:《花开的声音》,海豚出版社2008年版。

[88] 汤锐:《比较儿童文学初探》,湖北少年儿童出版社1990年版。

[89] 汤锐:《儿童文学本体论》,江苏少年儿童出版社1995年版。

[90] 唐池子:《第四度空间的细节》,湖北少年儿童出版社2003年版。

[91] [美]唐纳德·沃斯特:《自然的经济体系——生态思想史》,侯文蕙译,商务印书馆1999年版。

[92] [法]滕大春:《卢梭教育思想述评》,人民教育出版社1984年版。

[93] 王克俭:《文学创作心理学》,中央民族大学出版社1997年版。

[94] 王诺:《欧美生态文学》,北京大学出版社2003年版。

[95] 王诺:《欧美生态批评》,学林出版社2008年版。

[96] 王诺:《生态与心态——当代欧美文学研究》,南京大学出版社2007年版。

[97] 王泉根:《周作人与儿童文学》,浙江少年儿童出版社1985年版。

[98] 王泉根：《儿童文学的审美指令》，湖北少年儿童出版社 1991 年版。
[99] 王泉根：《人学尺度和美学判断》，甘肃少儿出版社 1994 年版。
[100] 王泉根：《现代中国儿童文学主潮》，重庆出版社 2000 年版。
[101] 王泉根：《新时期儿童文学研究》，河北少年儿童出版社 2004 年版。
[102] 王泉根：《儿童文学教程》，北京师范大学出版社 2009 年版。
[103] 王瑞祥：《儿童文学创作论》，浙江大学出版社 2006 年版。
[104] 王喜绒：《生态批评视域下的中国现当代文学》，中国社会科学出版社 2009 年版。
[105] 王永洪：《新时期儿童文学研究》，河北少年儿童出版社 2004 年版。
[106] 王梓坤：《九十年代前沿科学新视野》，北京出版社 1990 年版。
[107] 温家宝：《政府工作报告》，人民出版社 2007 年版。
[108] 吴其南：《守望明天》，宁夏人民出版社 2006 年版。
[109] 徐刚：《守望家园》，湖南科学技术出版社 1997 年版。
[110] 徐恒醇：《生态美学》，陕西人民教育出版社 2000 年版。
[111] 严家炎：《儿童文学新视野》，中国海洋大学出版社 2004 年版。
[112] 杨素梅、闫吉青：《俄罗斯生态文学论》，人民文学出版社 2006 年版。
[113] 杨通进：《走向深层的环保》，四川人民出版社 2000 年版。
[114] 姚兴全：《儿童文艺心理学》，重庆出版社 1990 年版。
[115] 余谋昌：《生态哲学》，陕西人民教育出版社 2000 年版。
[116] 袁玲红：《生态女性主义伦理形态研究》，上海人民出版社 2011 年版。
[117] [英] 约翰·怀特：《再论教育目的》，李永宏等译，教育科学出版社 1997 年版。
[118] [美] 约翰逊等：《游戏与儿童早期发展》，华爱华、郭力平译，华东师范大学出版社 2006 年版。
[119] 张华：《生态美学及其在当代中国的建构》，中华书局 2006 年版。
[120] 张新颖：《栖居与游牧之地》，学林出版社 1996 年版。
[121] 张艳梅、蒋学杰、吴景明：《生态批评》，人民出版社 2007 年版。
[122] 章海荣：《生态伦理与生态美学》，复旦大学出版社 2005 年版。

［123］赵波、王强：《现代伦理"本真性"思想的道德哲学研究》，上海社会科学院出版社2012年版。

［124］周湘鲁：《俄罗斯生态文学》，学林出版社2009年版。

［125］朱贻庭：《中国传统伦理思想史》，华东师范大学出版社2003年版。

［126］朱自强：《儿童文学的本质》，少年儿童出版社1997年版。

［127］朱自强：《中国儿童文学与现代化进程》，浙江少年儿童出版社2000年版。

［128］朱自强：《走在路上》，青岛出版社2011年版。

致　　谢

　　敲完论文最后一个句号时，我突然意识到自己的学习生活也即将敲下一个句号了，回首这段生活，尤其最后这段紧张而又充实的日子，充溢心间的有怅然，然而更多的是无以言表的谢意。

　　首先感谢的是我的导师吕周聚先生。还未定题之前，他就为我的选题费了几番苦心，当我遵从自己的意愿确定选题之后，他又第一时间为我推荐了相关书籍，而后的论证、修改都得到他悉心的指导和帮助，无论是长时间的探讨还是偶尔的只言片语，都能给迷津中的我以柳暗花明。他为我打开了一扇学术的门，却带我走上了比学术更宽广的精神之路。导师严谨的治学态度、开阔的学术视野、勤勉耿直的人格魅力，将使我受益终身。

　　同时，我也衷心感谢朱德发、王万森、吴义勤、魏建、房福贤、李掖平、王景科、李宗刚诸位先生。对于论文的思路、框架、观点等，他们都为我提出了十分宝贵的意见，他们的点拨使我受益匪浅，先生们无论课堂展现出的渊博学识，还是课外关于人生的启迪，都让我永远铭记。

　　还要感谢中国海洋大学文学院的朱自强先生，先生是专事儿童文学研究的学者，是我大学时代的导师，也是我在2012年做国内访问学者时的导师，他以极大的热情关注着本文的写作，并提供了很多指导意见以及相关的资料和信息。

　　感谢宝宝，因为论文的写作让我缺失了很多与他一起分享成长与快乐的时间，但也是他让我对这个选题始终抱有热情与希望；感谢我的家人和同事的包容和支持，帮助和体谅，他们替我分担了繁忙的家务和工作；感谢我的同学，虽然所涉课题不同，有关论文交流不多，但他们常给予的精神鼓励给了我莫大支持，总让我于灰心之际重燃希望。

  论文收尾之时，恰逢百花盛开，万物复苏，自然的美也为我的论文写作带来了更多的信心和力量。在写作的过程中，我对于自然、生命、儿童有了更深的感悟，相信自己的成长不仅体现在专业水平的提高中，还体现在人生观、价值观和自然观的改变上，感谢这段历程，感谢所有在我成长的路上帮助过我的人们，我将永远怀念度过的这段岁月。